真説・松尾芭蕉

阿部 功

随想舎

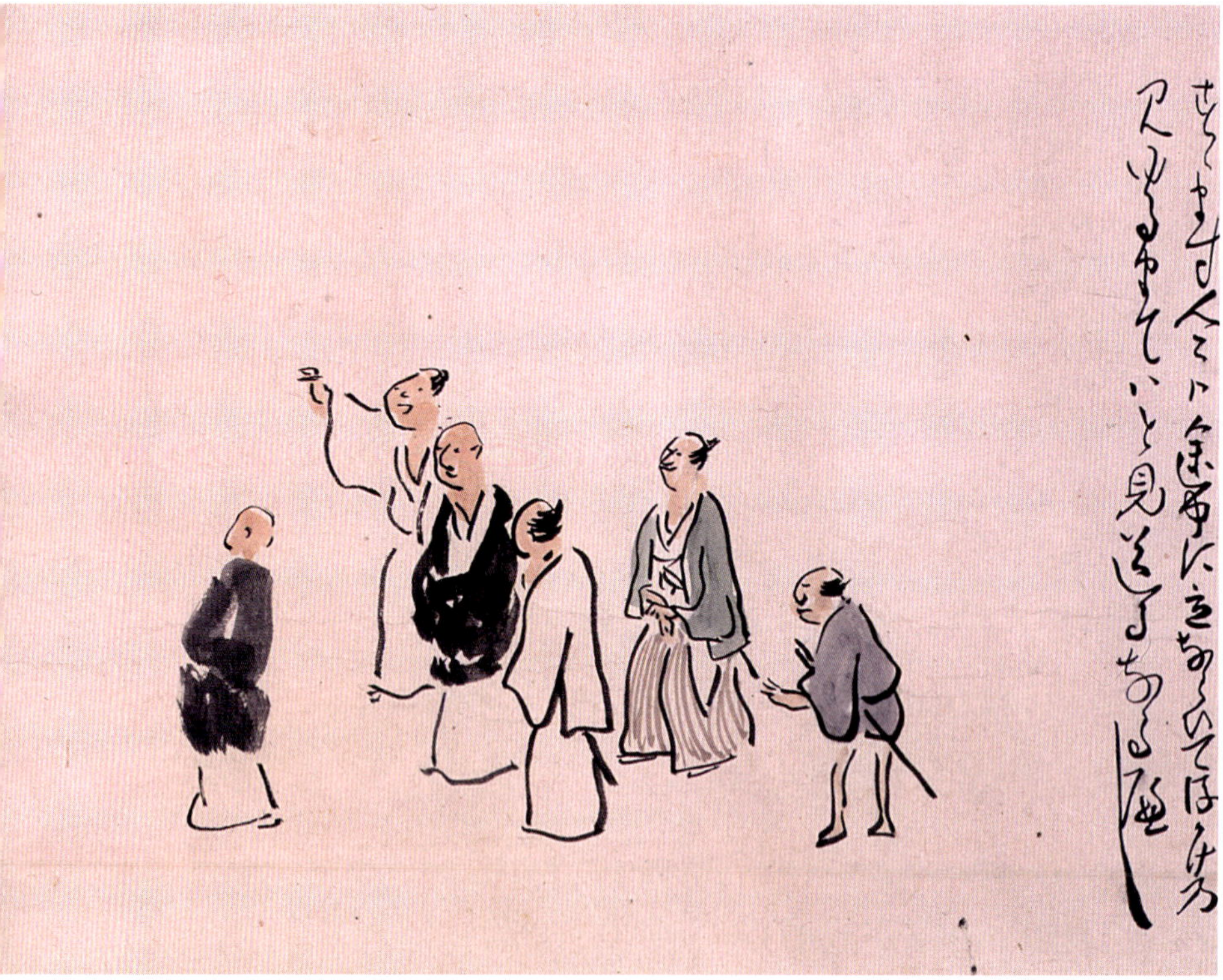

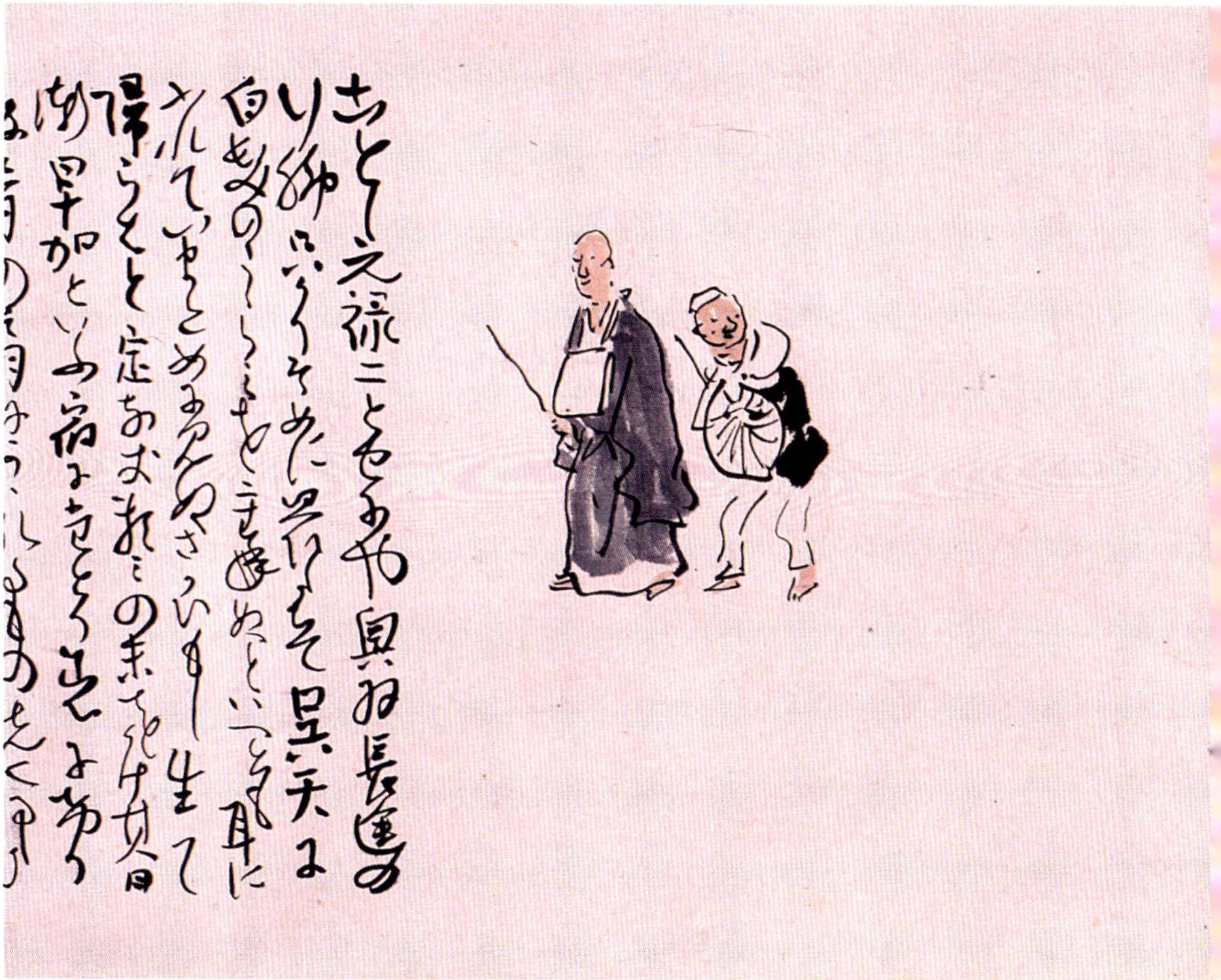

与謝蕪村筆「奥の細道画巻」（旅立ちの場面：所蔵・画像提供：海の見える杜美術館）

真説・松尾芭蕉

はじめに

芭蕉を正しく理解するためには、そのすばらしい仕事ぶりを知ると同時に、宗匠の地位を得てもなお、ことば遊びに浮き身をやつしていた時期の言動や、不安定になってきた自派結束力への迷い——晩年、「軽み」の主張が浸透しなくなったことへの苦しみなどについても、きちんと読みとるのでなければならないと思うのです。

そうすることによって、ほんとうの人間芭蕉に触れることができ、そのすばらしさをより強く実感できることになるのではないでしょうか。

にも拘らず今までは、その大半が実績礼賛優先、蕉門離脱者の多さに動揺したことや、自殺説の根拠にもなったのであろう病軀をおしての奔走などについては触れられていないのが実状です。

そうしたことへの思いもあって、月刊俳句誌『雁（かり）』に百七十四回に渉って連載させていただいた〈続・芭蕉のこころ〉を、このような負荷をもとりこんだ上で〈真説・松尾芭蕉〉と改題してまとめなおし、諸賢の御批正を頂戴しようと考えたわけであります。

特に、「俳聖」などとする芭蕉観については第一に検討することが必要ではないかと思うのですがどうでしょうか。

芭蕉没八十年の後、安永から天明期にかけての蕪村や加藤暁台・大島蓼太らによる「芭蕉に帰れ運動（中興俳諧）」も、やがてそれぞれが別方向へ進んで低迷し、消滅してしまいました。

そして例の神格化です。

没後百年に当る寛政五（一七九三）年四月、時の神祇伯白川家から「桃青霊神」という神号を授かったのがきっかけで、筑後高良山に風雅の守護神としてまつられたり、文化三（一八〇六）年には朝廷から「飛音明神」の号を授かり、二条家からも「花の本大明神」などという神号を授かったりしていました。

こうなるともう、迷い苦しんだ人間芭蕉の姿はどこにもなく、たちまちにして虚像となってしまいます。

芥川龍之介が「彼（芭蕉のこと）は実に日本の生んだ大山師だった」（「文芸的な、余りに文芸的な」）といったのは周知の事実ですが、大山師だったのは芭蕉本人ではなくて、芥川を含んだこうした後世の人物達であったのではないかと思うのです。

――月をうらやみ、花にめで、折ふしの興にまかせて、ひゃうふっと云い出《いだ》す言葉《ことのは》の、みづからも腹をか、へ、人の耳目をよろこばしめて、衆と共に楽しむ――（脩竹堂、「俳諧或問《わくもん》」）などとしてことば遊びに浮き身をやつしていた時代から、真の俳諧を目ざすようになった変化のプロセスをきちんと見直さなければならないと思うのです。

そうした読み方の中からこそ、人間芭蕉の真の姿が見えてくるのではないでしょうか。

それにしても今日まで、本稿執筆の最大の支えになってくださり、「解説」の労を賜った文芸家協会顧問の高橋昭行氏に対しては満腔の謝意を表せざるを得ません。

古い友人の画家、故武藤玲子さんや小川昇一先生をはじめとする「雁」の仲間、資料収集や講演の際の協力に力を尽くし、去る十二月十三日心臓疾患で急逝した息子健《たけし》ら、多くの人々に厚く御礼申上げる次第です。

随想舎の卯木伸男氏、下田太郎氏、ほかの皆さまにもひとかたならぬお世話をいただき感謝しております。有難うございました。

――本編を、謹んで
息子健の霊に捧ぐ――

二〇一八年一〇月　著者識

発行に際して、半数近くの分量を割愛させていただきました。
前後のつながりに不自然なところがありましたら御容赦ください。

真説・松尾芭蕉　目次

第三章　『おくのほそ道』

第四章 「軽み」への志向

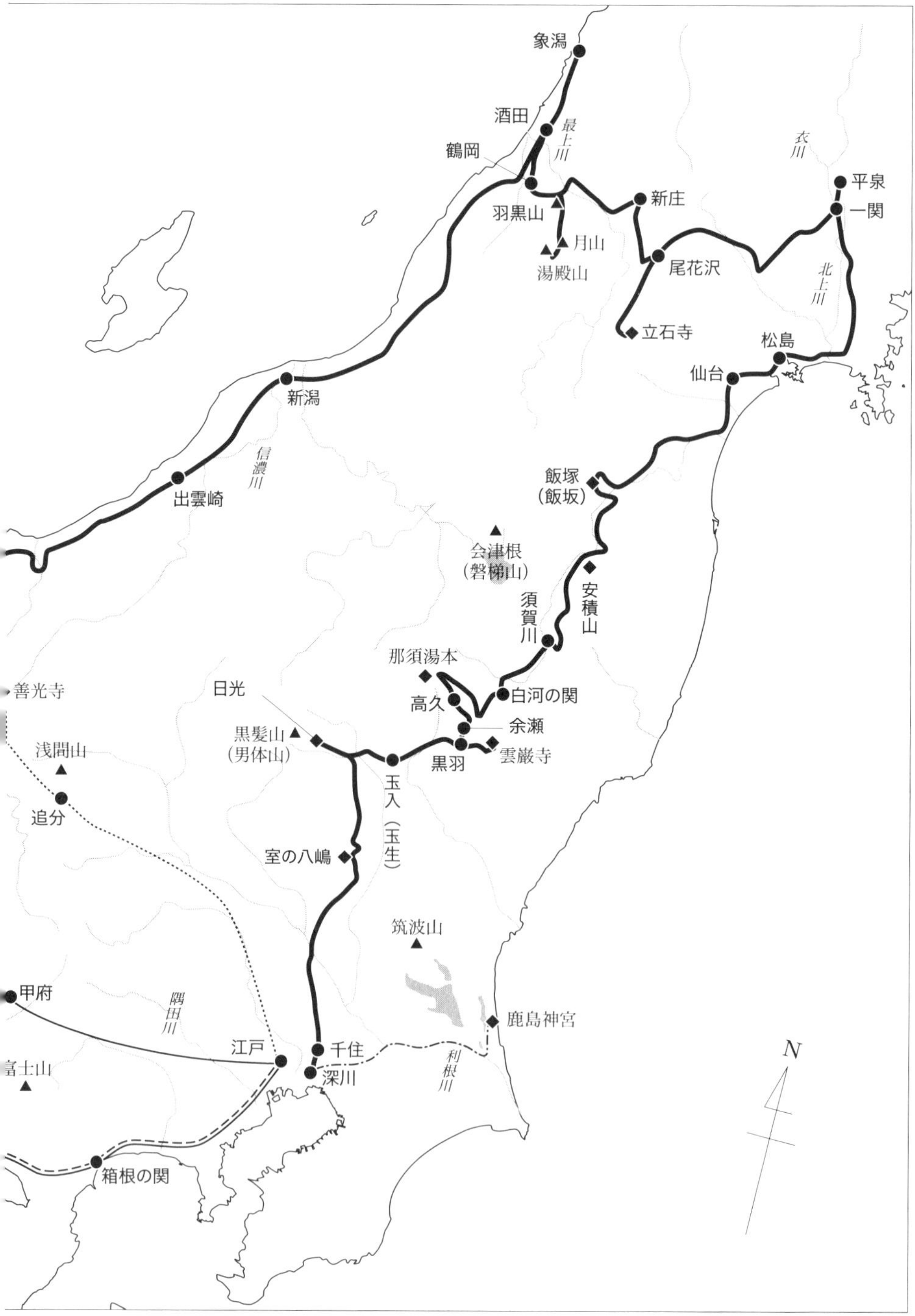
象潟
酒田
最上川
鶴岡
羽黒山
月山
湯殿山
新庄
衣川
平泉
一関
尾花沢
北上川
立石寺
松島
仙台
新潟
信濃川
出雲崎
飯塚
(飯坂)
会津根
(磐梯山)
安積山
須賀川
那須湯本
白河の関
高久
余瀬
善光寺
日光
黒髪山
(男体山)
雲巌寺
黒羽
玉入
(玉生)
浅間山
追分
室の八嶋
筑波山
甲府
鹿島神宮
隅田川
江戸
千住
深川
利根川
富士山
箱根の関
N

芭蕉行程全図

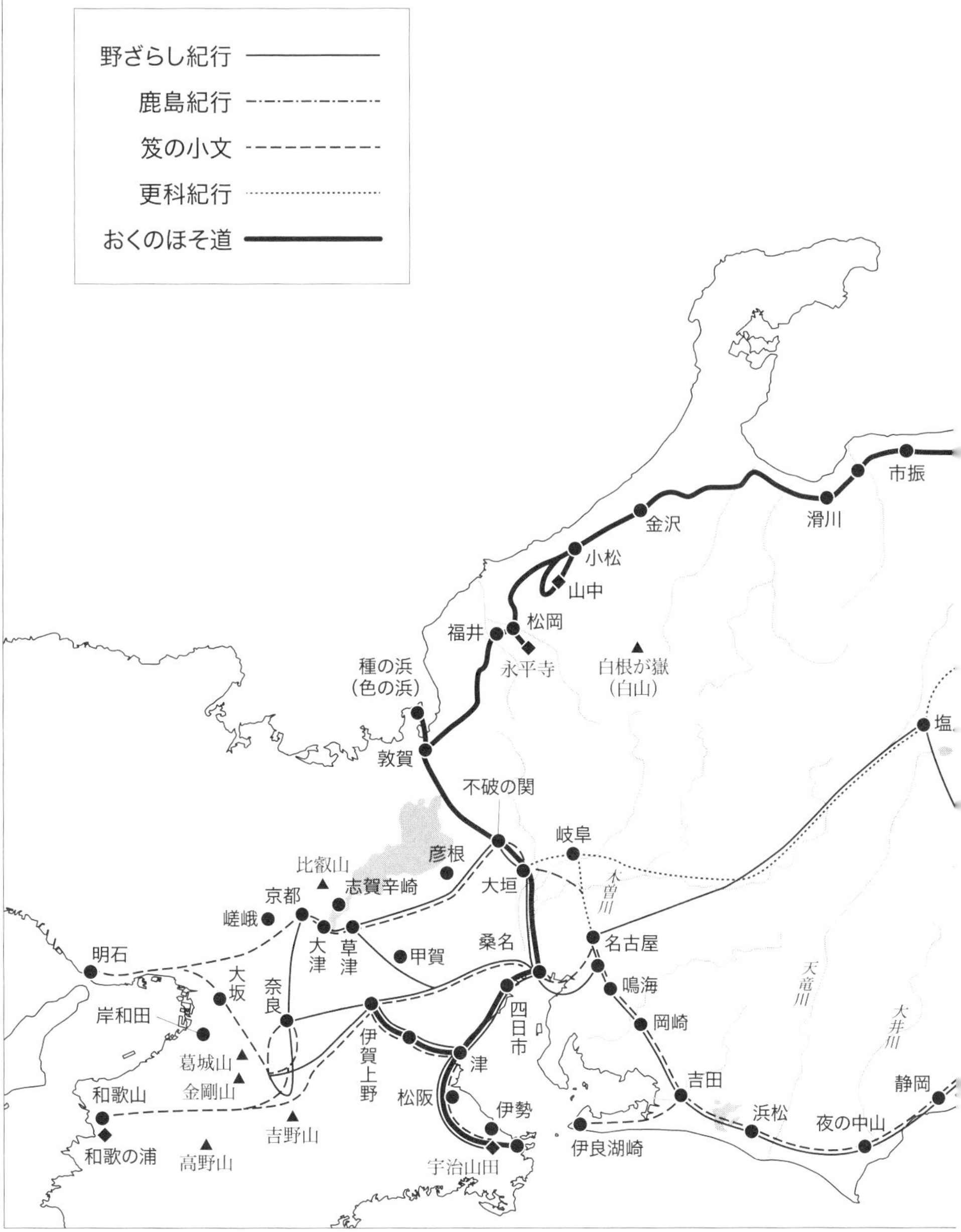

野ざらし紀行
鹿島紀行
笈の小文
更科紀行
おくのほそ道
市振
滑川
金沢
小松
山中
松岡
福井
永平寺
白根が嶽
(白山)
種の浜
(色の浜)
敦賀
塩
不破の関
岐阜
彦根
比叡山
志賀辛崎
大垣
木曽川
京都
嵯峨
大津
草津
甲賀
桑名
名古屋
鳴海
明石
大坂
奈良
岸和田
四日市
岡崎
天竜川
大井川
伊賀上野
津
葛城山
金剛山
吉田
浜松
静岡
夜の中山
和歌山
松阪
伊勢
吉野山
伊良湖崎
和歌の浦
高野山
宇治山田

地図作成　塚原英雄

真説・松尾芭蕉

第一章 研究の骨格

第一節　「芭蕉」号以前

古典への執着

今回は、その生い立ちや業績を、研究者たちが学問的・分析的に読んだあの読み方ではなく、芭蕉によって作られた「作品」そのものに即し、「俳句の実作者であるという自覚」の上に立って読んでいこうと思います。

今までの芭蕉研究・鑑賞は、どちらかというと資料や知識を駆使した学者・研究者のものが多く、同じ系列の文芸ジャンルに生きる俳句作者のものはそれ程多くはありませんでした。

特に、俳諧（連句）については、研究者たちのもの以外殆んどといっていいくらいに、その例をみません。芭蕉自身が「付合は老吟の骨」といっていることからしても、「付合」すなわち連句を重視することこそ、芭蕉研究の骨格でなければならぬと思うのです。

山本健吉氏は「――今日の俳人の多くは、芭蕉の連句に興味を示さないが、実はその俳句も、連句による照明によってはっきりその意味を掴むことができるのである。芭蕉の俳句だけを読むことは、おおげさな喩えだが、ダンテの『新生』だけを読んで『神曲』を読まず、シェイクスピアのソネットだけを読んで戯曲を読まないのに似ている」とまでいわれています。

山本氏がここでいう「俳句」も、現在、私たちが作っている俳句のことではなく、歌仙や百韻等一巻のスタートとして作られる最初の作、つまり発句のことを指しているわけです。そもそも「俳句」という用語は、明治二十年代、主として子規らの「俳諧革新運動」の中から生まれてきたものであり、それ以前は三十六句・百句を連続して一編とする中の、はじめの一句のことであったわけです。ですから、これだけを切り離して読んだのではだめだということ、まさにその通りだと思います。

とにかく芭蕉は、今日いうところの俳人、私達のような俳句を作る俳句作者ではなかったわけですから、連句をもとにした俳諧人芭蕉に迫る形で読み解くのでなければ、あまり意味がないのではないでしょうか。

そういうことから今回は、芭蕉の初期から晩年に至るまでの作品を、発句（一句だけ独立した地《じ》発句と、連句用の立《たて》句といわれるものの双方）さらに、連句そのものについて、じっくり読み直したいと思ったわけです。

廿九日立春ナレバ
春やこし年や行けん小晦日《こつごもり》

作年次のはっきりしているもののうち、最も古いものとして有名な句です。寛文二（一六六二）年の歳末、芭蕉十九歳の作です。十二月の二十九日に立春が来てしまった、さて春のくるのが早いのか、年がゆくのが遅いのか、いったいどうなっているのか、というような意味です。「年が暮れぬうちに立春になった、だからどうした」「感動の中心は何なんだ」「季語は、切れ字は」「やは疑問か反語か感動の助詞か」と、現代の私たちにはひとこともふたこともあるところです。

ところが芭蕉はそんなことはちっとも気にしません。のびのびと、思ったこと気づいたことを、そっくりそのまま句にしてしまいます。彼が気になることといえば、

君や来し我や行きけむおもほへず
夢かうつゝか寝てかさめてか
『伊勢物語』（六十九話）

年の内に春は来にけりひととせを
去年とやいはむ今年とやいはむ
『古今集』（巻頭　在原元方）

「年内立春」ということだけで、さっと浮かんでくる古典のいくつか、それらのうち、どれを採るかなど、古典に対する強い執着。私などの十九歳とは比較すべくもない対峙のしかたです。（古典に対する芭蕉の姿勢の変化については、実際の作品を例にとった上

でいずれくわしく触れなければなりません。研究者たちはあまり触れてはいませんが、三十五歳でようやく立机した宗匠の地位を捨て、日本橋から深川に隠栖した頃、近くの臨川寺に仏頂和尚を訪ね禅を学びはじめたあたり、それ以前と以後の、古典に対する芭蕉の構えは明らかに違ったと私は考えています。）

寛文二年といえば、芭蕉が伊賀上野の藤堂新七郎家へ出仕した年です。新七郎は藤堂藩（三十二万石）伊賀城代藤堂采女《うねめ》の下にあって五千石もの高禄を食む士大将でした。

当主の良精《よしきよ》には四人の男の子がありましたが、長男と二男は早世し、三男の良忠が後継者になっていました。芭蕉は、この良忠の許へ近侍役か何かの勤めに入ったといわれています。良忠は号を蝉吟《せんぎん》といい、貞門派の重鎮北村季吟に俳諧を学んでいました。吉川弘文館の「日本史総合年表」には、一六八九（元禄二）年十二月二十一日の項に〈幕府、北村季吟・湖春父子を歌学方とする〉とありました。五代将軍綱吉の頃、芭蕉が曽良を伴って「おくのほそ道」を旅した年です。なおその前の頁には、曽良の師吉川惟足《きっかわこれたり》（神道学者）も「将軍家綱に招かれて謁見」とありました。幕府の御用学者になるとか、将軍に招かれて講義するとかは、当時、あだやおろそかなことではなかったでしょう。良忠が、季吟を師としたということは、彼がいかに本格的に俳諧を学ぼうとしていたかということでもあります。そうした良忠に「愛寵《ちょう》」「頗《すこぶる》他に異なり」（竹二坊『芭蕉翁世伝』）と可愛がられ俳諧の相手役を勤めさせられた松尾忠左衛門（芭蕉）が、これもそれ相当な勉強家でない筈はありません。彼が十七、八歳の頃、学問をよくする好青年であるということで菊関如幻（上野の人、後、江戸へ出て俳人として活躍『江戸砂子』の著あり）という地元の学者に認められ、季吟に引き合わされたそうです。その程度の人物でなかったら、士大将の御曹司のところへ推挙されるわけもなかったでしょう。こうして良忠と芭蕉のコンビが生まれたわけですから、当然二人による両吟歌仙などがない筈はありません。もともと俳諧は最少でも二人、それ以上の「連衆《じゅ》」と巻くわけですから藤堂家の人々、他の人々を交えて「座」を持ったのは確かだったと思うのです。

『貝おほひ』から『談林』へ

此梅に牛も初音と鳴つべし

一六七五（延宝三）年五月江戸の大名俳人内藤風虎（陸奥国磐城平七万石の城主）が、大阪から招いた西山宗因歓迎百韻興行に加えられた際の芭蕉の作です。彼と山口信章（のちの素堂）が作品集としての『江戸両吟集』を出す前の年です。

当時隆盛を極めた談林派の総帥、全国の注目を浴びている宗因を迎えて江戸中の宗匠や俳諧師は大いに盛り上がった筈です。そして多くの人がそれに参加することを希望しました。芭蕉の実生活上のパトロンであった小沢卜尺や、江戸談林結社のまとめ役であり、のちに『談林十百《とっぴゃく》韻』を出した田代松意、その他野口在色・池村雪柴・遠藤正知など、当時の大物俳諧師も連座を申し入れましたが容れられなかったそうです。そういうところへ、江戸に出てまもなくの若輩芭蕉が、いかに内藤家へ足しげく出入りしていたにせよ選ばれたわけですから、感激もひとしおだったのでしょう。

「菅公を祀る天満宮の梅は、いまがまっ盛り（俳諧の道に君臨する大阪天満宮の宗因先生のご威光もこれに同じ）鶯が集まってきて鳴くのはもとより（多くの俳諧師が談林のもとに集結して励むのは当然）牛までが初音しようと重い声をはりあげることでしょう（牛のように愚鈍な私さえもが初体験をよろこんで囀り励むことでしょう）」というわけです。

梅も牛も菅原道真の寵愛したもの、「梅翁」と号した西山宗因の偉業をそれになぞらえたわけです。お追従といえばこの上ないお追従、権力に反発しがちの三十代を過ごした筆者などには、にが笑いがこぼれそうな作品です。

芭蕉はその二年後一六七七（延宝五）年、風虎の主催した『六百番俳諧発句合』にも加えられ、翌年の春宗匠立机の万句興行を行なっています。

いと涼しき大徳也けり法の水　宗因
軒《のきば》を宗《むね》と因《ちな》む蓮池　磫画
反橋《そりはし》のけしきに扇ひらき来て　幽山
石壇よりも夕日こぼるる　桃青（芭蕉）

これは江戸本所の大徳院で行なわれた百韻興行の一部です。まず宗因が自分を招いてくれた亭主の磫画に対し、仏法の世界にいて「大徳の高僧」と挨拶すれば、磫画が「宗と因」と客の宗因に返しの脇をつけるというものです。第三の高野幽山は貞門の重鎮松江重頼の門人で芭蕉の先輩、「桃青」は「宗房」から変えた新しい芭蕉の号。

その他同集には、

梅の風俳諧国にさかむなり　信章
こちとうづれも此時の花　桃青

というのもあります。「梅の風」は「梅翁の俳風」のこと、「こちとうづれ」は庶民のいう「こちとら」、「こんな私めでさえ香り高い春に出逢えました」というわけです。

災禍の中で

芭蕉の転機が『俳諧次韻』から『虚栗』までの間にあるのは、ほぼ間違いないと思います。ところが彼は、その間にもう一つ、実質的転機ともいえる体験をしています。例の「八百屋お七の火事」で知られている江戸の大火です。

天和二（一六八二）年十二月二十八日、午の刻といいますから、暮もおしつまった日の真っ昼間の十二時、駒込大円寺を火元とする大火災がありました。そのひと月前、十一月二十八日にも四谷を中心にした大火が起こっていましたが、こちらの方は歴史に残る大火災となったものです。

森川宿をひとなめにし、本郷二十余町の町家から、加賀前田家の藩邸をはじめ大小名、旗本、同心組の屋敷、神社仏閣など、町じゅうに燃えひろがりました。

北西の風が、南東の風に変わり、南は駿河台下から神田、日本橋、江戸橋、浜町河岸へ、東は湯島から池の端、下谷、浅草に及びました。やがてその火は巾四町（四〇〇米）に余る隅田川を越え、本所回向院（こともあろうに、死者十万人を出した明暦の大火の無縁仏を回向するために建立された寺）の屋根に飛び火します。そこからさらに深川の木場、州崎の茶屋町へと移っていき、筋違橋や浅草橋の二つの見附まで崩し落して小名木川一帯にまで襲いかかりました。

このとき芭蕉は、庵近くの小名木川の川州にとび降り、水に濡らした菰をかぶって、忍者のように首まで入る深さの水につかっていたといいます。

草庵を焼け出された芭蕉は、門人である高山麋塒《びじ》の国もと甲州谷村（現・山梨県都留市）へ避難し、付き添いとして同行してきた同じ門人の医師、芳賀一晶とともに約半年間をこの地で過ごします。

翌年の五月、江戸へ戻りはしますが、再建された芭蕉庵に入ったのはこの年の冬だそうです。この谷村滞在中も満足な句作はできなかったと周囲に漏らしています。麋塒に乞われて〈雲霧の暫時百景を尽しけり〉を短冊にして贈りましたが、同席の一晶も麋塒もこの作についてひとことも意見を言わなかったそうです。

それでもさすがに芭蕉主従——俗にいう「胡草歌仙《へぼちぐさ》」「夏馬《かば》歌仙」など、今日の私達を唸らせる作を残しております。

発句　胡草垣穂に木瓜《きうり》もむ屋かな　麋塒
（胡草垣穂に木瓜《ぼけ》も無家《なきや》かな）とも
笠おもしろや卯の実村雨　一晶
散る蛍沓《くつ》に桜を払ふらん　芭蕉

発句　夏馬遅行我を絵にみる心かな　芭蕉
のちに（馬ぼく〳〵我を絵に見る夏野哉）
麦手《むぎのて》ぬるゝ滝凋む滝　麋塒
蕗の葉に酒そゝぐ竹の宿徽て　一晶

第二節　『野ざらし紀行』から『蛙合』へ

『野ざらし紀行』（一）

千里に旅立て、路粮《みちかて》をつゝまず、三更月下無何に入《いる》といひけむ、むかしの人の杖にすがりて、貞享甲子秋八月、江上の破屋をいづる程、風の聲そゞろ寒げなり。

野ざらしを心に風のしむ身かな

秋十《と》とせ却《かへつて》而江戸を指ス故郷

すでに多くの指摘があるように、禅林の偈頌《げしょう》（仏の功徳をほめたたえる歌）を使い、『荘子』の文言を用いたりしたいかにも芭蕉らしい大袈裟な表現です。ですから、ややもするとこの悲痛な叫びが、風雅を追う求道者のものであり、この決意こそが、蕉風確立の土台になったなどといわれるわけです。たしかにそういう見方も成り立つと思います。「野ざらし」は野に晒された髑髏のこと、いつどこで野たれ死にしてもよい、という「野ざらしを心に」であり、そして「心に風のしむ」旅立ちであるというのです。つまり「心に」は掛詞であり、「野ざらしを心に」期することと「心に風のしむ」ること、と、双方にかけたわけです。

さらにこの時芭蕉の頭には、『荘子』外篇の第十八「至楽」にある「荘子楚に之《ゆ》き、空シキ髑髏を見る。髐然として（原形のままの）形あり。うつに馬捶《ばすい》（馬にムチうつこと）を以てし、因りて之に問ひて曰く——云々」（括弧内筆者注）があったことでしょう。

「路粮《みちかて》をつゝまず」「三更月下無何に入」にしてもそうです。

禅僧が出山の折に心掛けることとされる偈頌（「げじゅ」とも）の一部を採っています。

この場合は、宋や元の禅僧の偈、二百六十首が収められた『江湖風月集』にある広聞和尚の絶句を使っています。

路不《ず》レ齎《もたらさ》レ粮ヲ笑復タ歌フ——行くに道粮《かて》をもたらさず笑いまた歌う
三更月下入ル二無何一ニ——真夜の月下無何之郷に入る

そうした先達の杖を頼りにして今から出発する、というのですから誰が考えても新風を追究する改革者の声に聞こえるかも知れません。しかし、ほんとうにそうだったのでしょうか。

海苔汁のてぎは見せけり浅黄椀

この旅に同道した苗村千里宅で作った芭蕉の句です。千里は浅草に住んでいましたから、名産の海苔を使った味噌汁で昼のもてなしをしたのでしょう。「てぎは見せけり」とあるように、りっぱな塗りの椀と共によろこぶ芭蕉の姿が彷彿としてきます。しかし、何よりも嬉しかったのは、持病を抱えながら行く、旅の同道を快諾してくれたことに違いありません。この紀行文中に「千リトいひけるは、此《この》たびのたすけとなりて、萬《よろづ》いたはり心をつくし侍る。常に莫逆《ばくげき》の交《まじはり》ふかく、朋友に信あるかな此《この》人」とあります。『おくのほそ道』の中の「（曽良は）——予が薪水の労をたすく。このたび松しま・象潟の眺《ながめ》共にせん事を悦び、且は羈旅の難をいたはらんと——」と、ぴったり重なってくるではありませんか。芭蕉はこの時期、「たすけ」と「いたはり」に頼っていたのです。

『野ざらし紀行』（二）

『野ざらし紀行』という作品名は、もともとは存在していませんでした。

森川許六が『歴代滑稽伝』『俳諧問答』などという書物の中で『野ざらしの紀行』とか『のざらしの集』とか呼んではいたそうです。そのほかには、其角が『芭蕉翁甲子の記行』（『句兄弟』）、風国が『芭蕉翁道乃記』（泊船集）などという名で呼んでいたということです。

もともと芭蕉は、紀行文としての著作という意識でこれを書いたのでなく、単なる稿本として残していただけで、はじめから題名などつけてはいなかったということです。多分、この頃、各地を行脚して回る宗匠の間ではやっていたという、発句まじりの挨拶文として書いたものかも知れません。明和五（一七六八）年、今日いわれている『野ざらし紀行』が刊行されるのは芭蕉没後七十年以上も後のことです。

『笈の小文』にしてもそうです。これも当時周りからは「卯辰紀行」とか「芳野紀行」「大和紀行」などと呼ばれており、せっかく書き上げた原稿を、弟子乙州《おとくに》の家に泊った際、預けっ放しにしてしまったといわれているものです。

ことほどさように芭蕉という人は、これらを発表して己れの地歩を固めようなどということの一切無い人でした。あるのはただ、風雅への志向だけだったのでしょう。この辺りにも松尾芭蕉という人の、人間的魅力を覗きみることができます。

さて、呼び名についてもさることながら、先行きの不安に駆られながらも、『野ざらし紀行』の芭蕉は、一路大垣をめざします。途中伊勢神宮や生家に立寄ったりしますが、何といっても出発から一か月後、木因宅での記述が印象的です。

冒頭、――江上の破屋をいづる程、風の聲そゞろ寒げなり。

野ざらしを心に風のしむ身かな
秋十とせ却而江戸を指ス故郷

とあったのに対して、「――大垣に泊りける夜は、木因が家をあるじとす。武蔵野出《いで》し時、野ざらしを心におもひて旅立ければ、

死にもせぬ旅ねの果よあきのくれ」

となります。

出立時の悲愴感などどこへやら、大垣へ着いたときのこの調子、何と磊落であることか。これではまるで、この地がゴールでもあるかのようです。気持ちの上では確かにそうだったのでしょうが、このあと江戸へ帰るまでに、まだ半年以上もあったのです。五年後の

『おくのほそ道』のスタートとゴールの場合とまったくといっていい程似かよっています（もっとも、この草稿は、選集に入れようとした際、他の反対で没にされたもの。しかし、芭蕉はこれを土台にして五年後に役立て、珠玉の傑作を書き上げることとなったわけです）。

念のため、その「ほそ道」を確認してみましょう。

「――前途三千里のおもひ胸にふさがりて、幻のちまたに離別の泪をそゝく。

行春や鳥啼魚の目は泪――」

そして終着大垣では、

「――曽良も伊勢より来り合、越人も馬をとばせて、如行が家に入集る。前川子・荊行父子、其外したしき人々日夜とぶらひて、蘇生のものにあふがごとく、且悦び且いたはる――

蛤のふたみにわかれ行秋ぞ」

ということです。

『おくのほそ道』への出発に際しては、白河の知人からあらかじめ「今年の奥州はいつになく余寒が厳しいから予定を少し延ばすように」という知らせも来ていました。その忠告に従いはしたものの、持病のある師匠の旅立ちです。送る人々も、到着を待つ人々も、さぞや気がかりだったことでしょう。

そういう中で二千四百キロ、百五十日余の旅に挑んだわけですから、如行宅へ着いた時は誰もが安堵の胸をなでおろしたことでしょう。芭蕉本人のほっとした気持ちも、地の文の弾むようなリズムによく現われていると思います。

そして蛤の句です。この句、「伊勢の二見」と「蛤の蓋見」を「ふたみ」で掛け、「わかれ行」くと「行秋ぞ」として、「行く」を上下に渡らせています。

こうした細かな手法をとるところにも、長旅を終えて安心している芭蕉の心境がありありとわかるような気がするのです。

弟子達にさえあまり評価されなかったこの『野ざらし紀行』の草稿について、芭蕉本人はどんな考えを持ったのでしょうか。
この旅の三年後に書いた文章（『笈の小文』）の中に、彼の紀行文観とおぼしき一文がありますので、ついでながら引用しておきます。

「抑《そもそも》、道の日記といふものは、紀氏・長明・阿佛の尼の、文をふるひ情を盡してより、餘は皆俤《おもかげ》似かよひて、其糟粕を改《あらたむ》る事あたはず。まして、淺智短才の筆に及《およぶ》べくもあらず。其日は雨降、昼より晴て、そこに松有、かしこに何と云《いふ》川流れたりなどいふ事、たれ〱もいふべく覺《おぼえ》侍れども、黄奇蘇新のたぐひにあらずは云事なかれ。（以下略）」

この中の「其糟粕を改る事あたはず」（先人のかすばかりなめていて新味が出せない）とか「淺智短才の筆」「黄奇蘇新」（『詩人玉屑』の中にある「蘇子膽ハ新ヲ以テシ黄魯直ハ奇ヲ以テス」のこと）などのことばから、芭蕉自身の、自分で書いた紀行文に対する考え方がよくわかります。『野ざらし紀行』が、弟子達によって没にされたのも、仕方がないことだと思っていたのでしょう。

『野ざらし紀行』（三）

『野ざらし紀行』からの芭蕉の句は、明らかに変化していると思います。特に木因のもとを訪れたときの前後にそれがはっきりと現れているように思います。勿論、突如としてというようなことではありませんが、嵐雪や一晶達の「景気の句」などにも刺激を受けていたのでしょう。先ずは、対象そのものをじっくり捉えることからはじめます。旅という、からだを使った具体的な体験を土台にした句作がそうさせたのだとすれば、やはり『野ざらし紀行』以降、『鹿島詣』『笈の小文』『更科紀行』『おくのほそ道』と続く作品の、根底にあるものが見えてくるような気がするのです。大胆な言い方をすれば、『野ざらし紀行』以前の、あの観念的な手法が、一転、目前の風光・心象を中心に捉えた具象的なものになったといえるでしょう。

「佐夜の中山」の一節を例に考えてみます。

二十日餘りの月かすかに見えて、山の根ぎはいとくらきに、馬上にむちをたれて、数里いまだ鶏鳴ならず。杜牧が早行の殘夢、小夜の中山に至りてたちまち驚く。

馬に寝て残夢月遠しちやのけぶり

このうちの「いとくらきに、馬上でむちをたれて」の部分が、菊本本では、「いと暗く、こまの蹄もたど〳〵しければ、落ちぬべきことあまた〻びなりけるに……数里」となっています。菊本本というのは、菊本直次郎という人の旧蔵書『芭蕉図録』という書物のことで、その中の本文が芭蕉真蹟のものとされているものです。これに拠って考えてみますと、芭蕉はここで何回も馬から落ちたり、落ちそうになったりしていることになります。それもその筈、馬さえもが「蹄たどたど〳〵し」く「落ちぬことあまた〻び」だったのですから。

佐夜の中山は、**岩がねの床に嵐をかたしきてひとりやねなむさ夜の中山**（有家朝臣）や**年たけて又こゆべしと思ひきやいのちなりけりさ夜の中山**（西行法師）などの歌枕です。険しい山道が続くことで有名な所です。現在の静岡県掛川市日坂付近にある、左右ともに深い谷がのぞいている所だそうです。

このような、実際の体験から湧き出た心象に、晩唐の詩人杜牧の詩を想い起こしたのでしょう。「鞭ヲ垂レ馬ニ任セテ行ク、数里未ダ鶏鳴ナシ。林下殘夢ヲ帯び、葉飛ンデ時ニ忽チ驚ク。——」（『早行ノ詩』ついー年半前は、まず白氏文集十七を引用し、「憂方知酒聖、貧始——」などを置き、そのあとへ自分の詩句を掲げたりしていました（「花にうき世」）。

ところが『野ざらし紀行』ではそうではありません。自分の感動を第一にし、その感動と共に他の詩句を挙げるというふうになっています。この姿勢は、『虚栗』時代には殆んど見られなかったものです。

『野ざらし紀行』と『冬の日』（一）

撰集『冬の日』は、その題簽《せん》に「尾張五歌仙」とあるように、「狂句こがらしの」の巻「はつ雪の」の巻など五つの歌仙でできていますから、一歌仙三十六句、計百八十句にのぼる大作になっています。

もともと『冬の日』は、芭蕉が「野ざらしの旅」をしている最中、旅中二度めの生家訪問の折にはすでに出版されていたわけです。したがって、それ以後、大和・山城・近江・甲斐等を経て江戸へ着くまでに、まだ半数近くの句を残しているのです。しかもその出来栄えのよさは、前半のものとは比べものにならぬものばかりなのです。今回は、そのすばらしい作品の中からいくつかを取上げて、相変わらずのひとりよがりを述べてみようと思うのです。まず第一番めの呟きは、

「海邊に日暮《くら》して」と前書のある、

海くれて鴨の聲ほのかに白し

についてです。穂積東藤の『熱田皺筥物語』（芭蕉・桐葉・工山・東藤の四吟歌仙）には「尾張の国熱田にまかりける比《ころ》、人々師走の海みんと舟さしけるに」という詞書きがついています。ですから四人は薄暮の海上へ舟で出て、白い微光の中で鴨の声を聞き、楽しいひとときを過ごしたのでしょう。ちなみに桐葉の脇は〈串に鯨をあぶる盃〉であったといいますから、酒肴や七厘までも積みこんでいたのでしょう。

この作品については、「鴨の声という音の感じを色彩で表現した大胆で画期的な作である」と普通一般にいわれています。

「海くれてほのかに白し鴨の声、というべきを鴨の声を印象づけるために倒置した句法」（岩波古典文学大系45）であるというのです。たしかにこの時期、芭蕉が杜甫の倒装法を用いたりしていたのは事実ですが、果してそうでしょうか。もしそうだとすると「ほのかに白し」は「鴨の聲」だけにかかる単なる修飾語でしかない。私はそうではなく、「ほのかに白し」は「海くれて」と「鴨の聲」の両方を受けていると考えています。

海くれて → 鴨の聲 → ほのかに白し

「海くれて」の「くれて」や、「日暮《くら》して」（日暮れて ではない）という語からくる感じでは、ただ「鴨の聲」が白いのではなく、かすかに見える岸辺一帯の景色までもが「ほのかに白」かったのではないかと、風景を全体としてとらえたいのですが、どうでしょうか。

『野ざらし紀行』と『冬の日』（二）

命二ツの中に生《いき》たる櫻哉

この句も、芭蕉という人の、人柄そのものが、如実に現れた秀句だと思います。

「命二ツ（の）」の「の」があるのかないのかということで、研究者の間では現在でもかまびすしい議論が行われているものです。菊本本や孤屋本等に拠った杉浦正一郎・宮本三郎両氏の『野ざらし紀行』（岩波古典文学大系）には「の」が入っていません。ところが中村俊定氏の『芭蕉俳句集』や『芭蕉紀行文集』（ともに岩波文庫）ではどちらにも「の」が入っています。ほかに風国の『菊の香』や『土芳全伝』『竹人全伝』などでは「の」は入っていないということで、今日では「命二ツ中に活《いけ》たるさくらかな」が一般的なようです。

しかし、芭蕉本人に「晝はとつて予が師とし、風雅はをしへて予が弟子となす」（許六離別の詞）といわしめた森川許六は、「是、命二ツのと文字あまり也。予芭蕉庵にて借用の草枕（『野ざらし紀行』のこと、筆者注）ニ、慥《たしか》にの、字入たり。の、字入て見れば、夜の明るがごとし」（俳諧問答）として、風国らの「命二ツ」は杜撰であり、「の」がある方が正しいともいっています。

A　**命二ツ中に活《いけ》たるさくらかな（泊船集他）**

B　**命二ツの中に生《いき》たる櫻哉（熱田三謌僊他）**

Ａの「活たる」については、送り仮名の習慣が現代と違う表記であるため「いけたる」と読んでいる例が多いのです。誰かが大きな花瓶に桜の技をいけておいてくれたということなのでしょうが、これでは芭蕉の詩ごころが死んでしまいます。

前書き「水口にて廿年を經て故人にあふ」とあるこの「故人」とは郷里の後輩服部半左衛門（のちの土芳）のことです。

半左衛門保英はこの時二十九歳、伊賀上野藩の槍術指南役として将来を嘱望された青年武士でありました。播磨へ出向している際、芭蕉が帰郷していることを聞き急いで上野へ戻ります。しかし芭蕉は奈良へたった後、奈良へ行くとまた京都へ行った後、ついに近江甲賀の水口宿で再会を果したというわけです。

やっとのことで師であり大先輩である芭蕉に逢えた保英の喜びはどんなだったでしょう。それにもまして芭蕉の喜びは、と、考えるだけで胸がつまってしまいます。二十年前、芭蕉は二十二歳、主君蟬吟主催の貞徳十三回忌追善百韻にやっと連座を許された頃——保英は芦馬という幼名を名乗る九歳の少年、俳諧もおそらく習いはじめだったに違いありません。

命二ツのそれぞれの胸中にあるものは、部屋に飾られた桜とはまた別のもの、もっと重い桜であったに違いないのです。保英はこの後、武士の身分を捨て、「蓑虫庵」を建てて蟄居し、以後四十五年に渉って蕉風俳諧へ没入していくことになります。

『蛙合』

〈古池や蛙飛こむ水の音〉は、たちまちのうちに全国各地へ伝わっていきました。それまでの俳諧に例をみないこの句は、読んだ者をして新鮮な感動に包み、いやおうなく深い閑寂の境地へいざなったことでしょう。

かねてから芭蕉が憧れていた「万物斉同」への志向がみてとれる作になっています。「総てを超越したところに生きる立場を見出して、造化の自然を楽しむ」

という荘子の思想、いわゆる「無《む》何《こ》有《う》之《の》郷《さと》」に通じる句であるということができます。

衆議判二十番の『可般図《かはず》』は、貞享三（一六八六）年の閏三月江戸新革屋町（現神田）の西村海風軒から板行されています。巻末に「青蟾《せん》堂仙化子撰《これをえらぶ》レ焉乎」とありますから仙化を中心に何人かの合議によって判詞をつけ、「勝・負・持《もち》（引分け）」を決めたのでしょう。

内容の一つ一つは、次号以降、じっくり読むつもりですが、今回はまず「第一番」にある「添書き」を問題にしたいと思います。

こうした撰集の場合、普通一般には「前文」とか「跋文・跋語」などというものがあるものですが、ここにはそれがありません。そのかわり、第一番の判詞を書くべき場所にある「添書き」がそれらしいものになっています。

（第）一番

左　芭蕉

古池や蛙飛こむ水の音

右　仙化

いたいけに蝦《かはづ》つくばふ浮葉哉

此《この》ふたかはづを何となく設《まつけ》たるに、四となり六と成《なり》て一巻にみちぬ。かみにたち下におくの品、をの〳〵あらそふ事なかるべし。

「歌合」以来のしきたりとして尊貴先達への判はくださないのが礼儀ですから「をの〳〵――」は当然です。ただ、その前に「かみにたち下におくの品《ほん》」とあるのが問題なのです。

これは『古今集』「仮名序」にある「人丸は赤人がかみにたゝむ事かたく、あかひとは人まろがしもにたゝむことかたくなむありける」から採ったものです。つまり赤人と人麻呂のどちらが上で、どちらが下がということを（これを書いたといわれている紀貫之が）評価した姿勢を否定する形になっているのです。

「此《この》ふたかはづを何となく設たる」（「ふたかはづ」

のうちの一つは芭蕉の「蛙」、もう一つは仙化の「蝦」のこと）などという部分と「をの〳〵」「あらそふ事なかるべし」からみて、これは仙化でない他の誰かが書いたものと思えますが、いずれにしても何と勇ましい文章ではありませんか。

芭蕉師のすばらしい作品に倣って、蕉門の同志一同はあえてこの集を世に問うというのでしょう。「一巻にみちぬ」ともありますが、何と自信に満ちみちた宣言文ではないかと思うのです。

第二章 鹿島から更科まで

第一節　『鹿島紀行』

『鹿島紀行』の前に

貞享四年八月十四日、芭蕉は曽良と宗波を伴って鹿島の瑞甕《ずいよう》山根本寺へ出発します。仲秋の明月の夜を翌日に控えた日でありました。

もちろん二十一代めの住職を退いて隠居している仏頂を訪ねるためでしたが、そのことの前にここで彼の「旅」について整理しておこうと思います。

芭蕉の旅の足跡は次のようです。

1	『野ざらし紀行』	貞享元～二（一六八四～五）年
2	『鹿島紀行』	〃　四（一六八七）年八月
3	『笈の小文』	〃　〃（　〃　）〃十月
4	『更科紀行』	元禄元（一六八八）年八月
5	『おくのほそ道』	〃　二（一六八九）年三月
6	『最後（死出）の旅』	〃　七（一六九四）年～

5と6との間が随分離れているようにみえますが、そうではありません。『おくのほそ道』の旅は元禄二年の八月二十一日、大垣へ着いたところで終わりますが、その足でさらに伊勢や大津へ行き長い時間を過ごしています。生家へ行き、去来宅へ行き、膳所国分山では幻住庵に逗留しています。山城の落柿舎や大津の義仲庵でも過ごし、この間二度の越年をしているのです。江戸日本橋橘町の借家へ戻るまでに、足かけ三年をかけています。

つまり貞享元（一六八四）年四十一歳のときから元禄七（一六九四）年、大阪御堂前の花屋仁右衛門方の裏屋敷で病死するまで、ずっと旅の中にあったのです。

十九歳で俳諧をはじめてから「野ざらしの旅」へ出るまでに二十二年、その後の十年余が風雅の誠を求めた充実の時でありました。彼の俳諧人生三十二年間のうち、三分の二は宗匠を目ざしての凡俗な年月であり

「――折ふしの興にまかせて、ひやうふつと云ひ出

す言葉の、みづからも腹をかゝへ、人の耳目をよろこばしめて、衆と共に楽むを俳諧の骨子とす」るものでありました。

それに対して「高悟帰俗」（高く心を悟りで、俗に帰るべし）を旨とすること――句はあくまでも具象的にし、しかも人生の深淵に迫る象徴性を持たねばならぬとして真の風雅に迫ったのが最後の十年であったのです。

ほかにも当時のいくつかのできごと、
○「蓑虫は鬼から生まれた虫である」とする枕草子を土台にした句〈蓑虫の音を聞きに来よ草の庵〉を贈られた素堂が『蓑虫説』を書き、そこへまた芭蕉が「跋文」を書いて友情を固くしたこと。
○其角と仙化が芭蕉を墨田川の月見に誘い出した際のエピソード（三人が舟の上で句を案じているとき、仙化の従者《ずさ》が酒をあたためながら〈明月は汐にながるゝ小舟哉〉と呟いたのでびっくりし「翁をはじめ、我々も、かつ感ジ、かつ恥て、九ツを聞て帰りにけり」とある其角の『雑談集』のこと。
○『雪丸《まろ》げ』『閑居の箴《しん》』その他、いろいろなものを取上げねばと思っているところです。

『鹿島紀行』（一）

『鹿島紀行』の書き出しには、いささか気になるところがあります。

〈らくの貞室、須磨のうらの月見にゆきて、「松陰や月は三五夜中納言」といひけむ、狂夫のむかしもなつかしきまゝに、このあきかしまの山の月見んと、おもひたつ事あり〉と、旅の動機から書きはじめているところです。

それまでは川舟での月見や芭蕉庵周辺のものでしかなかったし、かねてから仏頂和尚に誘われてもいたし、と、思いたつまま気軽にでかけたというふうです。貞室が洛から須磨への月見なら、せめて孫弟子のそれがしは、江戸から鹿島の山あたりまで、というわけです。何につけ故事や先達にならおうとする芭蕉の、ささやかな贅沢だったのでしょう。それはそれでよいと思います。

ところが、ここに引用された〈松陰や――〉の句が問題なのです。

芭蕉の師北村季吟が、その著『山之井』の中に自分の師匠である安原貞室の代表作として書いた一文があります。これを芭蕉が読んでいない筈はありません。『山之井』は慶安元（一六四八）年芭蕉四歳のときに出版されていたものです。

〈　八月十余日《とをかあまり》、ただ独り名所の月にあくがれ歩《あり》きて、十五日には津の国須磨の浦に至りぬ。日の程はここかしこ見歩きて、暮つ方より磯辺に出でて、一夜《ひとよ》明かし侍りつるに①かのなにがしの筆の跡も思ひ出でて、そぞろに泪ぐまれ侍る。さても、今宵の清明、所から月も心してや②澄み給ふらんと、

十五夜と思《おぼ》し出でたか須磨の月　正章

中納言行平の③住み給ひし所は福祥寺の山のひんがしに続ける尾なり。月見の松と名づけて、今も一叢《ひとむら》侍り。

松に④すむや月も三五夜中《さんごやちゅう》納言　同　〉

（正章《まさあきら》は貞室の本名。福祥寺は今の須磨寺、①は『源氏物語』や謡曲『松風』、西行作といわれる『撰集抄』などのことか。②③④は「住み」と「澄み」の懸詞、「松」と「月」は縁語。筆者注）

ここで芭蕉が「松にすむや」を「松陰や」としているのは、おそらく軽い気持ちで書き出したが故の勘違いだったのでしょう。『おくのほそ道』（日光）の条で、勝道上人とすべきところを空海大師などとしたような間違いだったのでしょう。

貞室本人の『玉海集《ぎょっかい》』や『正章《せいしょう》千句』でも「松にすめ」「松にすめる」と「澄む」をはずしてはいない（島内景二『北村季吟』）ということです。

在原行平の歌「わくらばに問ふ人あらば須磨の浦にもしほたれつゝわぶと答へよ」古今集巻十八（たまさかにわたしのその後を聞いてくれる人がいたら、配流

の身を嘆いて、侘び沈んでいると答えてくれの意。「もしほ」は海水と藻を利用して作る塩のこと。筆者注）もこの時貞室の脳裡にはあった筈です。

ことのついでに、謡曲『松風』・『撰集抄』・『源氏物語』（須磨）について、そのかかわる一部をのぞいてみましょう。

観阿弥作・世阿弥改修といわれている夢幻能『松風』全十一段は、須磨に残されて行平を待つ二人の姉妹の物語です。

「――不思議やなこれなる磯べに様《よう》ありげなる松の候、いかさまこの松につき謂はれのなきことは候ふまじ――」というワキの着キゼリフをはじめにして、「変はらぬ色の松ひと木」「松の叢《むら》立ち霞む目に」「ここは鳴尾の松蔭に」「松の木柱《きばしら》に竹の垣」「あの松蔭の苔の下」「あれは松にてこそ候へ」……と、どの段をみても松のオンパレード、しめくくりも「松風ばかりや残るらん、松風ばかりや残るらん」となっています。しかもこの松は、行平の戻りを待つ少女らの心にかけた懸詞になっているのです。ですからここはどうしても「松（待つ）」に「すむ（住む・澄む）」でなければいけないのです。

『撰集抄』巻八の第十一「行平絵嶋ノ海人《あま》歌ノ事」には、

むかし、行平の中納言と云人いまそかりける。身にあやまつ事侍りて、須磨の浦にうつされて、もしほたれつつうらづたひなどしありき給ひけるに、絵嶋の浦にてかづきする海人の中に、よに心のとまり侍りけるに、たどりよりてたまひて、「いづくにやすみする人にか」とたづね給ふに、この海人とりあへず

白波のよするなぎさに世をすごす
海人の子なれば宿もさだめず

とよみてまぎれぬ。（以下略）

とあって、文《もん》徳天皇に仕える身でありながら、みずからの誤ちで弟業平と同じように都を追われた行平のその後が書かれています。

この夏、高校生に教えるためもあって『源氏物語』の一部を読み直してみました。高校生の場合は、学校によって教科書が違うため結構大変な仕事になりました。それでも「須磨」の帖については抜粋する部分に違いがあっても共通して掲載されていました。

世の中、いとわづらはしく、はしたなきことのみまされば「せめて、しらず顔にありても、これよりまさることもや」とおぼしなりぬ。

冒頭にこうあって、「わずらわしいことから遠ざかり、知らない人ばかりのほうがかえっていい」と書かれています。

そう思いながらも希代のプレイボーイ光源氏は、清涼殿界隈でのはなやかな暮らしを忘れることができません。

――月、いと花やかに出で、、殿上の御遊び恋しう「所々、ながめ給ふらんかし」と思ひやりたまふにつけても、

月のかほのみ、まぼられ給ふ。「二千里の外故人の心」と誦《ずん》じ給へる、例の、なみだもとゞめられず――

ここで源氏が「誦じ」（呟い）た「二千里の外――」は、勿論、白楽天三十九歳の折の七言詩「八月十五日夜禁中独直対月憶元久」の一節です。都から遠く離れた江陵に流され、不遇をかこっている親友元久を思っての詩です。

銀台金闕夕沈沈　独宿相思在翰林

三五夜中新月色　二千里外故人心　（以下略）

（「三五夜中」と「中納言」を続けたわけです。）

『鹿島紀行』（二）

雪は申さずまづむらさきの筑波山

嵐雪の『玄峰集』にはこうあるそうですが、芭蕉は「山」を「かな」にしています。

嵐雪といえば、まず、

梅一輪一輪ほどの暖かさ
蒲団着て寝たる姿や東山
明月や煙這ひゆく水の上

など、人口に膾炙されたものを思い出します。「嵐雪の句には、表現上の不備が多く、前書がないと句意がわからない」（石川真弘）という研究者の指摘もありますが、いちがいにそうともいえません。右にあげた句などは、いたってストレートに理解できます。

私の家の三階からも筑波山はよく見えますし、ちょっと郊外に出れば加波山から八溝山系に連なる山なみとともに、その姿が美しく眺められます。

筑波・真壁・新治の三郡にまたがる、たかだか八百七十一メートルの男体（イザナギ）と、それより六メートル程高い女体（イザナミ）の二峰は、いくら見ても見飽きることがありません。数年前まで私は、毎年千倉の花畑へ行っていましたが、成田山新勝寺へ着くまでの途中、ずっとこの山の姿を楽しんで運転していました。

嵐雪のこの句、とてもよいと思います。文法的には文語の修辞でありながら、内容としてはいかにも口語的な発想で、まずは春のあおさに着目し、何ともはればれしい句になっています。前書きなどなくても、誰にでもわかる句であるといえましょう。「筑波山」の山を、単なる体言止めで終わらせず、感動と詠嘆を込めた終助詞の切れ字「かな」と誤った芭蕉の心のありようもよくわかるような気がします。この紀行文全体の調子からみてもあえて添削、訂正したということではないように思います。

門人達から、いかに煙たがれようと嫌われようと、芭蕉のほうはいっさい関係なし、つねに一方的に弟子のよさが念頭にあったのでしょう。

そうした弟子第一の姿勢に加えて例の伝統重視――歌垣・歌枕としての「つくば」を、まっすぐに思うのです。

『古事記』や『日本書紀』には、日本武尊（熊《くま》曽《そ》建《たける》兄弟を討って以降は「倭建命」）と甲斐の火《ひ》焼守《たけもり》の翁との唱和のくだりがくわしく書かれています。

尊　新治《にいばり》筑波を過ぎて　幾夜か寝つる
翁　日日並《かがな》べて　夜《よ》には九夜《ここのよ》　日には十日を

この二人の唱和から連歌を「筑波の道」と呼ぶようになり、二条良基の自撰連歌集『菟玖波集』や俳諧の原典ともいえる山崎宗鑑の『犬筑波集』が生まれてきたというわけです。

そしてさらに『古事記』より四十七年後、『日本書紀』より三十九年後には『万葉集』が成立しています。

芭蕉も、日本武尊には相当な関心を持っていたのでしょうから、その辺りのことを一応調べておきたいと思います。まずは『古事記』から覗いてみましょう。

『古事記』には、日本武尊が出雲国の首領出雲建《いずもたける》をうち殺してから走水《はしりみず》（神奈川県の浦賀には今も走水神社というやしろがある）で、弟橘《おとたちばな》比《ひ》売《め》の犠牲によって助けられ、甲斐の国へ出たとあります。ところが『日本書紀』のほうには「――蝦夷既に平ぎ日高見の国より還りて、西南《ひつじさる》の方、常陸を歴《へ》て、甲斐の国に至りて、酒折の宮に居ましき――」とあります。この酒折の宮へ来る途中で御《み》火《ひ》焼《たき》の翁《おきな》に逢い、前記の唱和になったというわけです。

> 新治　筑波を過ぎて　幾夜か寝る
> とのたまひしに、諸《もろもろ》の侍者、え答え言《まお》さざりき。時に乗燭者《ひともしびと》有て、王《おおきみ》の歌の末を続《つ》ぎて歌ひしく
> 日日並べて　夜には九夜　日には十日を
> 即ち乗燭人の聡《さと》きことを美《ほ》めて、敦く賞《めぐ》みたまひき。

「日高見の国」というのは、陸奥国桃生郡のことで

ある（『常陸国風土記』）ということですから、東北地方のえぞを平定し、やがて甲斐を経て科野《しな》（信濃）へ入る日本武尊の足どりとしては、このほうが地理的に納得できます。まして『日本書紀』の記述、

「――乗燭者（人）の聡きことを美めて、敦く賞みたまひき」の部分について『古事記』の方では「――ここをもてその老人《おきな》をほめ、東の国造《くにのみやつこ》になりたまひき」となっています。

いかに気にいった人への報いであるとしても「国造」は大仰に過ぎます。ものの本によれば、大化の改新以前、国造は、世襲制度の地方官としてほぼ一郡を領する身分であった、とありますから当時特有の誇張表現であったとしても、いささか大袈裟に過ぎるのではないかと思います。

『万葉集』についても「筑波」がどう扱われているのかをポイントに調べてみました。

今まで、つまみぐいのようにしか読んでいなかったものを、今回は巻ごとに示された目次を頼りに当ってみました。見落しもあるとは思いますが重なものをあげてみます。

巻　三　○筑波岳《つくばのたけ》に登りて、丹比《たぢひの》真《ま》人国人《ひとくにひと》の作る歌一首（長歌・反歌）

巻　九　○検税使大伴卿の、筑波山に登りし時の歌一首（長歌・短歌を并せたり）

○筑波山に登る歌一首（長歌・短歌を并せたり）

○筑波嶺に登りて嬥歌会《かがい》をする日に作る歌一首（長歌・短歌を并せたり）

巻十二　○新墾《にひばり》の今作る路《みち》さやかにも聞きてけるかも
妹《いも》が上のことを

巻十四　○「常陸国歌」十首のうち九首

巻二十　○筑波嶺のさ百合《ゆる》の花の夜床にも愛しけ妹そ
昼も愛しけ

嬥歌会《かがい》（歌垣のこと）＝『常陸国風土記』の一節には、「嬥歌会俗、宇太我岐（ウタガキ）といひ、又、加我比（カガヒ）といふに邂逅《たまさか》に相遇へり」とあります。

芭蕉にとっては文字通り「和歌なくばあるべからず、句なくは過ぐべからず」であったのでしょう。

『鹿島紀行』（三）

主従三人は、その日の夕方布沙に着き、網代漁師の家でひと休みします。ところが、そこでもゆっくりすることなく、晴れわたった月明りをよいことに舟戸（鹿島・大船津）まで夜船で下り、そこで一泊します。

布沙は当時、利根川水運の渡船場だったそうですが、地図の上では埼玉県幸手市と鹿島を結ぶ中間点くらいにありますから、大船津まではかなりの距離になります。利根川に限ってみても、その河口と布沙との距離は、反対の群馬県東端の利根川とそんなに違わないほどです。利根・下総・神崎・佐原を通って潮来を経由し、北浦に入ったのでしょうか。

ちょうどこの頃は、仙台藩が塩の専売制を実施して潮来を繋留港にしていたそうです。そのために江戸との交流がみつになり、利根川水運も急激に隆盛を極めたといいます。

寛永三年（芭蕉が生まれる十八年前）以降、一年に四千艘強の運行であったといいますから、ひと月に三百三十艘、いち日十一艘の船が上り下りしていたことになります。日に何本も出ない現在の路線バスなどより、ずっと便利な交通手段だったのかも知れません。

翌八月十五日、三人は鹿島神宮を参拝してから根本寺に仏頂を訪れます。ところが生憎その時刻からすごい雨になります。おそらく誰もがもう一日はやく江戸を出ていればと思ったことでしょう。

「ひるよりあめしきりふりて、月見るべくもあらず――」「月のひかり、雨の音、たゞあはれなるけしきのみむねにみちて、[1]いふべきことの葉もなし。はる〳〵と月みにきたるかひなきこそほゐなきわざなれ――」「[2]かの何がしの女すら、郭公《ほととぎす》の[3]歌得《え》よまでかへりわづらひしも、我ためにはよき荷擔《かたん》の人ならむかし」

①菊本本や梅人本では「歌も句もできないこと」としている。

②清少納言のこと。「枕草子」の記述を思い出していたか。
③「得よまで」の「得」は、下に打消しや反語のくる副詞
（え……ず。ぬ）の「え」

この日芭蕉が仏頂に逢うのは久しぶりで、まる五年ぶりのことでした。仏頂が鹿島神宮を相手どって起こした訴訟に勝って、寺へひき上げる数日前、挨拶のために芭蕉庵を訪問してきたとき以来だったのです。（九年間に及んだ仏頂の訴訟が、この時期急に解決したことについては、芭蕉や芭蕉の弟子高山伝右衛門麋《び》塒《じ》、その主君であり、幕府の寺社奉行をも勤めていた秋本藩主秋元摂津守喬朝らのかかわりがあったと、私はみています。このことについては、学者・研究者の誰ひとりとして触れてはいませんが、私はおそらくそれがあったに違いないと思っています。この件については後日詳しく述べたいと考えています。）

おり〱にかはらぬ空の月かげも
　ちゞのながめは雲のまに〱　和尚
A　月はやし梢は雨を持《もち》ながら　桃青
B　寺に寝てまこと顔なる月見哉　同
C　雨に寝て竹起《おき》かへるつきみかな　ソラ
D　月さびし堂の軒場の雨しづく　宗波
（記号は筆者）

仏頂は漢詩や和歌にはすぐれていましたが俳諧はやっていません。ですから亭主（発句）と客（脇）の両方を芭蕉がつとめるかわりに、冒頭へ仏頂の歌を置いたのでしょうか。歌仙ならず、三つ物ならず、芭蕉のものの中では珍しく変則的な形になっています。

それにしても仏頂の歌と、芭蕉の句の対比がおもしろいではありませんか。仏頂の歌は多分に悟道的で理屈っぽく、さすがに禅僧らしいものです。「月にはもともと何の変哲もありはしないのに、雲がいろいろ変わるだけで人間の眼にはさまざまに見えるのだ」とい

います。すると芭蕉は「雨を含んだ木々の梢を雲が流れ去っていく。そして、それより何より月の動きのはやいことよ」と叙情的です。

CやDとはいささか格が違います。

ところが、本間家（この紀行で一行が泊めてもらった本間自準道悦、俳号松江《しょうこう》の家）に伝わる「芭蕉真蹟『鹿島詣』」にはA・Bの順序が逆に載っているといいます。もしそれが正しいとすると、Bの句はその前にある文章「根本寺のさきの和尚、今は世をのがれて――すこぶる人として深省を発せしむと吟じけむ、しばらく清浄の心をうる――」と、ぴったり対応することになります。

特に「深省《せい》を発せしむ（深い反省の心を起こさせる）」という部分と「寺に寝てまこと顔なる月見哉（慎しみ改まった気持ちで月見をさせていただく）」という句意が、より呼応するように思います。むしろそのほうが、師と仰ぐ仏頂への畏敬の心を、みてとることができるのではないでしょうか。

もともと「人をして深省を発せしむ」も芭蕉がこよなく愛した杜甫の詩からとったものです。杜甫二十五歳頃の作品に「龍門の奉先寺に遊ぶ」という五言律詩がありますが、その最後の詩句「令人発深省」（人をして深省を発せしむ）をそっくり引用しているのです。杜詩伝本の多くがこの作品を冒頭に掲げていますから、芭蕉の頭にはきっちりと入っていたのでしょう。

遊龍門奉先寺（杜甫）

遊鹿島根本寺（芭蕉）

などとして、ひそかにしゃれた心境だったのでしょうか。

前の年に進士の試験に落第した杜甫の、傷心の気分もうかがえるよい作品ですので、書き下し文にして紹介します。

巳《すで》に招提《しょうだい》の遊びに従い
更に招提の境に宿す
陰壑《いんがく》虚籟《きょらい》生じ

月林《げつりん》清影散ず
天闕《てんけつ》に象緯《しょうい》逼り
雲臥《うんが》衣裳冷たし
覚めんとして晨鐘《しんしょう》を聞けば
人をして深省を発せしむ

○招提＝寺院
○陰壑＝谷
○虚籟＝風
○天闕＝峰や絶壁がそびえること
○象緯＝天体の経緯《たてよこ》
○雲臥＝雲上の寝床
○晨鐘＝夜明けの鐘

第二節　『笈の小文』

『笈の小文』の旅（一）

前回の『野ざらし紀行』の旅は、苗村千里《ちり》を伴った二人での出発でした。

ところが、今回はたったひとりです。いかに本人が待ちこがれていたとはいえ、持病を持つ人のひとり旅です。周囲の人々は、前回以上に心配したことでしょう。

ところが本人は違います。誰の助けも必要なし、はじめから自分ひとりでと決めていました。衆議判二十番の句合（例の『蛙合《かはづあわせ》』）の成功で彼の名声は各地にとどろき、江戸や地元伊賀はもとより、特に京・大阪・名古屋の俳壇に一段と高まっていましたから、当然といえば当然のことでした。しかも多くの人々が、それぞれの地で来訪を待ちわびていたのです。

鳴海の知足（寂照）
熱田の桐葉（木示）
名古屋の荷兮・野水
伊賀の土芳や兄半左衛門
京の去来
近江の千那・尚白ら

これらの人々の顔で頭の中はいっぱいだったのでしょう。

「野ざらしの旅」の場合がまるで反対だっただけに、今回の芭蕉は飛んででも行きたい気分であったに相違ありません。

「野ざらしの旅」を終えて江戸へ帰ったのは貞享二（一六八五）年の四月末、『笈の小文』の旅へ出発したのが同四年の十月二十五日ですから、この間わずか二年半です。この二年半の間には、彼をとりまく環境はまるで一変していたのでした。ですからはやく出発したい、はやくみんなに逢いたいと思うのも当然のなりゆきでありました。

ところが『野ざらし紀行』の場合はそうではありませんでした。あのときは、訪れるさきざきで新しい仲間を作ることができるかどうか、賭にも似た心境であり、木因だけが頼りの不安いっぱいの旅であったのです。

わざ〳〵千里をたずねて、旅の同道を頼んだのも、そのような不安のためであったのでしょう。

千里（大和国葛下《かつげ》の郡竹ノ内村、現当麻村の出）はこの時病弱の母の様子をみるために一時故郷へ帰ろうとしていたそうです。それを伝え聞いた芭蕉は、みずから浅草の千里の寓居を訪れて同道を頼んだわけです。その申しいれを快く承諾した千里は、この年三十七歳、四歳年下とはいいながら評判のしっかり者でありました。その時の芭蕉の句は〈苔《のり》汁のてぎは見せけり浅黄椀〉でした。名産の浅草海苔を使った料理の手際や、漆塗りの花鳥椀などであっただろう器の大仰なほめかたに、ほっと安心した心がよく表われているように思います。

それに比べて『笈の小文』では、そうした不安はすっかりかげをひそめています。それどころか、書出しなどは、勢いあまる気負った文章で、荘子の斉物論を引用し、二の段で西行や宗祇・雪舟・利休を論じ、紀貫之や鴨長明・阿仏尼の「文をふるひ情を尽し」た功績を滔々と語っています。

しかも旅立ちに際しては、数多くの送別句会が催され、餞別の金品が寄せられます。したがって、作品そのものも「野ざらし」の場合とは趣きを異にし、ゆったりとおゝらかなものとなっています。

神無月の初《はじめ》、空定めなきけしき、身は風葉の行末なき心地して、

旅人と我名よばれん初しぐれ
又山茶花を宿々にして

岩城の住、長太郎と云《いふ》もの、此《この》脇を付《つけ》て、其角亭におゐて関送りせんともてなす。

「身は風葉の行末なき心地」などといっていますが、これは単なる風狂のレトリック、実際はいたって余裕綽々、勇んで出発しているのです。

芭蕉のまな弟子服部土芳も、その著『三冊子』の中で「此句は、師武江に旅出の日の吟也。心のいさましきを句のふりにふり出して、よばれん初しぐれとは云し也――」といっています。

長太郎（この句会の主催者で盤城平内藤家の家臣井手由之《ゆうし》のこと）の脇も、山茶花を配して華やかなものになっています。これはもちろん、『冬の日』巻頭の句〈狂句凩の身は竹斎に似たるかな〉につけた岡田野水の脇〈たそやとばしるかさの山茶花〉を踏襲しているわけです。

旅立ちを祝う送別句会の代表的なものとしては、麻布六本木の内藤露沾（芭蕉江戸出府以来、公私に渉っての庇護者であった盤城平七万石の城主内藤風虎の息子）邸で行われた歌仙があります。

この作品は、岩波の『芭蕉連句集』などにも載って

いる有名なもので、亭主の露沾をはじめその門人（沾《せん》蓬《ほう》・露荷・沾荷・沾徳・執筆）芭蕉・其角を交えた八人での三十六句です。

俳諧哥仙

旅泊に年を越《こし》てよしの、花にこゝろせん事を申す

時は秋吉野をこめし旅のつと　露沾
　雁《かり》をともねに雲風の月　芭蕉
山陰《やまかげ》に刈田《かるた》の顔のにぎあひて　沾蓬
　武者追《おひ》つめし早川の水　キ角
くれかゝる空につめたき横あられ　露荷
　を《お》ろさぬ窓に枝覗く松　沾荷

（以下略）

露沾の発句は、「来年の春になるのでしょうか、吉野山の桜の作をぜひ旅のつと（つとは苞、わらづと、土産のこと）にしてください。待っています。」ということ。芭蕉の脇は、「風雲流水のよるべなき旅人の身をあわれみくださり、ありがたいことです。」（「雲風」は「風雲」に同じ）ということ。

送り送られる者の間に交わされる餞別句としては一級の作といえるでしょう。

その他、十月十一日、深川木場の其角亭での四《よ》十《ゝ》四《し》（四十四句からなる俳諧）や中川濁子《じょくし》の発句で（芭蕉・嵐雪・其角の半歌仙）本間自準の発句で（芭蕉・曽良・依々《いい》・泥芹《でいきん》ら）挙白の発句で（芭蕉・渓石・コ斎ら）のもの等、多くの餞別句会が開かれています。

『笈の小文』の旅（二）

前号でも触れましたが、この旅における芭蕉の精神的な余裕は、書出しと前半の叙述に顕著であるように思います。「自分はいかにして俳諧の道を選んだかという説明と、風雅の本質について述べた部分」（A）「紀行文についてみずからの考えを述べた部分」（B）の二かしょです。

特にAについては、西行・宗祇・雪舟・利久らの造

化にまで迫ろうという気迫あるもので、ひとつの文化論になっていますから、これを看過するわけにはいきません。

> 百骸九竅《ひゃくがいきうけう》の中《うち》に物有《ものあり》、かりに名付《なづけ》て風羅坊といふ。誠にうすもののかぜに破れやすからん事をいふにやあらむ。かれ狂句を好《このむ》こと久し。終に生涯のはかりごととなす。（中略）西行の和歌における、宗祇の連歌における、雪舟の絵における、利久が茶における、其貫道する物は一《いつ》なり。しかも風雅におけるもの、造化《ざうくわ》にしたがひて四時《しいじ》を友とす。見る処、花にあらずといふ事なし、おもふ所、月にあらずといふ事なし。像《かたち》花にあらざる時は夷狄《いてき》にひとし。心花にあらざる時は鳥獣に類ス。夷狄を出《いで》、鳥獣を離れて、造化にしたがひ造化にかへれとなり。

「百に余る骨と九かしょの穴を持つ人体には、風羅坊という魔物がいる。これはちょっとした風にも破れてしまう芭蕉の葉っぱのようだ。その葉っぱは、はやくから俳諧を好み、それを一生の仕事とするようになった。（中略）和歌や連歌、絵画や点茶に志した人々の、道はそれぞれに違っても共通するのは風雅のこころ一つである。このこころは自然の摂理に従って四季の風光を友としている。見るものすべて花でないものはなく、思うものすべて月でないものはない。この世の姿に花を見ない者は蛮人であり、心に月を思わぬ者は鳥獣と同じである。蛮夷、鳥獣の境涯に別れをつげて、造化の自然に眼を開くべきである。」というのです。

「百骸九竅」というのは『荘子』（人名として荘周個人のことを呼ぶ際はソウシ、書名として読む場合はソウジとするそうです）の〈斉《せい》物論〉に拠っていますが、この時期芭蕉はかなりな荘子かぶれであったようです。この『笈の小文』の中にも〈斉物論〉を土台にした記述があちこちにみえます。

自分の俳号にさえ『荘子』の中にある〈栩々《くく》斉〉などという語を用いたりしています。

実名では幼名の「金作」から、のち「藤七郎」通称

「甚七郎」または「忠右衛門」（忠左衛門）というふうに名のっています。俳諧をはじめてからは「宗房」「桃青」「芭蕉」へと変わり、その間「釣月軒」「泊船堂」「栩々斉」「風羅坊」「鳳尾」など十以上の号を使用しています。「栩々斉」はおそらく、『荘子』内篇〈斉物論〉の「蝴蝶の夢」から採ったのでしょう。

昔、荘周（荘子の名）夢に蝴蝶となる。栩栩然（羽をひらく〳〵するさま）として蝴蝶なり。自ら志に適へるを喩《さと》り周たるを知らず

そのほか「猛語《もうご》にひとし」とか「糟粕《そうはく》を改むる」「亡《ぼう》聴《ちやう》せよ」とか、この一文の中にもいくつか使われています。

『野ざらし紀行』の「猿をきく人すて子にあきのかぜいかに」についても、その背後に『荘子』があったのではないかと思います。一般にはあまり論じられていませんが、私はそう考えています。前書きには、

「富士川の辺《ほとり》を行《ゆく》に、三ッばかりなる捨子の哀《あはれ》げに泣あり。此川の早瀬にかけて、浮世の波をしのぐにたへず、露ばかりの命まつ間と捨置けむ。小萩がもとの秋の風、こよひやちるらん、あすやしほれんと、袂《たもと》より喰物《くひもの》なげてとをる。」

とあります。

最上川・球磨川と共に日本三大急流といわれるこの川では、岸辺の捨子などいつ水にさらわれるかわからない。かわいそうだが持ちあわせの食べものを投げ与えていこうというのです。さらにそのあと、

「――汝ち、にくまれたるか、母にうとまれたるか。父はなんぢを悪《にく》ムにあらじ、母は汝をうとむにあらじ。唯是《たゝこれ》天にして、汝が性《さが》のつたなきをなけ」と続きます。

この芭蕉の言動をどう考えるべきか彼の人間性を問う論評が多くあります。人それぞれにいろんな解釈があるのでしょうが、いずれにしてもその背後には『荘子』があったと私は考えています。

『荘子』の根本思想である「万物斉同の説」は、あらゆる対立と差別を越えて、一切をそのまゝに包容

し、運命を肯定する無限者たれということです。（万物をばことごとく然りとし、是をもって相蘊《つゝ》む〈斉物論篇〉）つまり、ものを二つに分けて対立・差別する人為をなくすこと「無為」であるべきである。無為であれば、ありのまゝの真実が出現する。〈無為自然とはありのまゝの自然を見ることにほかならない。それが「万物斉同の世界」である。〉（森三樹三郎『老子・荘子』）というのです。

儒教の四百年後、中国から入ってきた仏教でも大乗経典の教えでは「盤若」は「一切皆空の理を明らかにする知恵のこと」とされています。つまり、この世のすべてを「空」とみて、あらゆるものの実在を否定する――実在のないところ対立・差別がある筈はない、というのです。

仏頂和尚に禅を学んだ芭蕉にとって、老荘の思想と仏教の教えは殆んど共通だったのでしょうか。「猿の声を聞いただけで涙する中国の詩人達よ、私の眼前にあるこの事実をどう理解するのか」という芭蕉――「捨てた側」と「捨てられた側」のどちらも無差別・平等、そこには何の対立もありはしない、と「喰物なげてとを」り過ぎた芭蕉――いったいどっちが本当の芭蕉であったのか、考えざるを得ないところです。

『笈の小文』の旅（三）

この旅の出立は当時の暦で十月二十五日ですから、すでに初冬の頃になっていました。「夏か秋には行きたいと思っていたが、何かと多忙で果せなかった」と知足宛の手紙には書いていますが、病い持ちの身でありながら、いかにも厳しい時期を選んだものです。

それでも着いた日の翌日から、連日休みなく行動していたことは前回書かせてもらったとおりです。あのくだりを書きながら思ったのですが、人間にとって大切なものは、やはり気力ではないかということでした。としが年だからとか、からだが思うようでないからなどと、気持ちの上で後ろ向きになっていてはだめなんだな、とつくづく思いました。

途中、馬や駕籠にのったり、川越し人夫の世話になったりしたことはあったのかも知れません。しかし、九日間も歩き続けたら、着いたその時点で即ダウン、一日や二日は疲労回復の養生というのが普通ではないでしょうか。

ところが芭蕉は違います。五日間に渉って俳事をこなし、次の日（十一月十日）には、坪井杜国の親友越智越人の案内で三河畠村保美（渥美半島の突端）へ出発します。空米売買の罪で領分追放になっていた杜国のようすをみるためです。

「町代をも仕りながら、御蔵にこれ無き米を噂にて売買致し、先年よりの御法度にそむき候段不屈」ということでした。しかし、これは「空米切手」を濫発した藩の都合で着せられた濡れ衣という説もあり、杜国本人はそう信じていたということです。三十四歳の若者ながら尾州徳川七十万石の領米を扱う大手米問屋の主人であり町政を司る町代にも任ぜられていました。名古屋五歌仙『冬の日』の中心的人物でもありました。


保美の里まで行くにはかなりたいへんです。まず鳴海から東海道を来た方へ戻り、伊勢物語（東下り）で有名な三河八橋を通り、岡崎・赤坂・御油《ごゆ》・豊川を経て吉田の宿（現豊橋）まで六十キロ歩かねばなりません。そこからまた渥美半島を縦断し四十キロ、計百キロの道のりです。

> 三川《みかは》の国保美《ほび》といふ処に杜国がしのびて有けるをとぶらはむと、まず越人に消息して、鳴海より跡ざまに二十五厘（筆者註・実際は鳴海、保美間の距離――芭蕉の誤りか？）かへりて其夜吉田に泊る。
>
> **寒けれど二人寝る夜ぞ頼もしき**

ずっと一人寝の旅だったが、気心の知れた越人と語りながら過ごせて心強い、というのです。しかし、ここで特筆される句は、

鷹一つ見付《つけ》てうれしいらご崎

につきるでしょう。

この時の芭蕉にとって、最大の関心事は杜国のその後であり、そのためにわざわざ江戸からやってきたのだとさえいわれています。

『笈の小文』の前半は「江戸から伊良湖までの旅」、後半は杜国（万菊丸）を連れた須磨・明石への旅」、すなわち同性愛相手である杜国に逢うことが最大の目的だったという人（嵐山光三郎）などもいます。

二人は十六日に鳴海に帰ってきます。その時の知足の句は、お疲れさまでしたという意味の「焼食《めし》や伊良湖の雪にくづれけん」でした。そのあともまた連日の俳事です。まずは「笠寺やもらぬ崫《いはや》も春の雨」という、芭蕉の発句からなる『笠寺奉納歌仙』です。

この年の春、芭蕉が知足に宛てた手紙には「この御寺の縁記人のかたるを聞侍《ききはべり》て」と前書きしたあと、「笠寺の発句度〳〵被㆓仰下㆒候故此度進覧候。よきやう清書被㆑成奉納可㆑被㆑成候。委曲夏中可㆑得㆓御意㆒候」とあります。したがってこの発句は、予め依頼されて作ったものであることがわかりますし、寺の縁起を聞いていたこともわかります。


「真言宗天林山笠覆《りふく》寺（笠寺）は、奈良聖武天皇の頃の創建という古刹だが、二百年程たって荒廃してしまった。本尊である十一面観世音の堂も雨もりするようになってしまった。それを悲しんだ鳴海長者の侍女が自分の笠を像にかぶせてお参りしてから、寺を復興させる動きがおこり栄えるようになった。侍女もやがて関白藤原照定公の子兼平中将のもとに嫁ぎしあわせに暮らした。

草の庵を何露けしと思ひけむ
もらぬ岩やも袖はぬれけり
（『金葉集』巻九　行尊）

露もらぬ窟やも袖はぬれけりと
聞かずばいかゞ怪しからまし
（『山家集』中の雑　西行）

などというものもある。」

知足は多分、こんな説明をしたのではないかと思われます。

『笠寺歌仙』の芭蕉の句はこの発句一つ、執筆の句が一つ、あとは例の鳴海六歌仙らの三十四句という珍らしい形になっています。

歌仙
奉納

笠寺やもらぬ岩《いはや》も春の雨　芭蕉桃青
旅寝を起こすはなの鐘撞《かねつき》　知足
①月の弓消《きえ》ゆくかたに雉子啼て　如風
秀句ならひに②高瀬さしけり　重辰
茶を出《いだ》す時雨に急ぐ③笹の蓑　安信
売残したる庭の錦木　自笑
④色のころのかさなり伏て四ツ五ツ　業言
⑤むら〳〵土の焦し市原　執筆
（以下略）

①半月のこと　②舟にのって来ました（さし＝棹さすこと）　③いわゆる「笹」ではなく「ささめ」という野草で作った蓑　④「初折《しょおり》の裏」　⑤まだらなさま「斑々」

「叢々」

『笈の小文』の旅（四）

九月、載叔倫が沅湘東流の句を身の上に吟じ、

ゆく秋も伊良胡をさらぬ鴎かな

福江浦畠村にあって、杜国はこう詠んでいます。「伊良胡岬《いらござき》を舞い飛ぶ鴎よ、秋も終わろうとしているのに、今、お前たちはいっこうに去ろうとしないのだな――讒言《ざんげん》に傷つけられ、こんな辺境の地にいる私と同じように」

坪井庄兵衛杜国は、いったん死罪を言い渡されたにも拘らず、その後罪一等を減ぜられ所払いになっていました。

隠栖生活直後にはたった一人の子を病いで失くし、

土地で雇った老下男と妻と、三人の生活でした。呆然として磯辺に佇んだ杜国の目に、飛び交う鴎の姿はどんなふうに見えたのでしょうか。

本人が自分の無実を信じていたであろうことは、この前書きを見れば頷くことができます。

中唐の詩人戴叔倫《たいしゅくりん》の次の詩は、罪なくして憤死せざるを得なかった屈原（前三四〇～二七八）の霊を弔って作られたものです。

①沅湘流尽きず　②屈子何ぞ③怨深き
日暮れ秋風起きて　蕭々たり楓樹の林

①沅湘《げんしょう》は沅水と湘水、沅水は西南から、湘水は南から洞庭湖に流れ入る川の名まえ。
②③屈子・怨深きは、戦国時代の政治家であり、「楚辞」と呼ばれる朗誦体の詩を創始した屈原と、その怨念のこと。

楚の王家一族の出で、博学、弁才・文筆・政治・史実に通じた屈原は、懐王の信任が非常に厚かったといいます。しかし、秦との雌雄を決する最後の戦いの折、他の重臣の讒言に逢い、彼の戦術は容れられませんでした。そのために楚は始皇帝によって簡単に滅ぼされました。屈原は滅びゆく祖国の姿を見るにしのびず、汨羅江《べきらこう》に身を投げて死んでしまいます。

同じ戴叔倫の『湘南即事』という七言絶句には、

沅湘日夜東に流れて去り
愁人の為に住《とど》まること少時《しばらく》もせず

という一節がありますが、この「愁人」にも当然のことながら屈原があったのではないかと思います。

「戴叔倫が沅湘東流の句を身の上に吟じ」についても「戴叔倫が」の「が」は、主語についた格助詞としてではなく、私（杜国）が自分の身の上に置きかえて――と読むべきでしょう。

それまでの杜国の句は、明かるくさわやかなものばかりです。『冬の日』を中心にいくつか挙げてみましょう。

たそがれを横にながむる月ほそし

朝鮮のほそりすゝきのにほひなき
このごろの氷踏み割る名残かな
初はなの世とや嫁《よめり》のいかめしく
蓮池に鷺の子遊ぶ夕ま暮
つゝみかねて月とり落す霽《しぐれ》かな
おかざきや矢矧《やはぎ》の橋のながきかな
烹《に》る事をゆるしてはぜを放《はなち》ける

などという工合でした。それがどうでしょう。畠村へ籠ってからは句作もままならず、作風もがらっと変わってしまいます。このあと芭蕉に誘われて須磨・明石への旅に出てからは多少戻ってきたと思えますが、この頃は以前の杜国はどこへいったかというふうです。

春ながら名古屋にも似ぬ春の色

夏には亡児の霊を思ひやり
水錆《さび》て骸骨青き蛍かな
子をころして
かげらふに燃えのこりたる夫婦かな

越人からこうした杜国のようすを聞いた芭蕉がじっとしていられる筈はありません。「鷹一つ見付《つけ》てうれし——」の句にこめられた芭蕉の気持ちも、改めてわかろうというものです。

こうした杜国の心情を、越人はよく理解していたのだと思います。

彼は延宝の初めごろ越後から名古屋へ出、豪商備前屋の援助で染物屋を営んで成功します。備前屋の主岡田佐次右衛門は、俗にいう「清洲越」衆、信長以来の旧家の裔で、藩主お目見えの家柄をてこに、同業の総合商社松坂屋と競いあい隆盛を極めていました。そしてこの主こそ、例の『冬の日』から『猿蓑』に至るまで蕉門確立のきっかけづくりに貢献した岡田野水であったのです。この時野水は二十九歳、すでに杜国と同じ町代をつとめ、宜斉《ぎさい》の号を得た茶人にもなっていました。越人はここで頭角を現わします。

『冬の日』には間にあいませんでしたが、『春の日』

『曠野《あらの》』『猿蓑』などで活躍しており、芭蕉もその人柄のよさをこよなく愛していたといいます。この旅の続きになる『更科紀行』に同道させ、江戸へ連れ帰っています。

> 尾張十蔵、越大と号す。粟飯柴薪のたよりに市中に隠れ、二日つとめて二日遊び、三日つとめて三日あそぶ。（二日染めて二日干し、三日染めて三日干すなりわいのことか——筆者）性酒をこのみて、酔和する時は平家をうたふ。これ我友なり
>
> **二人見し雪は今年もふりけるか**

越人といっしょに杜国を訪れた際の思い出を句にしています。（『庭竈集《にわかまど》』）

越人もみずからの著『鵲尾冠《しゃくびかん》』にこう記しています。

「杜国子は予が羈客たるをあはれみ、旦暮懇情を尽さる。おもふに管鮑の昔に似たり。彼は富めり、我は貧なり。与へて報を思はず、同志断金の情浅からず、さらに予が俳諧の手をひき、棋を囲み酒を飲みしも、今何んかあるや」

> **行燈の煤《すす》けぞ寒き雪の暮れ**
> **山吹のあぶなき岨《そば》の崩れかな**
> **雁がねも静かに聞けばからびずや**
> **うらやまし思ひ切る時猫の恋**
> **御代の春蚊屋《かや》の萌黄に極《きわま》りぬ**

越人の詩境も、うれしくなる程の美しさです。

『笈の小文』の旅（五）

A　**手にとらば消《きえ》んなみだぞあつき秋の霜**

B　**旧里《ふるさと》や臍《ほそ》の緒に泣《なく》としの暮**

Aは貞享元（一六八四）年の九月八日『野ざらし紀行』の旅で生家へ着いたときの句。Bは『笈の小文』での句、父の三十三回忌法要の前日、元禄元（一六八八）年二月十七日の句、Aからでは三年半後のもので

す。

ＡＢの両者については、芭蕉自らも、自分の心のありようがまるで違うということを十分感じていたと思います。どちらの作品も、兄半左衛門に「母の遺髪」や「自分の臍の緒」を見せられた際の述懐です。懐かしさや悲しさの心に変わりはありませんし、どちらの場合も事実涙を流して見つめていたのですが、「紀行」自体の書きぶりは全然違っています。

Ａの〈手にとらば――〉の方は、二十九歳の春江戸へ下ってから十年余の帰郷、前年の母の死の際にも帰れなかったときのものです。

> 長月の初《はじめ》故郷に帰りて、北堂の萱草《けんさう》も霜枯《しもがれ》果《は》て、今は跡だになし。何事もむかしに替りて、はらからの鬢白く、眉皺寄《より》て、只命有てとのみ云《いひ》て言葉はなきに、このかみ（兄のこと、筆者注）の守り袋をほどきて、「母の白髪《しらが》おがめよ、浦島の子が玉手箱、なんぢが眉もや、老《おい》たり」と、しばらくなきて

と前書きしています。

半左衛門の心中には、母が死んだにも拘らず帰らなかった弟への複雑な感情もあったでしょうし、芭蕉もそれを感じない筈はなかったと思うのです。中七の字余りには、そうした心の葛藤が期せずしてあらわれているような気がします。

それに比べて『笈の小文』の方は、きわめてあっさりしています。

歩行《かち》ならば杖つき坂を落馬哉

と、物うさのあまり云出《いひいで》侍れ共、終《つひ》に季のことばいらず。

（あの日本武尊さえが杖をついてしか越せなかったという杖突坂を馬で越そうとしたばかりに落馬して、季語のない句を作るはめになってしまった）

「宵のとし、空の名残おしまむと、酒のみ夜ふかして、元日寝わすれたれば――」（大晦日の晩から友人と徹夜で酒を飲み、元日を祝いそこねてしまった。）などという二つの文の間に、さりげなく載せている

だけです。

同じ涙で見たものも、その心象はまるで違っているといってよさそうです。知足の『千鳥掛』に、この時のことを書いた芭蕉の一文（「歳暮」）がのっていますが、改めて読み直してみてもAとBの違いが埋まるようには、とても思えません。

C　二日にもぬかりはせじな花の春

元日は寝すごしてしまって、初日の出を拝めなかった。二日の朝は油断しないことにしよう、というのでしょう。

服部土芳は、その著『三冊子（赤雙紙《あかさう》）』に〈――師のいはく「等類の気遣ひなき趣向を得たり。このてに葉は、「二日には」といふを「にも」とは仕たる也。「には」といひては余りひら目に当りて、聞《きき》なくいやしと也。〉と書いています。（芭蕉先生は、「には」では平板でおもしろくないので「にも」とした。そうすることで「等類」を避けることができた、と言われた）というのです。

「は」を「も」にしたことで、どれ程効果が上ったかどうかは怪しいものですが、内容はすなおでおもしろいと思います。

前出の前書き「宵のとし、空の名残《なごり》おしまむと――」とあるところを『泊船集』では「元日はひるまで寝て、もちくひはづしぬ」としています。

初日の出に間にあわなかったどころでなく、昼まで寝てしまい、餅を食いはぐったというのです。

芭蕉も同じ俗人であったとますます親しみを感じてしまうのです。

三月十九日、芭蕉は杜国と二人花の吉野へ出発します。

しかし、果してこの時ほんとうに吉野の桜が見られたのでしょうか。今の暦でいえば四月の下旬、標高たかだか四五五米の吉野山、温暖の南朝史跡周辺ではすでに遅きに失したのではないでしょうか。

そのひと月前には、かつて仕えた藤堂良忠の子良長《よしなが》（俳名探丸）に招かれ、二十一年ぶりの花見の宴に参列していたのです。

そればかりではありません。吉野への出発準備のために、福江畠村からやってきた杜国と二十日間寄宿した兄の友人岡本苔蘇の瓢竹庵を辞するときにも、花の二句を贈っています。

花を宿にはじめ終りや二十日程
この程を花に礼いふ別れかな

フィクションあり、組立ての工夫あってこそのアンソロジーだとは思い乍ら、読みての頭にある季の移ろいが作者のそれについていけないのです。

「立春、かげろふ」のあとへ「桜」はいいとして次は「衣更着」の二月に戻り、次「わか葉」の夏、そして「梅の花」、そのあとにまた「葎《むぐら》のわか葉」、「梅の花」——最後は「ねはん会《え》」の二月十五日とくるのです。

春立てまだ九日の野山かな
枯芝ややゝかげろふの一二寸

丈六にかげろふ高し石の上
さま〲の事おもひ出す桜哉
何の木の花とはしらず匂哉
裸にはまだ衣更着の嵐哉
此山《この》のかなしさ告《つげ》よ野老《ところ》堀
物の名を先《まづ》とふ芦のわか葉哉
梅の木に猶やどり木や梅の花
いも植《うゑ》て門は葎のわか葉哉
御子良子の一もとゆかし梅の花
神垣やおもひもかけずねはんぞう

『笈の小文』の旅（六）

弥生半《なかば》過る程、そゞろにうき立《たつ》心の花の、我を道引《みちびく》枝折となりて、よしのの花におもひ立《たゝ》ん——いでや門《かど》出のたはぶれ事せんと、笠のうちに落書ス。

乾坤無住同行二人
よし野にて桜見せふぞ桧の木笠
よし野にて我も見せふぞ桧の木笠　万菊丸

門人の窪田惣七（猿雖）に当てた手紙では、〈弥生半過る程〉ではなく三月の十九日とあります。今、手許にある農事暦を見てみますと、三月十九日は新暦の五月二日、八十八夜の日に当っています。

桜の季節はとっくに過ぎて、よほどおそい花か、山奥まで行かねば見られない時季であったと思います。

出発したその直後、吉野へ着く前に、まず〈草臥《くたびれ》て宿かる比《ころ》や藤の花〉を載せていますが、これとても初案の作は〈ほと丶ぎす宿かる比の藤の花〉（同書簡）で、夏の句であったといいます。

吉野へ着いてからも、その記述の内容は「摂政公」（藤原良経）や「西行」「安原貞室」の〈**是は〱とばかり花の吉野山**〉（一本草《ひともとぐさ》）だったりで、満足な桜は出てきません。出てくる桜の句といえば〈**桜がりきどくや日々に五里六里**〉（まともな桜が見られないので、あっちこっち歩きまわった）という工合なのです。

ですから、めあてにした筈の桜より、長谷寺の「籠《こも》り人《ど》」や「足駄はく僧」、多武峰《とうのみね》・臍《ほそ》峠の雲雀や山吹、西行庵跡の「苔清水」などに心を奪われることになったのかも知れません。

春の夜や籠り人ゆかし堂の隅
足駄はく僧も見えたり花の雨　万菊
雲雀より空にやすらふ峠哉
ほろ〱と山吹ちるか瀧の音
扇にて酒くむかげやちる桜
春雨のこしたにつたふ清水哉

どれもよいものばかりですが、今回は咲き残った桜をうたった〈**扇にて――**〉について考えてみます。

奈良までは、杜国のほかに、伊賀衆の配慮で同道した荷物係り兼小間使い役の「六」という下僕がいっしょだったそうですから、おそらく三人して花見酒を楽しんだのでしょう。散り頻る桜の下で能か幸若舞いの動きをまねて、半開きの扇子を持って酒を飲むしぐさをする。三人のうち誰がやったかはわかりませんが、やはり芭蕉がしたと思いたいものです。

実際に芭蕉がやったとすれば、彼もいちおう武士のはしくれ——桶狭間の合戦を前に信長が舞ったという「敦盛」の一番などを頭に置いていたかも知れません。のちに「不易流行」をいう芭蕉にしてみれば、不易（変わることのないもの）の中に、かつての主君、藤堂新七郎家の嗣子良忠（蟬吟）がないわけはありません。「幼弱の頃より藤堂主計《かずえ》良忠蟬吟子につかへ、愛寵頗他に異なり」（『芭蕉全伝』）近侍の側《そば》役として奉仕していたのですから。

十歳前後とか十三歳そして十九歳のときとか、出仕の時期については諸説あるところですが、「幼弱の頃」という竹人の説に従えば十九歳説は少しおかしいのではないでしょうか。芭蕉に最も近い服部土芳の説にも「明暦ニ仕ウ」（明暦は一六五五年から一六五七年の三年間）とあります。そうだとすれば寛永二十一（一六四四）年生れの芭蕉はそのとき十歳から十三歳の間であったということになります。

良忠は、金作とか半七などといっていた芭蕉に「松尾忠右衛門宗房」と名のらせたということです。自分の字《あざ》名である宗正《むねまさ》の「宗」をつけ与えたといわれています。芭蕉もそれ以降十三年の間「宗房」を号としていました。（談林の総帥西山宗因を招いての百韻興行に連座を許された延宝三〈一六七五〉年五月から「桃青」と変えています。）

良忠がいかに芭蕉を気にいっていたか、そして芭蕉もどれほどうれしく思っていたか——ひょっとすれば末は藤堂三十二万石の伊賀付士《さむらい》大将の側近、ということだって無いわけではないと考えていたかも知れません。しかも私は、芭蕉が良忠によって俳諧の眼を開いてもらったのではなく、幼ないうちにその才能を認められたからこそ、近侍の相手役として登用されたのではないかとさえ思っています。

ところがその良忠は二十五歳という若さで病死してしまいます。芭蕉二十三歳のときです。芭蕉はのちに

「――ある時は仕官懸命の地をうらやみ、一たびは仏籬祖室の扉《とぼそ》に入らむとせしも――終《つひ》に無能無才にして此《この》一筋につながる――」（『幻住庵記』）と書いていますが、このときのショックもこのような述懐の一つの原因であったのかも知れません。

　このあと芭蕉は、あえて遠まわりをし高野山へと向かいます。須磨・明石へ行くのなら、初瀬から多武峰・龍門・大瀧・吉野山と来、奈良へ入るのが普通です。高野山はまるで反対の方向、くらがり峠を越えて橋本へ出、さらに高野口を経なければなりません。

　二十二年前、主家一同の特段の配慮によって、良忠の遺髪と位牌を使者として納めに来ていたこと、つい先月三十三回忌をした父のことや、死にめにもあえなかった母への思慕もあってのことだったのでしょう。

　『笈の小文』には、自分と杜国の句を二つ並べただけのあっさりした書きぶりですが、俳文『高野詣』の最後にはこうあります。

〈――わが先祖の鬢髪《びんはつ》をはじめ、したしきなつかしきかぎりの白骨も、此《この》内にこそおもひこめつれと、袂もせきあへず、そゞろにこぼるゝ涙をとゞめて、

父母のしきりに恋し雉の声　〉

『笈の小文』の旅（七）

よしのの花に三日とゞまりて、曙、黄昏《たそがれ》のけしきにむかひ、有明の月の哀《あはれ》なるさまなど、心にせまり胸にみちて、あるは摂政公のながめにうばゝれ、西行の枝折にまよひ、かの貞室が是は〳〵と打なぐりたるに、われいはん言葉もなくて、いたづらに口をとぢたる、いと口をし。おもひ立たる風流、いかめしく侍れども、爰に至りて無興の事なり。

高　野

ちゝはゝのしきりにこひし雉の声

ちる花にたぶさはづかし奥の院　　万　菊

前回も述べたとおり、高野山での記述はたったの三

行――吉野山と和歌浦の間にひっそりとあるだけです。ところが、ここでの芭蕉の情感は相当に昂ぶったものであったように思います。

六年前、私も熊野古道と高野山をおとずれた際にこの「ちゝはゝの――」の句碑を拝んできました。五十三ヵ寺あるという宿坊寺院の通りを経て「一之橋」から「中之橋」を過ぎるとすぐ左ての参道ぎわにその碑は立っていました。

同じ側にある「豊臣家の墓」や「織田信長の墓」の前を通って「御廟橋」を渡るとすぐ「奥の院」という閑静なところに建っていました。（御廟橋の下を流れる「玉川」は、「井手の玉川」〈山城〉や「調布《たづくり》の多摩川」〈武蔵〉「野田の玉川」〈陸前〉などと共に俗に「六《む》玉川《たまがわ》」と呼ばれる歌枕になっています。）

父母の志きりにこひし雉子の声

と、「し」を「志」として書かれた池大雅筆になる自然石の句碑でした。

大雅といえば、江戸中期蕪村と並ぶ日本南（宗）画の創始者、書家としても名高い人物です。蕪村と二人で競った「十便十宜図」は特に有名です。蕪村の「十宜帖」〈国宝〉は二〇〇一年東京で開かれた「蕪村展」で、川田順さんと二人してじっくり見てきましたが、大雅の「十便帖」も折があったら一人ででも見に行きたいと考えております。

さらにわき道にそれて書かせてもらいますと、この「十便十宜図」は芭蕉の弟子筋、尾張鳴海の素封家下郷伊右衛門家（当時は学海）の依頼によったものだそうです。（藤田真一「蕪村」）明の文人李漁《りぎょ》（笠翁《りゅうおう》）の「十便十宜詩」という詩文をもとに大雅に「十便の絵」を、蕪村に「十宜の絵」を書かせるという注文であったということです。

蕪村の師早野巴大（夜半亭宋阿）は其角と嵐雪に俳諧を学んでいたそうですから、はやい話蕪村は芭蕉のひ孫弟子というわけです。昨年十二月号の「雁、三七二号」でも触れましたが、後水尾院から古今伝授を受けた飛鳥井大納言雅章《まさあきら》公に、せっかくの機会であるからと「鳴海の歌」を所望した伊右衛門一族であればこそ、の感なきにしもあらずです。

芭蕉研究の大家である大谷篤蔵先生は、この句は「〈**山鳥のほろ〱と鳴く声聞けば父かとぞ思ふ母かとぞ思ふ**〉という玉葉集・夫木抄にある歌をふまえての作であろう」といわれています。

「ほろ〱」という擬声語は、山鳥の啼き声としてよく用いられますから、多分にそういうことはあったかと思われます。「ぴいーっ」と啼く鳥、「ぎいーっ」と啼く鳥、鳥の啼き声はいろいろですが、山鳥一般の啼き方として「ほろ〱」は、心理的な情念のこもったオノマトぺとして多くの詩人に使われてきました。

この時の芭蕉の頭の中にも、行基菩薩がここ高野山で作ったと伝えられるこの歌が去来していた筈だと、大谷先生はお考えだったのでしょう。

〈**焼け野の雉子《きぎす》、夜の鶴**〉（野火によって巣を焼かれた雉が己れを犠牲にして子を守り、厳しい霜夜に羽をひろげて子を温める鶴）とよくいいますが、芭蕉もおそらくそんなことを考えていたのでしょうか。

主君藤堂家への恩愛、三十三年前の父の死、それから三十年以上を寡婦として生き続けた母――終生家族を持たなかった芭蕉にして、今更ながらの悔恨の思――

一句としては、表現不足の誹りを免れ得ないものですが、万感胸に迫る一句として作者のこころを受けとるべき作品ではないでしょうか。

これに唱和した杜国の句はどうでしょうか。同じく大谷篤蔵先生の注解では「奥の院に参ると、桜がちらちらと散って、そぞろ無常を感じ、俗人としてたぶさ（もとどり）を結ったままの姿でいるのが恥ずかしいの意」（岩波古典文学大系46）となっています。

「注解」としてはまさにその通りであって、何ら異を唱えるところはありません。確かにあの「奥の院」の前に立った際には、誰しもが千二百年近い歴史の重みに圧倒され、ただ敬虔な気持にならざるを得ません。真言密教の奥義を極めた阿闍梨遍照金剛の大きさと、周囲の荘厳さの前に無常を感じないわけがありません。

ただもうひとつ、実作する者の立場からする感想があります。それは「ちる花に」「はづかし」いのは、単に「もとどり」の「たぶさ」だけではない、ということです。空米相場の禁制破りとして、家屋敷、全財産を没収され領外追放にされたこと――畠村に蟄居して子を失ない、傷心を癒そうと隣村保美の里へ逃げ住んだこと――にも拘らず遠路はるばる訪れて明るい句を作って励ましてくれた師の心――そうしたことへのもろもろの心象が、杜国にはあったと思われることです。

来るときの芭蕉の作は〈冬の日や馬上に氷る影法師〉でありましたが杜国に逢った途端に、

鷹一つ見付けてうれしいらご崎

となり、やがて、

麦生えてよき隠れ家や畠村
梅つばき早咲きほめむ保美の里
まづ祝へ梅の心の冬ごもり

となっているのです。

『笈の小文』の旅・その後（二）

芭蕉と杜国の二人が、五月上旬吉岡求馬と唐松歌仙の芝居を見たことは前に書いた通りです。

天桂院蔵の「四条河原遊楽図」や、寂光院蔵の「京祇園四条芝居興行街」、歌川豊春の「歌舞伎芝居之図」等の図版を見ても、当時の野郎歌舞伎の隆盛ぶりは想像にかたくありません。二人が「俗士にさそはれ」（前書き）たりすれば、せっかくの旅のかたみにと、芝居小屋に立寄ったのも当然のなりゆきだったかも知れません。

幕府が、「お国」以来の女歌舞伎を禁止すればすぐに若衆歌舞伎が起こり、若衆歌舞伎を禁止すれば、とってかわって野郎歌舞伎が抬頭する――しかもこの当時、上方では藤十郎の「和事」がはやる（同時に江戸では芭蕉の門弟其角の、俳諧の弟子であった二代め団十郎が「暫《しばらく》」や「鳴神」に代表される「荒事」で人気を得る）というふうでしたから、芝居好きでもあった二人の気持ちは充分に理解できます。

芭蕉はこのあと大津へ出ます。この年の二月、伊勢山田から杉風に宛てた手紙には、

「――卯月末五月に帰庵可レ致候。木曽路と心かけ候。深川大屋吉（に）御逢候ハヾ可レ然奉レ願候。よく御伝被レ成可レ被レ下候――」とあります。五月には帰るつもりだったが、ひょっとすると遅れるかも知れないので、借家の家主吉にもその旨伝えてくれといい、木曽から姨捨の月を見ることも、すでに折込んでいたようでありました。

一方杜国のほうは、自由を束縛された身でありましたから、途中伊賀上野の猿雖宅で四・五日休み、そのまま伊良胡へ帰りましたが、間もなく死んでしまいます。三十五歳前の若さでありました。

芭蕉との最後の付合い

花あやめ一夜にかれし求馬かな
抱きつきて共に死ぬべし蝉のから

など、改めて読みなおしてみても、気持ち悪い程に比喩的で、はっとする思いです。

前年の十月二十五日にこの旅に出てから半年以上（出発前、二人が寄宿していた岡本苔蘇の瓢竹庵での二十日間を加えると十か月近く）寝起きをともにした芭蕉にも何か予感めいたものはなかったのか。芝居の出しものやその内容が、たとえば和事の心中ものであったりしても、それはやっぱり芝居の話、「共に死ぬべし蝉のから」はおだやかではありません。この時、すべてのものを失っていた杜国の心には何が残っていたのでしょうか。

その後芭蕉はひとりで大津に入り、岐阜・名古屋・鳴海・熱田をまわって八月までを過ごします。五月上旬～六月五日　大津、六月上旬～同下旬　岐阜、七月上旬～八月十一日　名古屋・鳴海・熱田・岐阜といった日程です。八月十一日の早朝、越人と荷兮の下僕を伴って木曽へ出発するまで、休みなく俳席をこなしています。

この間、大津での「皷子花《ひるがほ》の」の歌仙、鳴海での「初

秋は」の歌仙、名古屋での「粟稗に《あはひえ》」の歌仙をはじめ、付合い・三ツ物・表六句・五十韻など数多くの作品を残しています。

五月雨にかくれぬものや瀬田の橋
夏来てもただ一つ葉のひと葉かな
なにごとの見立にも似ず三かの月
鼓子花の短夜ねぶる昼間哉（歌仙発句）
初秋は海やら田やらみどりかな（同）
粟稗にとぼしくもあらず草の庵（同）

こうした力作揃いの句の中で、特に私がこだわるのは例の長良川での属目吟

面白うてやがて哀しき鵜舟哉です。

この句の「面白う」という語を、口語の形容詞「面白い」と同じものとして読まれているのがすでに一般的です。俗にいう「面白・おかしい」滑稽味を帯びた語として「面白う」を捉えたものが大半であること、そこにこだわりがあるのです。

たとえば青少年に影響少なからぬ某社の「古語辞典」にも「鵜飼いをする鵜舟をみている間は篝火も明るくにぎやかで面白いけれど、やがてそれがすむと、ひっそりと寂しくあさましいこのいとなみだけがひしひしと悲しく迫ってくることだ。」とあります。（傍線・筆者）

これでは「面白う」を文語ク活用の語として自然に用いた芭蕉の真意は毀れてしまいます。

鵜がせっかく啣えた小さな鮎は喉からするりと胃袋に入るよう、大きな鮎は綱を引き寄せて人間が手に入れる――その綱のさばき加減が鵜匠の技――それは面白いことですが、芭蕉はそんなことを面白がっていたのではない筈です。ましてや鵜匠の動きを「あさましい」「いとなみ」などとは考えもしなかった筈です。

ぬばたまの夜渡る月をおもしろみわが居《を》る袖に
露そ置きける

「夜空をゆっくりと渡る月が美しいので見とれているうちに袖が露にぬれてしまった」

おもしろき野をばな焼きそ古草に新草まじり生ひは生ふるがに

「趣のある冬の野をそう簡単に焼いてはいけない。冬枯れの草の下には若い草が生えはじめているのだから」（傍線・筆者）

万葉集巻七と十四にある作者不詳の歌です。

ここにいう「おもしろみ（見とれている）」「おもしろき（趣のある）」という理解で芭蕉の「面白う」を読むべきだと思います。

芭蕉は鵜飼いの有様を、単なる見物人として見ていただけではなく、そこに伝統や日本を見ていたのではないでしょうか。

ここでの「面白う」は、味わい深く、心惹かれるという意味であったのです。万葉びとが「露そ置きける」と係結びで強調しているのと同じ心が、この句の「て」という一文字に込められたのではないかとさえ思えるのです。

『笈の小文』の旅・その後（一）

『笈の小文』の旅を終えて、信州更科へ出発するのが八月十一日ですから、その間まる三か月でありました。

そのはじめの一か月は、近江蕉門の千那や挙白に招かれて大津を訪れ、江南に過ごします。その後、鳴海の知足方を拠点にして名古屋や熱田、岐阜へ行き、旧交をあたため句作を続けます。

彼は多分、このあたりで改めて、みずからの今後のありようと地歩の確かさを、おぼろげに感じたのではないかと思うのです。

その作が秀作かどうかは別として、少なくとも三年前に同じこの地で作ったものに比べて変わってきているのは事実です。

のちに「不易流行」を言うことにより、自他ともに変化したという人も多くいますが、果してそうでしょうか。人間の思いというものは、そのようにある日突如として変わるものではない——自分でもはっきりとは気づかぬうちに、徐々に内側のどこかから変化していくものではないのか、と思うのです。

A　辛崎の松は花より朧にて

′A　辛崎の松は小町が身の朧

″A　唐崎の恋は花より朧かな

B　五月雨にかくれぬものや瀬田の橋

Aは貞享二（一六八五）年「野ざらし」の旅での作、Bは元禄元（一六八八）年五月、Aから三年たった今回の作です。（元禄は九月三十日の改元ですから「貞享五年」とするべきでしょうか。）

Aは、はじめ′A・″Aであり、のちに改作したものといわれています。

Bは、大津に入って間もなく、江南の人々と琵琶湖に遊んだ際の属目吟です。

このA（特に′A）とBの間にある違いを見逃してはならないと思うのです。

どちらかといえば派手で、（小野小町などを出したりして）大和絵ふうなA・′Aに比べると、Bの方は、墨の濃淡だけで山水風光の機微を描き分ける水墨画のようです。前号に取上げた〈面白うてやがて哀しき鵜舟哉〉もそうですが、あの場合も燃えさかる篝火の赤や、朝廷に献納とかいう派手さはまったく感じられず、全面墨絵の世界です。

初秋は海やら田やらみどりかな

こちらは赤から緑になりますが、やはり同じことがいえます。下郷知足邸の座敷から見える田んぼや海の色が「みどり」一色だといっているのですが、その境地は地味で静かな墨絵のようです。やがて絢爛豪華な浮世絵につながる大和絵の世界とは全然違うのではないでしょうか。

夏来てもただ一つ葉のひと葉かな

なにごとの見立にも似ず三かの月
見送りのうしろや寂し秋の風

など、この時期のものはみんなそうです。

派手で華やかな世界から渋味を帯びた白黒の境地へ入っている、この時期にして明らかに「侘《わび》」への志向が感じられると思うわけです。

この紀行の書出しにも「――利休が茶における、其貫道する物は一《いつ》なり。しかも風雅におけるもの、造化にしたがひて四時《しいじ》を友とす――」とあります。

当時の芭蕉は、折々、呟くようにして、親友素堂の句〈茶の花や利休が目にはよしの山〉を口遊《ずさ》んでいた（其角『雑《ぞう》談集』）といいます。「不易流行」を言い出すことで変わっただけでなく、すでにこの頃から、あるいはそれ以前から、「しほり」「ほそみ」「かるみ」への連想があったのだといえましょう。

ひょっとすると三年前の'Aについても、「小町が身の朧」はあまりよくない、と思っていたのかも知れません。

A・'A・"Aのいずれを本意とするかについて、迷ったあげく結局Aにしたという書簡があります。

野ざらしの旅を終えて江戸に帰りつき、その翌月五月十二日付の千那宛てのものです。

> 貴墨辱く拝見、御無事之由珍重奉レ存候。
> 其元滞溜之内得二閑話一候而珍希覚申候。
> 一、愚句其元而之句
> 辛崎の松ハ花より朧にて
> と御覚可レ被レ下候。
> 山路来て何やらゆかしすミれ草
> 其外五三句も有レ之候へ共重而書付可レ申候。
> ――以下略

「お手紙ありがとう。その後も御無事で何よりです。かの節はめずらしくゆっくりお話ができました。例の私の句は〈辛綺の松ハ花より朧にて〉とお覚え下さい。〈山路来て何やらゆかしすミれ草〉その他の句もありますが、辛崎の句については重ねて書かせていただきます。」というのです。「御覚可レ被レ下候」とか「重而書付可レ申候」とかと、しつこく念をおしているのです。

筆者はつい先日（八月四日・五日・六日の三日間）伊賀上野から膳所に出て琵琶湖周辺をまわってきました。暑い盛りのつらい一人旅でしたが、少しでも芭蕉のこころに近づきたいという思いで、何の準備もなくとび出したのです。芭蕉の生家の縁に腰をおろし、土芳の小さな墓石をなでてきました。勿論大津の義仲寺にも行き、芭蕉の墓も詣でてきました。〈五月雨にかくれぬものや瀬田の橋〉の季節とはまるで違った猛暑日でしたが、彼の歩いた同じ道を、じかに徒歩で歩こうと思い、歩いてきました。例の「五月雨にけぶる琵琶湖周辺には長い橋以外に何も見えない。比良や比叡の山なみは当然のこと坂本の町や近くの人家さえ見えない。梅雨のはしりの五月雨に今見えている橋さえがかくれてしまいそうであるよ。」というのです。――まさに水墨画の境地以外の何ものでもありません。

第三節　『更科紀行』

『更科紀行』（一）

昭和四十二年に真蹟草稿が発見された『更級紀行』が、著作として世に出た経緯については、いろいろな説があります。

その一つは、芭蕉没後十年の宝永元（一七〇四）年、芭蕉庵近くに居を構えていた岱水（生没年・姓未詳）の著『きその谿』の記述「翁一《ひと》とせさらしなの月、木曽路をかけて帰庵あり。うき事のミかたりもつくさぬそゞろごとゞも書捨給へるを、予が文庫に残して今爰に出し侍る」（井筒屋庄兵衛板）とあるもの――

もう一つは、その五年後、宝永六（一七〇九）年、大津の荷問屋河合乙州《おとくに》が出した『笈の小文』平野屋佐兵衛板）の中の一部として出されたものがあります。これには「翁名古屋仁滞留乃時有二更科記行一。幸而爰仁次」という前書きがあって、この紀行は独立したものでなく『笈の小文』に付載された作であるとされています。

その他『さらしな紀行・旧庵后の月見』（梅人）とか、『芭蕉翁文集』（蝶夢）『一葉集』（仏兮・湖中）所収のもの等、いろいろな『更科紀行』があるといいます。

そのいずれであるにせよ、芭蕉庵の近くに住み、何くれとなく師の世話をやいていた岱水の言い分や、原稿を直接手渡されて保管していたという乙州のもの——このどちらかであろうというのが確かなところではないでしょうか。

そこで今回は、乙州のものを中心にして記述してみたいと思います。

この集に載っているのは芭蕉の句が十一、越人のものが二、計十三句だけ、あとは文章です。文章といっても、千字そこそこのいわば前文ともいえる短かいものですから、いたって小さなアンソロジーであるということができます。乙州が、『笈の小文』に付載するものとして扱ったのもむべなるかなと思えるものです。

真蹟の草稿と比べてみても、句の並べ方、順序が多少違うというだけで、内容は殆んど同じです。

最初の句は、

あの中に蒔絵書《かき》たし宿の月

「まるで盃のようなあの月に、自分好みの蒔絵を書いてみたいものだ」というのです。

「盃」のようとは、多少筆者の独断に過ぎるかも知れませんが、本文の最後に続く一句として読んでいくとどうしてもそうなります。

本文には、こうあります。

——かの道心の坊、旅懐の心うくて物おもひするにやと推量し、我をなぐさめんとす。（中略）「いでや月のあるじに酒振《ふる》まはん」といへば、さかづき持出《もちいで》たり。よのつねに一《ひと》めぐりもおほきに見えて、ふつゝかなる蒔絵をしたり。都の人はかゝるものは風情なしとて、手にふれざるけるに、おもひもかけぬ興に入て、琲椀《せいわんぎょく》玉卮《し》の心ちせらるも所がらなり。

あの中に蒔絵書たし宿の月

「――例の仏道修業の老僧は、私が旅に疲れて「頭た、きてうめき伏」（本文）しているものと誤解をし「さあさあ、月見の御馳走に一杯さしあげよう」といった。宿の女が持ってきた大きな盃をみると、無風流な蒔絵がしてあった。都の人ならばこんなものは使わないだろうが、思いがけず青い碗と玉の盃の気分で酒を呑むことになったのも土地がらのせいだろう」

いかにも迷惑そうな、気のりしない芭蕉の心情が見てとれます。

しかし、何といってもこの集の魅力は「桟（かけはし）」と「姨捨の月」を詠んだ句にあるといえましょう。

桟やいのちをからむつたかづら

向井許六らの『韻塞』では、下五を「蔦もみぢ」としていますが、季にあわせたような表現のそれよりは、「つたかづら」のほうがずっとよいのではないかと思います。そのほうが「いのちをからむ」という緊迫感や勢いがあるのではないでしょうか。

「木曽の桟」は上松と福島の間にあって、当時は長さ百メートル、幅六メートル、木曽川に沿った崖の上を鎖でつなぎわたしたものでありました。

かつての「吉蘇《きそ》路」は八世紀はじめ、大宝から和銅にかけて十二年の歳月をかけて拓かれた「古道」です。まさに「高山奇峰、頭《かしら》の上におほひ重なりて、左《ひだ》りは大河ながれ、岸下の千尋のおもひをなし、尺地《せきち》もたいらかならざる」（本文）場所であったのです。

信濃路は今の墾道《はりみち》かりばねに　足踏ましなむ沓《くつ》はけわが背

という東歌がありますが、もと〳〵「信濃路」とは美濃から信濃へ続く木曽路のことです。切り株《かりばね》につまずいて転び怪我することだって珍らしくなかったのでしょう。

桟や先《まづ》おもひいづ馬むかへ

「馬むかへ」は、中古以来諸国から朝廷に献上する馬を、役人が逢坂の関で出迎える年中（毎年八月十五日の頃に実施された）行事のこと。鎌倉末期からは、信濃望月の馬だけを献上することになったと、歴史の本にあります。

今ではその殆どが乳牛を主として酪農化されているようですが、長野県の望月町といえば、古くから「望月の牧」といわれた馬の名産地でありました。

現在の地図で確かめても「霧ヶ峰」や「美ヶ原」「八ヶ岳高原」の間にひろがった広大な地域には沢山の牧場があります。「望月高原牧場」をはじめとして「長門牧場」「蓼科第二牧場」「鷹山ファミリー牧場」「霧ヶ峰牧場」その他——さすが「官牧の地」といわれるにふさわしい土地です。

『更科紀行』（二）

『更科紀行』の中心が「姨捨の月」であることは間違いのないところでしょう。

俤《おもかげ》や姨ひとりなく月の友

「——田毎の月を見に、ここ八幡《やはた》の段丘まで登ってきたが、背後に聳える四千尺の山々へ、生きながらに棄てられた老婆の涙を思うとたまらなく悲しい」

その数一千句といわれる芭蕉作品の中にあって、特にすぐれたもののひとつであるといえるでしょう。

隣国甲州をはじめ、佐渡や紀州の各地にも姨捨伝説は数多くありますが、いずれも極端に耕地の乏しい山国の話です。

家族みんなで働らいても、自分の家で食うにも足らず、老いて働らけなくなったら口べらしのため山へ死にに行く——「七十越えたら子に負はれ、冠着《かぶりき》山へ死にに行く」——病いになった老人を家に置くことなど、周囲からも許されなかったといいます。

俳文『更科姨捨月之弁』にも、

「八幡といふさとより一里ばかり南に、西南によこをりふして、冷《すさま》じう高くもあらず、かど〳〵しき岩なども見えず、只《たゞ》哀ふかき山のすがたなり。なぐさめかねしと云《いひ》けむも理《ことわ》りしられて、そゞろにかなしきに、何ゆへ老《おい》たる人をすてたらむとおもふに、いとゞ涙落《おち》そひければ――」（傍線筆者）とあります。

「なぐさめかねし」は、

わが心なぐさめかねつ更科や
をばすて山に照る月を見て

という、古今集巻十七の「雑歌」読み人知らずの歌のことです。「ある男が妻のたつての進言で自分の母を山に捨ててきたものの、月を見るたびに悔恨の情やるかたなく、もう一度山へ行って老母を連れ帰った」という内容の歌のことです。

母も見ているだろう同じ月を見たからといって、食うや食わすの人間が、村の掟を破ってまでその母を連れ戻すことができるのか。できたとしても、それからの生活はどうなるのか。それとも、伝説を素材に誰か他の人物が歌にしたのか、どういうことであったのでしょう。

ところが芭蕉は違います。いつどこででもそうなのですが、つねに対象を忠実に受けとめます。たとえばそれが月の場合には、その月に語りかけ、その月を友としてわが身のかなしみをすなおに述懐するのです。ここでは謡曲『姨捨』中の人物の苦悩を思い、胸がいっぱいだったのかも知れません。

前記『姨捨月之弁』には、

「あるひはしら、、吹上《ふきあげ》ときくにうちさそはれて、ことし姨捨の月みむことしきりなりければ、八月十一日みのの国をたち、道とほく日数すくなければ、夜に出《いで》て暮に草枕す。思ふにたがはず、その夜さらしなの里にいたる。」ともあります。

夜が明けきらぬうちに宿をたら、日が暮れてから次の宿に入る。まさに「姨捨の月みむことしきり」だったのでしょう。

第一回の「中央公論新人賞」を受賞した深沢七郎氏の『楢山節考』（一九五六年）は、一世を風靡して映画にもなり、大きな話題となったものでした。

働らくことのできなくなった老母おりんを、山奥へ捨てに行く息子辰平の話、「姨捨て」を主題にしたものでありました。

映画は見そびれてしまいましたが、小説の方はすごい迫力ある力作でした。頂上近くまでくると、あちこちの岩かげに捨てられた人のむくろや白骨がある。そのむくろを鴉がついばんでいる。二人が通りかかると、ぱっと鴉が飛び上る。息子も母も一瞬ぎくっとする。読みての方も、二人と同時にはっとする――あの場面は、今でも忘れることができません。

正宗白鳥、伊藤整、武田泰淳、三島由紀夫といったそうそうたる選考委員も全員が大きなショックを受けたそうです。

「――最も私の心を捉えたものは、新作家である深沢七郎の『楢山節考』である。（中略）私は、この作者は、この一作だけで足れりとしていいとさえ思っている。私はこの小説を面白ずくや娯楽として読んだのじゃない。人生永遠の書の一つとして心読したつもりである。」（正宗白鳥）とまで言わしめた名作でありました。

巻末には、作者自身の作詞・作曲による「楢山節」「つんぼゆすりの唄」なる二つの歌の楽符まで書かれており、当時別の賞目ざして三文小説を書いていた私も、度肝を抜かれたことを覚えております。

いざよひもまださらしなの郡《こほり》哉

前句に続いての句です。

これとても、単に月の美しさへの執着だけでなく、「姨捨」へのこだわりが強くみてとれるものといえます。

そしてさらに、この「まだ」という一語にこめられた芭蕉のこころは、越人の句にも引き継がれていきます。

さらしなや三よさの月見雲もなし

「雲もなし」をとり上げて、さわやかではればれしい句であるとするむきも多くありますが、果してそうでしょうか。

雲ひとつない月の夜であればこそ、越人にとっては師の心中をなお痛ましく感じたのではないかと思うのです。

特に「三よさの月」として十四日（待宵の月）・十五日（名月）・十六日（いざよいの月）の三晩に渉る月夜です。

実際にはもう一人、山本荷兮家の下僕もいっしょでしたから、三人三様それぞれに複雑な思いで月を見ていた――あるいは見続けざるを得なかった、のだと思います。越人の二句を含めた十三句のうち、「姨捨山」の三句は、やはり『更科紀行』中の白眉であるといえましょう。

『更科紀行』（三）

ひょろ〳〵と尚露けしやをみなへし
身にしみて大根からし秋の風
木曽のとち浮世の人のみやげ哉
送られつ別《わかれ》ツ果は木曽の秋

「姨捨山」とある六句のうちの、他の四句。

これらのさりげない詠風には、彼が最晩年に目ざした「かるみ」への萌芽を、明らかにみてとることができます。

しっとりと露に濡れた女郎花のさわやかなありよう、大根（歳時記では「冬」）の辛さと秋の風が身にしみる、というただそれだけ。五年前杜甫の詩「扙レ藜《ツキ》ヲ嘆ズルレ世ヲ者ハ誰ガ子ゾ――」（あかざを扙つき世を嘆ずる者は誰が子ぞ――）

髭《ひげ》風ヲ吹《ふい》て暮秋歎ズルハ誰ガ子ゾと、漢詩の倒装法を用いた気負いなど、どこにも見当りません。

〈木曽のとち――〉もそうです。
奥深い山で拾った橡の実を江戸の人達への土産にしようというわけですが、まるで自分は修験者であり、人の手で作られた穀物を食べている友人達は俗世の人である、というのです。しかも初案の作は「よにありし人にとらせん木曽のとち」であったといいますから、自分はまるで山伏か隠者のようであり、他の人々は今現在浮世にある俗人というふうです。「とらせん」と、殿様が家来になにかを与えるような言いぶりにも、幼稚なほどのシンセリテイをみてとることができます。

それをもらった一人である荷兮も、

「木曽の月みてくる人の、みやげにとて杼の実ひとつおくらる。年の暮迄うしなはず、かざりにやせむとて〈としのくれ杼の実一つころころと〉」

と、すなおによろこんでいます。

それにしても、少し気になるのは〈送られつ別ツ果は木曽の秋〉のことです。『曠野』や『笈日記』『泊船集』には〈おくられつおくりつはては木曽の秋〉とあります。

これでは意味の上に違いが出てしまうのでないでしょうか。「別ツ」と「おくりつ」のたった一つの違いですが、一方は「送られて、その人と別れた」ということであり、一方は「送られて、その人をも送った」（互いが別々のところへ行った）ということになってしまいます。

この「別ツ」の句は、岐阜から更科への出発に際し、郊外の茶屋で送別句会が開かれたときの作、俗にいわれる「留別四句」の中のものです。

下郷知足宅にいた一週間の間、岡田野水が上京するというので二人の附合がなされたり、荷兮と越人が名古屋からやって来たりしています。日賢和尚や安川落梧・賀嶋鴎歩・広瀬素牛（惟然）・佐野芦文といった人々が来ては去り、去っては来たりしていました。

ですから「送られつ別ツ《わかれ》――」は、「おくられつおくりつ――」ではなくて、「大勢の人に送られてそこで別れた」と理解すべきではないか、と考えますがどうでしょうか。「どちらでもたいした違いはない」と、前記『曠野』以下の著者荷兮や支考・風国は言うか知れませんが、どこで・誰が・誰を送ったのか（あるいは送られたのか）ということは、私にとってとても大切なことです。

月影や四門四宗も只一つ

定額山善光寺といえば、日本を代表する一大古刹です。欽明天皇のときといいますから仏教伝来後百年の頃、三国（天竺。百済・日本）渡来の阿弥陀如来を本尊として創建されたそうです。源頼朝・実朝・北条泰時・時頼をはじめ、明遍・一遍上人ら、時の為政者や知識人、そして庶民多数の深い信仰に支えられた格式あるお寺です。

　ところが、江戸時代のはじめ、天台宗の大勧進と浄土宗の大本願との勢力が対立し、醜いあらそいがくりかえされ、何度か訴訟ざたを起こしていたということも有名な話です。

　ところが芭蕉は、そんなことはいっさい意に介しません。「煌々と照る月かげの中に聳え立つ大伽藍の、何とすばらしいことか。仏法の理が衆生の迷妄を去るということを、月が闇を照らす姿にたとえた「真如の月」そのものではないか。誰が何を言おうと言うまいと、月の美しさはこの世にたった一つしかないもの」と、きわめて大らかです。

　こうした大らかさは、句に限ったことではありません。前文に当る部分にも、越人やお供の奴僕の親切心を書き、奴僕への芭蕉自身の心配りを書いています。「千里に旅立て、路粮《みちかて》をつゝ、まず、三更月下無何に入《いる》と云《いひ》けむ、むかしの人の杖にすがりて――」（野ざらし紀行）とか「百骸九竅《ひやくがいきうけう》の中に物有《あり》。かりに名付て風羅坊といふ。誠にうすもの、かぜに破れやすからん事をいふにあらむ――」（笈の小文）などという、大上段に構えた書きぶりとは随分違っています。真蹟草稿の中から一・二あげてみましょう。「――六十ばかりの道心の僧、（中略）腰たはむまで物おひ息ハせわしく、足ハきざむやうにあゆみ来れるを、ともなひける人のあはれがりて、を《（お）》の〳〵肩にかけたるものども、かの僧のおひねものとひとつにからみて馬に付て、我を其上にのす。」

　年老いた僧の重い荷物を、越人と奴僕が馬につけてやり、芭蕉はその上に乗せられたというのです。

「――歩行より行ものさへ眼くるめき、たましゐしぼみて足定まらざりけるに、かのつれたる奴僕、いともおそるゝけしき見えず、馬のうへにて只ねぶりて落ぬべき事あまたゝびなりけるを、跡より見あげて、あやうき事かぎりなし」ともあります。

　三人は、半分楽しみながら交替で馬に乗っていたのかも知れません。

第二章『おくのほそ道』

第一節　旅立ち

プロローグ

ここに一枚の写真があります。

採茶庵の濡れ縁《と》に腰をおろした芭蕉翁と、筆者が並んで坐ったところを、『雁』の仲間川田順さんが撮ってくれたものです。

もちろんブロンズ像の芭蕉さんで、手甲《てっ》・脚絆に頭陀袋、左手は菅笠を持って膝の上に置き、右手には一条の杖、墨染めの衣をまとった僧形の旅姿です。

筆者はいたってラフな格好、芭蕉を「俳聖」などといって神格化する人々には相済まぬことながら、ノーネクタイのブレザー姿、照れながらも言われるままにその横へ坐ったというわけです。

二〇〇一年二月二十三日、順さんの生まれ故郷であり、筆者がこだわる芭蕉の地、深川を散策したときのものです。

今にして思えばあの時の筆者は、みちのくへお供をした曽良のような気分であったのでしょうか。

芭蕉庵跡・同記念館・深川江戸資料館、順さん推奨の深川めしの昼食のあと清澄庭園から臨川寺を巡り、採茶庵を見てまわったときのものです。

あれ以来、引きのばした大きなこの写真の下で、「芭蕉のこころ」駄文書きは今年で十年になりました。

当然のこととして東京大空襲時、少年（男の大人が少なかったあの頃、十五歳の少年は地域にとって貴重な存在であった）順さんの生死を分けた話になりました。そのときの状況判断と記憶のたしかさは、彼がまとめて出した冊子『東京大空襲』をお読みになった方はよくご存知の筈です。

長期に渉る『雁』の作品評がそうであったように、おだやかで真摯な彼の人柄の背景には、そんなことがあったのかと、同じ年齢でありながらも感心させられたものでした。

採茶庵は、清澄庭園東を南下し、仙台堀川にか

芭蕉翁と筆者（採茶庵にて）

かった海辺橋を渡ってすぐ右、道路の西側にあります。南北に走る道に面してはいるのですが、歩道が広くとってありますから、写真マニアにはもってこいの撮影ポイントです。

杉山市兵衛（杉風）家の資産目録に「深川六間堀西側」とあるそうですから、当時の芭蕉庵（現・江東区常盤一丁目三番十二号界隈）からもいたって近い場所であったといえましょう。

「採茶庵」の「茶」の読み方についても、「と」であったり「た」であったり「だ」であったり、いろいろですがどれが正しいのでしょうか。

○　杉浦正一郎・宮本三郎・桜井武次郎氏らの「と」

○　頴原退蔵・尾形仂氏らの「た」

○　長谷川櫂・中山義秀氏らの「だ」

もともと「茶」という字はト・タが読みの基本です。それが二語の連用などからド・ダとなり「茶炭《トタン》（茶炭の苦しみ――塗炭とも使うが「茶」はもともとにがい植物のこと、「くるしみ」の意味もあって詩経の一節でも誰謂茶苦としている）とか「荼毘《ダビ》（火葬）」とかとなるわけです。杉風や芭蕉がどう読んでいたかは知る由もありませんが、芭蕉の句や文章・書簡などのレトリックからして「と」と読むのがよいのではないかと考えています。

蓑笠庵《さりゅうあん》梨《り》一《いち》の『奥細道菅菰抄　上』には「杉風が別墅に移るに」の説明として

「杉風は翁の門人、東都《えど》小田原町に住す。本名鯉屋藤左衛門と云魚屋なり。別墅ハ、別荘ニ同ジ。俗ニ下屋敷ト云。晋書、謝安ガ伝ニ、囲ム二碁ヲ別墅ニ一、ト云是ナリ。此別墅は、東都深川六間堀と云所にありて、祖翁蛙飛込の句を製し給ふ地也と云。其古池今猶存す」とあります。「古池や――」の句は、ここ採茶庵での作だというのです

しら露もこぼさぬ萩のうねり哉

も、ここで作られたものであるというのは、杉風がこの句の前に「予間居採茶庵、それが垣根に秋萩をうつし植て、初秋の風ほのかに、露置わたしたる夕べ」と書いている（『栞集』）ことからしても確かなところです。

芭蕉はかねてからここが気にいって、よく遊びに出かけていたということですから、杉風の「予の間居《かんきょ》」（「間居」は「しずかなすまい」）などという気どりもなるほど尤もなことだと思います。しかも芭蕉は、この庵を出発するひと月前にはそれまで住んでいた家を売り払っていたのでした。

どれくらいの金額で売ったかは知りませんが、後に買い戻そうとした際には、金額的になかなか折りあいがつかず困ったという杉風の書簡もあります。

この第二次芭蕉庵を売ると決意したということはそう簡単なことではなかったと思います。六年前、家を焼け出されて甲州へ避難した芭蕉を江戸へ呼び戻そうと、門弟や同志みんなが協力して建ててくれたいおりでした。

――雨をさゝへ、風をふせぐ備なければ、鳥にだもおよばず。誰か忍びざる心なからんや。これ草堂建立

のより出る所なり（山口素堂「芭蕉庵再建」勧化簿——序文）

親友を思う素堂の呼びかけに応じて五十三名の人々が金品を出してくれていました。

この名簿の中に、杉風と卜尺《ぼくせき》の名が無いということを問題にしている研究者もいますが、それは杞憂というものでしょう。たとえば素堂が勧化を言い出さなければ、この二人が提案者になってもおかしくなかっただろうという、そういう関わり方をしていた人物です。江戸の魚市場で幅を利かしていた杉風や、日本橋の大名主で江戸出府以来の芭蕉を援助していた小沢卜尺は別格の賛同者として大金を拠出していたに違いありません。

「翁、陸奥の歌枕見むことを思ひたち侍りて、日ごろ住ける芭蕉の庵を破り捨、しばらく我採茶庵に移りはべる程、猶その節余寒ありて、白川のたよりに告こす人ありければ、多病心もとなしとて、弥生末つかたまで引とどめて

花の蔭我草の戸や旅はじめ　杉風」

旅立ち

弥生も末の七日①元禄二とせにや
明ほの、空朧々として月は有
あけにて光おさまれる物から②富
士の峯③かすに見えて上野谷
中の花の梢又いつかはと心ほそし
④むつましきかきりは宵よりつとひて
舟に乗りて送る⑤千しゆと云処
にて舟をあかれは前述三
千里のおもひ胸にふさかりて
幻のちまたに離別の涙をそゝく

行春や鳥啼魚の目は泪

これを矢立の初として行道

猶す丶ます人々は途中に立
ならひて⑥後かけの見ゆるまてはと
見送るなるへし　（傍線筆者）

平成八（一九九六）年の十一月二十五日に発見された芭蕉の『自筆原本』（写）をそのまま転載してみました。

行かえも現代ふうでなく、句読点や濁点もありませんから、とても読みにくいのですが、当時歴史的発見とかいわれたものでありましたので、そっくり引用してみました。

①は、今までの「曽良本」を土台にしたもののどれにも書かれていない。
②「ふじ（ぢ）」「不二」「富士」と違う「富士」
③「かすか」の「か」が脱落したか。
④「むつまじきかぎり」
⑤「千住」
⑥「後ろかげ」

芭蕉は若い頃から大師流の書家北向雲竹という人に書を習っていたそうです。『猿蓑』の板下や、『幻住庵』の額字などを雲竹本人や同流の寂源という僧に書いてもらっていたということですから相当熱心な大師流信者であったのでしょう。

弘法大師の書から出たという大師流ながら、多分に個性的な芭蕉の字、教養不足の筆者などは読むのにひと苦労してしまいます。

「弥生も末の七日」三月二十七日は、陽暦の五月十六日ですから、上野の桜もとうに葉桜になっていたでしょうし、「待佗候塩釜の桜、松島の朧月」（猿雖宛書簡）にも間にあいませんでした。杉風に「――余寒ありて、白川のたよりに告《つげ》こす人ありければ、多病心もとなしとして、弥生末つかたまで引とどめ」られたのを恨むわけにもいかなかったでしょう。

それにしても、待ちに待った旅立ちです。

「――一鉢境界乞食の身こそたうとけれとうたひに侘し貴僧の跡もなつかしく、猶ことしのたびはやつし〳〵てこもかぶるべき心がけ――」（同前）でありました。

増賀聖と同じように、一所不在の芭蕉にとって、今度の「旅」はいわゆる「旅行」ではありません。僧のように托鉢をしたり、異土の乞食《かたい》になることを覚悟し、こもをかぶるつもりで歩くというのです。

普通「菰」をかぶるといえば、「坐臥の具を腰に下げること」をさし、薦《こも》僧とか虚無《こむ》僧とかいうのですが、芭蕉の場合には病いのはてに道端へ倒れ、そのまま菰をかぶせられてもよいという思いであったに違いありません。

しかもみちのくは、盤城・岩代・陸前・陸中・陸奥の五か国で、いわゆる「おく・むつ・みちのくに」といわれたところです。白河の関を挟んで東に勿来の関、西に念珠が関という関門を持ついわゆる蝦夷地です。古代から平安初期に至るまで、時の権威に従わなかったという歴史を持ち、この時期も外様の大名が強く勢力を張っているところでした。

> 月日は百代の過客にして行かふ
> 年も又旅人也舟の上に生涯
> をうかへ馬の口とらへて老をむ
> かふるものは日々旅にして
> 旅を栖とす古人も多く旅に
> 死せるあり――

たとえば年月であってさえ、それも通り過ぎてゆく旅人と同じものである。船頭も馬子も、それに乗る客も、誰もが旅人である。私の心の師であった先人達も多く旅の途中で死んでいる。

　西行は河内の弘川寺で
　宗祇は箱根の山の中で
　李白は当塗で
　杜甫は湘江の舟の中で
旅の途中に死んでいる。
だから彼らにとっては、旅こそが人生そのものでした。

天変地異の動きさえ、とどまることを知らぬ旅人であるのなら、旅こそは宇宙の根元であろうというのです。

「野ざらしの旅」以来、鹿島へ行き、吉野・高野山――須磨・明石へ行き、更級へも行った。が、それらの旅はいずれも深川の草庵を拠点にして往還したものである。その間に、『冬の日』や『春の日』の撰集を出し、『衆議判蛙の句合わせ』も世に披露した。『野ざらし紀行』や『鹿島紀行』の草稿をまとめ、つい先日は『曠野』の序文を書きあげて荷兮に渡した。

しかし、今度の旅はそうした今までのものとは性質が違う――一所にあって、終わればそこに帰るという、いわゆる旅行ではない。

芭蕉の頭の中はそんなことでいっぱいだったのではないでしょうか。

「芭蕉去《さり》てそのゝちいまだ年くれず」の名作を残した与謝《よさ》蕪村は俳画『奥の細道画巻』を描いています。

江戸東京博物館で催された「蕪村展」を川田順さんといっしょに見ましたが、「おくのほそ道」の全文をそっくり写し、そこへ絵を添えた超大作には、二人揃ってびっくりしたものでした。

大震災と空襲体験―番外（一）―

三月十一日の午後、あの恐るべき大災害は起こりました。三陸沖を震源とする大地震、規模八・八、震度七という国内最大級のものでした。『日本書紀』や『三代実録』にあるものと同じく大津波が襲来し、言語に絶する大災害となりました。

テレビに映ったそのありさまは、まさに残酷非情、沿岸を走っていた何台かの車を追うようにして呑みこんでいました。家並みも船も駐車中のバスも、一面にひろがっだビニールハウスも、ひと呑みにする波は、自然の猛威そのもの、目を覆いたくなる光景でした。

四月二十四日現在で死者一四、三〇〇人、行方不明者一一、九九九人であると、新聞が報じていました。道路や線路、空港等が破損して、人々の動き全体も大きな打撃を受けました。

そのうえさらに、放射能漏れを起こした原子力発電所の炉心溶融事故――水素爆発が起こったり建屋が吹きとばされたり、ヘリコプターが高い所から注水したりしていました。あげくの果てには「原子力緊急事態宣言」などという法令が施行されたりする始末でした。

遠く離れた宇都宮の地でも、震度六強という揺れに見舞われ、家じゅうが恐怖におののきました。計画停電とやらの一夜もありましたが波に攫われた人のことや、罹災した人々のことを考えると、くだらぬ泣きごとは言っていられないという思いの暗がりでした。

家族の誰かを失ったり一家がばらばらになったり、歩くのも困難な老人が杖をついて避難所に入ったり、乳児や病人を抱えたりした人達はどんな思いで過ごしているのか――

ついさっきまでくつろいでいた家が、目の前で波にさらわれていく、まるでおもちゃか積み木のように、箱庭を崩しでもするかのように、家や町並みが流されていく――気が狂いそうな思いであっただろうと、今も頻りに思いやられてなりません。

にも拘らず被災地ナンバーの車が避けられ、野菜や工場製品までボイコットされる風評被害、職を失ない預金通帳も保険証書も何もかも流され、牛馬の殺生処分まで強いられたりする――三重苦ならぬ四重苦・五重苦、人によってはいくつもの十字架を背負う破目に苦しんでいる、というのです。

今さら、何のかんばせあっての「おくのほそ道」か、心からそう思っているところです。

それにしても、今回の大災害とは比較にならぬことながら、筆者にも悔しい十五歳の夏があったことを思い出します。

米軍機による空襲で家を焼かれ、防空壕の中で一命を危機に晒されたときのことです。

一九四五（昭和二十）年の七月十二日、夜十一時過ぎ、焼夷弾攻撃でしたが、生まれ育った自分の家に火がついて、棟が崩れ落ち、木登りをして遊んだ裏庭の栗の木と共に燃え尽きるまでを見続けたこと――

下町一帯が見下せる高みの斜面に作った防空壕の戸

の隙間から、ランニング姿のまま、何の抵抗もできずにただ手を拱いて、悔しい思いで見続けたときのことです。

町会長であり隣組の組長であった老人に私か命じられたことは「今どこが燃えているか、風向きがどっちか、その都度言え、扉の取っ手は絶対離すな」ということでしたが、あの時はそれどころではありませんでした。町じゅうが一斉に燃え出しているのです。「炎の向き」が変わったことは二・三回言ったように思いますが、外側にトタンを貼った重い扉を支えるのが精一杯でした。暑いさなか、流れる汗を拭う布一枚もありませんでした。

雨が相当激しく降っていましたが、バラバラと落ちてくるしっぽに火のついた焼夷弾の光と音、人家の屋根をそれが貫く音、編隊で低空を飛んでくるB29の重い轟音、雨音は殆ど聞こえませんでした。家々はひとたまりもなく燃え立って、強い油の臭いとともに真昼間でもあるかのような錯覚を起こさせていました。文字通り焔の海、町じゅうが天に向って火を吹いているのです。しかもその炎がいつ壕を襲ってくるかわかりません。母親は、持ち出したカバンを胸にして終止筆者の近くに立っていました。

それでもあの時は、身の安全を脅かされつつも、悔しい、悔しいという「悔しさ」の方が先に立ち、こわさを感じることは全くありませんでした。

こわさは、翌日の朝、組長さんの指示で防空壕に来ていない人の家を回った時、いっきょに来ました。近くの養魚場（城の外堀）の管理をしていた老人が自宅裏に自力で作った防空壕を覗いた時です。その中で老人夫妻がマネキン人形のように、まるで素はだかの姿になって、並んで焼死しているのを発見した時です。あの時は、ぞっとして、しばらくそこを動くことができませんでした。疎開してきていた小学四年生の女の子が頭部に直撃弾を受け、仰向けになって路上に死んでいました。雨が降っていましたので、トタン板を探してきてかぶせてあげました。ひとり暮らしの駄菓子屋のおばあさんは、お勝手のポンプ井戸のそばで黒焦げになって死んでいました。幼少時、よく可愛がってもらった「バッパ」でした。

しかし、こんな無惨な体験の中にも、やっと心の救われる些細な一面がありました。「俺だけではない、こうしたつらいおもいをしている人間は、日本じゅうに大勢いる筈だ」ということ、そして何より「誰が、何のためにやった蛮行であるのか」がはっきりしている——今にして思えば敵愾心にもつながる心が支えになっていたように思います。

ところが今回の罹災者にはそれが無い。怒りの持って行き場が無い。こんなに悔しく悲しいことは、そうざらにはない筈です。

家持と空海の陸奥観《みちのく》—番外（二）—

何としてでも東北を攻略し、金をはじめとする豊かな富を手に入れたいという歴代天皇——その天皇の意を体して、大伴《おおともの》家持や弘法大師空海が、どれほど東北の制圧に心血を注いだか——このことについては今まであまり取上げられることがありませんでした。

あるいは、大方が承知はしていても、あえてタブーとして触れずにきたということなのでしょうか。

しかし、家持が祖父（安《やす》麻呂）父（旅人）のあとを受け、蝦夷《えみし》征伐の将軍として参加し（祖父と父は大納言、家持は中納言どまりで）死んでいることや、空海がその著『性霊《せいれい》集』の中で、北方陸奥の民族のことを「戎狄《じゅうてき》」（野蛮で征伐せねばならない異民族）などといっていることは、動かし難い事実なのです。

かたや日本の国民詩集の第一『万葉集』の編者であり、かたや真言密教の祖といわれ、古義・新義合わせて四十以上の同宗々派を生み出した大遍照金剛のことです。

そこで今回は、この二人について、真相の一端に迫るべく可能な範囲で検討してみることにしました。まず、家持の方からみてみます。

『万葉集』巻十八に「天平感宝元年五月十二日に越中国の守の館にして大伴宿祢家持作れり」という一首があります。

ながながと続く長歌と「反歌」に当る三首の短歌とでできているのですが、主だった箇所だけを抽出してみます。

〈陸奥国《みちのく》より金《くがね》を出《いだ》せる詔書《みことのり》を賀《は》く歌一首短歌を并せたり

「――君の御代御代　敷きませる　四方の国には
山川を　広み厚みと　奉る　御調宝《みつきたから》は　数へ得ず　尽しもかねつ　然れども　わが大君の　諸人《もろびと》を　誘《いざな》ひ給ひ　善《よ》き事を　始め給ひて　黄金《くがね》かも　たしけくあらむと（確かに発掘されるだろうと――筆者注）　思ほして――」〉

〈「――海行かば　水浸《みつ》く屍《かばね》　山行かば草生《む》す屍
大君の　辺《へ》にこそ死なめ　顧みはせじ――」〉

　一部抜粋ではあるにせよこの歌からは、当時の朝廷（桓武・平城《ぜい》・嵯峨天皇ら）が東北の金にどれだけ執着していたかがわかりますし、それを得んために命を賭けようとした家持らの心がよく伝わってくるといえるのではないでしょうか。

　後年、文治二（一一八六）年、西行法師が重源《ちょうげん》の依頼を受け、老体に鞭打ってはるばる平泉に行き、東大寺再建用の金の調達をしたことについては、『吾妻鏡』にある例をあげて以前本稿でもご紹介した通りです。

　弥生以降、寒冷地でも可能になった水耕稲作の広大な農地、三陸沖の大型回遊魚であるカツオやマグロをはじめとする魚介類、そして豊富な森林資源のほか、サケ・マスや牛馬豚・羊・鶏に至るまで欲しいものばかり――大和の律令国家にとって東北は、何としてでも征服せねばならない土地であったのでしょう。

家持と空海の陸奥《みちのく》観（承前）――番外（三）――

　さて、空海の方はどうか。

　彼は密教の布衍に生涯を捧げた僧侶ですから、直接蝦夷征伐にかかわるようなことがなかったのは当然のことです。

　ところが、弟子真済《しんざい》に編纂させたという『遍照発揮《はっき》性霊《せいれい》集』という詩文集の「野陸州に贈る」という詩を見ると、これは何だという驚ろきで唖然としてしまいます。

弘仁六（八一四）年、陸奥の守に任ぜられて戦地に赴く小野岑守《おののみねもり》（征夷副将軍として現地で戦死した父のあとを受けてこの役に任ぜられた空海の詩友）に贈った詩です。

過日行われた「空海と密教美術展」にも行ってきましたが、四点展示されていた「性霊集」はみな別のものでした。宮内庁尚蔵館所蔵の「弘仁七年六月十九日沙門空海上表高野ノ四至ノ啓白文一首――」とか「与福州観察使入京啓一首《ふくしゅうのかんさつしにゅうきょうするにあたえしけいいっしゅ》――」などがありましたが、もう一年前（弘仁六年）のものが見られなかったのは残念でした。

贈二野陸州一　　空海
戎狄《じゅうてき》難馴《なれがたく》　辺笳《へんか》易咸《かんじやすし》
①老鵶《あ》の目　猪鹿《ちょろく》の②裘《かはごろも》
③髻《もとどり》の中には④骨毒の箭《や》を插《さしはさ》み着《つ》けたり
手の上には⑤毎《つね》に刀《たち》と矛とを執れり
田つくらず　衣おらず⑥麋鹿《びろく》を逐ふ
晦《くる》るとなく明くるとなく山谷《さんこく》に遊ぶ

前文の「戎狄（野蛮な、征服されてしかるべき北方異民族）」「辺笳（辺境、戦いの地で聞く葦笛、つまり戦場での合図）」は、前回触れました。

そのあとへ、①狡猾な目をして②牛を殺すことを禁じた天皇の命令（延暦二〇年四月八日付令）に反し、獣の皮ごろもを用いている。③頭上にしたもとどりの中には④毒を塗った矢を挟んで⑤いつも刀や矛を持っており⑥田畑の労働や機織りもせず、明けても暮れてもトナカイ（トナカイはアイヌ語）を追っている、と続きます。

これではまるで、東北人の悪口ばかり、戦地へ行く友人へのはなむけにも何にもなっていない。いかに朝廷の庇護を受け、大金をもらって唐へ渡ったりしていたとしても、法を説く僧の作ではないと、情無くなってしまいます。

北方の人々にしてみれば、のどやかに平和に暮らしているところへ攻め入って来たのは誰なんだと、絶叫したいところだったでしょう。

しかし延暦七（七八八）年には五万二千八百人、同十三（七九四）年には十万人の軍勢で攻め同二十年坂上田村麻呂が胆沢城（現奥州市水沢区）を占領（紀略）――ここに東北は完全に朝廷のものとなり、翌年七月十二日阿弖流為《あてるい》と母礼《もれ》の二人は逆賊の首領・副将として京都で首を斬られてしまいます。空海の心境や如何です。

第二節　白河以前

室の八嶋へ

芭蕉の自筆草稿は、深川から千住までの部分に三十六行を費やしています。にも拘らず千住から草（早）加・越が谷・粕壁・間々田・小山を経て大神《おおみわ》神社（室の八嶋）に至る長い道のりの記述はわずかな分量で済ましています。今までに数多く出ている『おくのほそ道』には、おしなべて「序章」「旅立」「草加」「室の八嶋」などという項目が立てられていますが、肉筆による今回の野坡本にはそのような項立てはいっさいありません。最終部「敦賀」「種《いろ》の浜」「大垣」に至るまで、ただ滔々と本文だけが書かれているのです。

行数や文字の数で関心の多寡をいうことはできないとしても、「室の八嶋」の部分についても百字ちょっとしか書かれていません。

着いたときも当の芭蕉は曽良がこだわる程にこの地への興味は示さなかったようです。何はともあれ、早く白河へという思いだったのでしょうか。

しかもここでは、自分自身の感興は何も述べておらず、曽良が語った話を紹介するだけに終わっています。

室の八嶋に詣ス曽良か曰此神は

木の花さくや姫の神と申て富士一
躰也無戸室に入て焼たまふ
ちかひのみ中に火火出見のみこと
うまれ給ひしより室の八嶋と申又煙を
読習し侍るもこの謂也将このしろと云
魚を禁す
縁記の旨世に伝ふことも侍りし

皇孫ニニギノ命に嫁いだ木の花さくや姫が一夜にして身籠ったため、他の国つ神か誰かの子であろうと疑われたという話は『古事記』や『日本書紀』にある有名なエピソードです。

そこでさくや姫は身の潔白を証明するため、土でまわりを塗りふさいだ「無戸室《うつむろ》」を作って「ホホデミノ命」「ホスソリノ命」「ホアカリノ命」を出産した、という話です。

「――このしろと云魚を禁す」については「菅菰抄」に詳しく説明されています。

「――此処に住みけるもの、いつくしき娘をもてりけり。国の守これを聞給ひて、此むすめを召に、娘いなみて行ず。――国の守の怒つよきと、きこえければ、せむかたなくて、娘は死にたりといつはり、鱅魚を多く棺に入れて、これを焼きぬ。鱅魚をやく香は、人を焼に似たるゆへなり。――このしろは、子《コ》ノ代《シロ》にて、子のかはりと云事也。――」

『広辞苑』には「このしろ鰶＝ニシン目の海魚。中等大のものをコハダといい、鮨の材料とする。炙ると屍臭を発するというので古来賤品とされ、また、昔は腹切魚といって武士の切腹の時に用いたため忌まれた。ツナシ。鰶。鱅――」とあります。

糸遊に結つきたる煙哉　翁

あなたふと木の下暗も日の光　翁

（『俳諧書留』）

斎部《いんべ》路通と岩波曽良

みちのく行脚の随行者が、路通から曽良になった理由が何であったか、それは今でもはっきりしていません。

もともと斎部（八十村とも）路通という人は、京都の格ある神官の家に生まれ、相応の教養を身につけた人物だったといいます。ところが親子関係か何か、家庭的にうまくないことでもあったのでしょうか、各地を放浪して歩き、『方丈記』や『徒然草』『古今著聞集《ちょもんじゅう》』などの辻講釈をしていたということです。

芭蕉が「野ざらしの旅」で膳所の松本に行った際に出逢い、その後芭蕉庵の近くに定住し、芭蕉の身のまわりの世話をするようになったといいます。

ところが、その前年、甲州から帰った芭蕉が新庵に入った直後、路通より一年前に曽良はすでに入門しており師の旅に役立てようと、陸奥から出羽・北陸の歌枕や神社仏閣・名勝等について資料を整えていました。『延喜式神名《じんみょう》帳抄録』と『名勝備忘録』（全百丁袋綴じ）というものです。この文書は今、天理図書館に綿屋文庫として残されています。

三大格式《きゃくしき》（弘仁《こうにん》式・貞観《じょうがん》式・延喜式）の中でも延喜式は、醍醐天皇朝三十八年間の記録で全五十巻という大部のものです。律令の補助法であり、施行細則であり、詔勅から官符、規則・規定・作法・体裁等を網羅したものです。弘仁式が嵯峨・淳和両朝の一一八年間で四〇巻、貞観式が清和・陽成両朝の四八年間で一二巻と比べると延喜式は、短時間にすごく盛り沢山な内容を持ったものであることがわかります。

しかもその第九と第十には、新祇官による官社帳・朝廷崇拝の官社として例幣使の幣帛《へいはく》にあずかる神社等が三千以上も紹介されているといいます。

曽良は信州上諏訪の高野七兵衛という人の長男として生まれましたが、わけあって岩波家の養子となり岩波庄右衛門正字《まさたか》を名のりました。その後伯父（伊勢長島の大智院住職）を頼り、長島藩（松平定政）に仕えることになったれっきとした武士です。

幕府神道方の吉川惟足《きっかわこれたる》に学んだ神道家でもありまし

たから「三大格式」は勿論のこと「大宝律令」や神祇《じんぎ》全般に明るく、敬神思想も強かったのだと思います。

こうした事情からしても路通は、誰に言われることなく行脚の同行から身をひいたのではないでしょうか。

芭蕉本人が、当初路通を同道者としていたであろうことは、その書簡などによって明らかであると以前本稿にも書きました。それがなぜ曽良になったのか、その理由は多くの研究者が不明としているのですが筆者は筆者なり、勝手にこう独断しているところです。

「滅び」への執着

「室の八嶋」を出発した二人は、いったん壬生へ戻り楡木の追分で例幣使道に入ります。中山道の上州倉賀野から分岐してきたこの道に入れば、次の宿泊予定地である鹿沼はもうすぐ、一里二十二丁（五キロメートル）しかありません。

ここでの芭蕉には、自分なりに回ってみたいと思うとこが他にあったのではないでしょうか。すぐ近くの国府跡や、三戒壇の一つである薬師寺、国分寺・国分尼寺の旧跡、鑑真和上ゆかりの龍興寺（唐の楊州にも同名の寺）などのどこか一かしょには寄ってみたかったのではないでしょうか。

龍興寺には皇位をねらって和気清麻呂に破れ、この地に客死した道鏡の塚などもあります。道鏡塚の真偽のほどはいずれにせよ、芭蕉という人の故事・伝説への関心、破れたもの、滅びたものへの執着は並なものではありません。

たとえば、当麻竹内村の伊麻女の篤い孝心、伊良胡に隠れひそんでいた杜国への、忠節ただならぬ下男権七《ごんしち》の「獠奴《れいど》阿段《あだん》が功」――そして近江山中での義朝・常盤御前悲運への思い、草むらの中に石の台座しか残っていない新大仏寺跡（東大寺を再建した俊乗坊重源《ちょうげん》・西行の友人が建てた寺の跡）で「――上人の貴願いたづらになり侍ることもかなしく、涙もおちて談《ことば》もなく、むなしき石台にぬかづきて〈**丈六にかげろふ高し石の上**〉」としていることなど、いくつでもあげることができます。

『おくのほそ道』にかぎってみても、「遊行柳」や「武隈の松」「壺の碑」その他にと数多くの例があります。

　何代かに渉って植えかえられた柳や松であることを知りながら「――いづくのほどにやとおもひしをけふこの柳のかけにこそ立寄侍つれ」（傍点筆者）「――代々ある（ひ）はきりあるひは植次なとせしと聞に今将千歳のかたちとゝのひてめでたき松のけしきになん侍し」（同）「――今眼前に古人の心を閲《けみ》す行脚の一徳存命の悦《よろこび》羇旅の労をわすれて泪も落るはかり也」（同）などと書いています。

　屋島の合戦や吉野山で戦死した佐藤継信・忠信兄弟の妻が、夫のいでたちをして姑御を安心させたという話への共感・中尊寺での安倍貞任や義経への思い――芭蕉に逢えることを心待ちにしていて死んだ小杉一笑の霊に**「塚も動け我泣声は秋の風」**と供えた金沢での作――これらはみな故事や滅びへの執着以外の何ものでもありません。

「室の八嶋」の庭園の池に、八つの島があって八つの社が祀られている（貝原益軒『日光名勝記』）のですが、曽良ならばいざ知らず、芭蕉にとってあのミニチュア庭園がどう見えたか、これはいささか疑問に思います。

日光（一）

　二人は二十七日に千住を出てから、粕壁・間々田・鹿沼を経て（この年は三月が二十九日しかない年でしたから、次の日四月一日）日光に入っています。『曽良旅日記』にも「廿九日、辰ノ上尅マ、ダヲ出。――昼過ヨリ曇。同晩、鹿沼ニ泊ル」

「四月朔日　前夜ヨリ小雨降。辰上尅、宿ヲ出。止テハ折々小雨ス。終日雲（曇でない）、午ノ尅、日光へ着。――」とあります。

　ところが芭蕉は、

「卅日日光山の麓に泊る　あるじ云けるやう我名を仏五左衛門と云万正直を旨とする故に人かくは申侍る

――」

「卯月朔日御山《おやま》に詣拝す往昔《そのかみ》此御山を二荒山《ふたらやま》と書しを空海大師開記の時日光と改たまふ――」（「開記」の「記」を、勝手に「基」として、芭蕉は勝道上人と空海を誤っているなどと指摘するむきが殆んであること、「書きしを」とあることにも留意せねばならないこと等については後日詳しく――筆者注）

として、三月の三十日と翌日の四月一日の二日に分けて日光を書いています。

これは、前段の「室の八嶋」と「東照宮」との「神祇（神）」の重なりを避けるために「釈教（仏）」を間に入れ、連句の歌仙形式に従ったのだろうといわれています。

歌仙（三十六句）
- 初折
  - 表（六句）――序
  - 裏（十二句）┐
- 名残　　　　　├破
  - 表（十二句）┘
  - 裏（六句）――急

もともとは歌仙は、「連句百韻」を庶民の俳諧愛好者のためにと、三分の一程に縮小したものです。

「序はなだらかに、静かに」「破はおもしろく、活発に」「急はつとめて軽妙に」というのが不文律で、名所・国・神祇・釈教・恋・無常・述懐などは「破」に入れるとよい（松永貞徳『式目歌』）とされていました。

『おくのほそ道』は歌仙の構成を意識して書かれたとよくいわれますが、意識するも何も芭蕉ははじめからそういう意図を持って書いていたのだと思います。五年前後の歳月をかけ推敲に推敲を重ねて書いた作品ですから、そのプロットとして、ありもしなかった三月三十日を設けて四月一日と分離させたりするのは当然の手法だったのでしょう。

あなたふと青葉若葉の日の光

「室の八嶋」での〈あなたふと木の下暗も日の光〉の

中七だけを「青葉若葉」としてここで使用したこと——そして「——御光《みひかり》一天にか丶やきて恩沢八荒にあふれ四民安堵の栖《すみか》穏《おだやか》也——」という文章にセットさせた技法などは、なる程と思うばかりです（自筆原本の「あなたふと」を「あらたうと」としていた今までの学者・研究家達のものは全部改めるべきでしょう）。

日光（二）

芭蕉主従は、日光ではあまり歓迎されなかったようです。歓迎されないどころか、どちらかといえば無視されていたともいえるようです。曽良の日記には「辰上尅、宿ヲ出。止テハ折々小雨ス。終日曇、午ノ尅、日光へ着。雨止。清水寺ノ書、養源院へ届。大楽院へ使僧ヲ被レ添。折節大楽院客有レ之、未ノ下尅迄待テ御宮拝見。——」とあります。

鹿沼を午前八時頃出発し、「午の尅」（十二時から午後二時の間）に着いたというのです（「午の上尅」とあれば十二時〜一時、「下尅」とあれば一時〜二時ということですから、多分一時前後に着いたのでしょう）

そのうえ、曽良が持参した清水寺《せいすいじ》（浅草の江北山宝聚院清水寺）からの紹介状を示しても、お小使いさんのような僧によって大楽院（今の社務所）へ同道され、「未ノ下尅迄」待たされたというのです。

一時前後から四時頃まで、三時間近くも待たされていました。「未の下尅」というはっきりした時刻の書き方や、「迄待テ」という書きぶりには、明日の、黒羽までの旅程を思う曽良の気持が偲ばれるような気がします。

「御宮拝見」とはいいながら、せいぜい東照宮周辺か、輪王寺界隈を見ることしかできなかったのではないでしょうか。しかも当時の東照宮は、やたらに誰もが中に入れるところではありませんでした。補陀落《ふだらく》山《さん》久能寺（久能山）からの遷座以来、天海・崇伝《すうでん》・梵《ぼん》舜《しゅん》らの努力によって築かれた聖域ですから「一介の俳諧師風情が今更何を——」という姿勢で応じられたのも当然だったのかも知れません。

正保二（一六四五）年十一月、後水尾天皇によって「宮号」を授けられた「日光大権現社」は、晴れて（「天照」に匹敵する）「東照宮」を名乗ることになったのです。

①神宮　②宮　③大社　④神社のうち、①②は皇室の祖先を祀り、③④は土地の神を祀る神社のことをいうそうですが、神社・大社のうちでも特に神威が高く、霊験あらたかであるということで天満宮（菅原道真）と東照宮（家康）は特別であるというのでしょう。

この時代の社家の日記二つ（『御番所日次記』『御仮殿日次記』）には、双方ともに人の出入りが詳しく記録されています。

「卯月朔日　細雨、申ノ后ニ及ビ雨止ム　猿橋斉司（天候の記録も曽良の記録とぴったりあっていますす。筆者注）

一　御宮中御平案。一坊ノ昼番、常福寺坊弟子・正門坊弟子。泊マリ、本月坊・観徳坊。神人《じんにん》、茂兵衛・善左衛門・甚七・新介。宮仕《みやじ》、昼迄光善、昼過ギヨリ万策詰申シ候フ。

一　辰ノ后刻、鈴木与次郎・大石忠左衛門、大工棟梁召シ連レ参上、御輿殿ノ寸法・御輿ノ高サ等、寸法取り申シ候フ。次イデ御被官ノ両人、棟梁召シ連レ御門際へ入リ、御宮殿ノ寸法取リ申シ候フ。是ハ、蔵立テ候フニ付～（以下略）

一　巳《み》ノ刻、狩野探信、弟子共大勢召シ連レ来リ、御拝殿東ノ御着座ノ間ノ絵並ビニ彩色等、写シ申シ、未ノ刻ニシマヒ、罷り帰り申候フ」

等々、いつ・誰が・何のために来て、何時頃帰ったか、あるいは泊ったか――大工が寸法をとりに来たことや狩野探信が来て何をしたかについてまで、細かく書かれているのです。

しかし、この日のどこを探してみても二人の名前は見つかりませんし、「俳諧師」の「俳」の字もありませんでした。

念のために、『御仮殿日次記』の四月一日の全文も確かめてみましたが同じことでした。

ただこちらには気になるものがありました。

「　四月朔日　雨天　　古橋隼人

一　御宮中御平安。卯ノ上刻、御目付出デラル。**梶左兵衛殿**・川野兵三郎殿・原小八郎殿・山口図書殿。探信・探雪拝有り。

一

一　略

一

（「梶左兵衛殿」をゴシック体で示したのは筆者の考えから、あえてした）

この人は、伊達綱村（当時十三歳）の後見役稲葉正則とつながりのあったあの人物であるのか、幕府の諸国巡見使として柳沢吉保に用いられた岩波庄右衛門（曽良）と接点があったあの人物であるのか。調べてみるとまさに間違いなくその梶左兵衛でありました。

これは『おくのほそ道』にとっても重要なことだと思いますので後日更に考察してみようと考えています。

梶と稲葉がこの時期に交換した書簡が残っていますが、内容はすべて伊達藩が背負う工事費用に関するものばかりです。「改築するのか、修理で済ますのか」が両者の間の大きな問題になっていたのでした。

芭蕉が立寄った元禄二（一六八九）年は、その工事の二年めでありましたから、どこへ回っても雑然とした雰囲気であったと思います。

土木作業から大工・左官・金工・木工その他多くの人々が行き来し、御目付役が朝早くから四人も入っていたというのです。参詣人の数もそれなりにあったことでしょう。

しかし、東照宮はこの五・六年前のうち続く災害で疲幣しきっていたのでした。

天和二（一六八二）年の日光領大飢饉で多くの死者を出し、同三年五月十七日、二か月に渉って起こった「日光大地震」、六月二十五日「大谷川・稲荷川の氾濫」で神橋や民家が流され、十二月十三日にはいわゆる「日光大延焼」、山内・町家が類焼するなど壊滅的被災を受けていたのです。「日光中　残家　山中五十三軒、町家四十五軒」（教城院天全の『旧記』）というありさまであったのです。

日光（三）

剃捨て黒髪山に衣更　曽良

この句は、実は曽良のものではなくて、芭蕉が自らの作に「曽良」の名を冠したものに相違ないという意見があります。

「江戸で剃髪はしてきたが、今日はちょうど四月一日、衣がえの日でもあるので、墨染めの法衣に着がえることにした」というのですが、どちらかといえば「理」のかった曽良のものとは違って一物《いちぶつ》仕立ての流暢なものになっているのは事実です。

しかも「いろいろ憶測はされているが」これは「芭蕉が曽良の句として作ったものだ」（自筆原本発見に大きな貢献をした桜井武次郎氏『奥の細道行脚』）とか「剃捨て――は、芭蕉の句である。『細道』に登場する曽良の句は、そのほとんどが芭蕉の句である」（自転車で「ほそ道」全道をたどった嵐山光三郎氏『芭蕉の誘惑』）をはじめとして、多くの学者や作家・研究者の主張があります。

彼らは、もしこれが曽良の作であるのなら、あの几帳面な男が、準備から行程・路銀に至るまで細大洩らさず記録した『旅日記』に書かない筈がない――甥の周徳が曽良没後遺稿集として出した『雪満呂気』に載せない筈がない、というのです。

（筆者も『曽良追福五十回忌集』の載る資料を調べてみましたが、たしかにここにも書かれてありませんでした）――だからこの句は、曽良に対する挨拶句として芭蕉自らが作ったものであろうなどといわれるのかも知れません。

『おくのほそ道』は、最後の旅に出るまで、推敲に推敲を重ねたものです。当時流行のガイドブック的単純な紀行ではなく、幾重にも貼紙をして、くりかえし想を練っていたものであることはＣＧ技術によっても明らかにされています。

俳文『閉関之説』に「人来《きた》れば無用の弁有。出《いで》ては他の家業をさまたぐるもうし。——五十年の頑夫、自《みづから》書《しょし》、自《みづから》禁戒となす」とあります。おそらくこの時期、構想に従った書きこみに余念がなかったのでしょう。「そのほとんどが芭蕉の句である」とする説に、そう簡単に賛同するわけにはいきません。が、しかし、「座」の中心にいた人物が人の出入りを禁じたり、書いては消し、消しては書いてついには貼紙をして稿をすすめる。新しい境地を求める芭蕉にして、そんなことが無きにしもあらぬ話だとは思います。

いずれにせよ、曽良が記録した自分の句は「**卯の花をかざしに関の晴着かな**」の一句だけ、「**剃捨て**——」をはじめ「**かさねとは八重撫子の名成べし**」から〈**終宵《よもすがら》秋風聞やうらの山**〉までの十句はどこにも書かれていません。

こうなれば、門外漢の言説に左右されず、実作者としての立場から、他の曽良作品をじっくりみて判断する以外にない、と考えているところです。

日光（四）

二十余丁山を登《ノホ》ッて滝有岩洞の
頂より飛流して百尺千岩の
碧潭に落岩窟に身をひそめ
入つて滝の裏より見れは
うらみの滝と申伝え侍る也

暫時は滝にこもるや夏の初

この句文には、まさしく芭蕉そのものが表現されているといってよいように思います。

表向きの挨拶「——恩沢八荒にあふれ、四民安堵の栖《すみか》穏やかなり——」とし「あなたふと——」などの作中には、本来の芭蕉はいないように思うのです。

それに比べてこちらのほうは、はやる心がじかに伝わってくるような気がします。声に出して読んでみると、独特のリズムがあり、珍らしい滝への好奇心を感じることができます。

鷹橋義武の『日光山名跡誌』にも「大日堂の別れ道より右の方へ道法《みちのり》二十町行きて裏見の滝」とあります。とにかくこの日はまっすぐに「裏見の滝」へ行っています。

曽良の日記に「二日天気快晴。辰ノ中尅、宿を出。ウラ見ノ滝（一り程西北）・ガンマンが渕見巡、漸ク及レ午。鉢石ヲ立、奈須・太田原へ趣」とあります。今の暦で五月二十日の早朝、「快晴」ですからさぞ爽やかであったでしょう。「及レ午」んで「鉢石ヲ立」たのですから、荷物も全部宿に預けたまま、身軽ないでたちであったのでしょう。

ですから芭蕉はここでも気分よく相変わらずの故事・古典です。「――岩洞の頂より飛流して百尺千岩の碧潭に落」は李白の詩「望廬山瀑布（廬山の瀑布を望む）」という七言絶句から採っています。

日は香炉を照らして紫雲誅生ず、
遥かに看る瀑布の前川に挂《かか》るを。
飛流直下　三千尺、
疑うらくは是銀河の九天より落つかと。

李白が眺望した「廬山」は、芭蕉にとっては「荒沢山」のこと、「飛流直下三千尺」は「飛流して千岩の緑潭に落（つ）」「疑是銀河落九天」は「岩窟に身をひそめ入って滝の裏を見（る）」であったのでしょうか。滝の裏側にある「荒沢不動明王」を見れば修行僧の「夏行」を思わぬ筈がありません。

「裏見の滝」は「荒沢の滝」ともいわれ、大真名子・小真名子という二千三百メートルを越す高山の間からくる谷川の下流にあります。「日光四十八滝中、第一の滝（『陸奥鵆』といわれましたが今では「華厳」「霧降」に次ぐ第三の扱いになっています。しかし、それだけに観光地慣れしない清洌さで美しい滝になっています。ただ、危険防止ということもあって滝の内側に入ることができないのはいかにも残念です。

汗をかいて、やっとたどりついた人々が「恨みの滝だ」と愚痴をこぼす姿も少なくはありません。

日光（五）

五左衛門に近道を教えてもらった二人は、早速黒羽に向います。曽良の日記に「常ニハ今市へ戻リテ大渡リト云所へカ、ルト云ドモ」「日光ヨリ廿丁程下リ、左ヘノ方へ切レ、川（大谷川、筆者注）ヲ越。せノ尾・川室ト云村へカ、リ、大渡リト云馬次（鬼怒川べりにあって、向う岸はすぐ船生・同）ニ至ル。三リニ少シ遠シ」とあります。

日光――瀬の尾＝一里十八町
瀬の尾―川室＝一里十四町
川室――大渡リ＝二十六町
計三里二十二町

日光（鉢石）――今市間が二里ですから、三角形の一辺を通る形で随分と近道です。

それにしても東照宮のよそよそしい扱い、これには筆者も少なからず腹立たしい思いをしました。

特に前々回あげた『御仮殿日次記』の古橋某の記録がそうです。「――卯ノ刻、御目付出デラル。梶左兵衛殿・川野兵三郎殿・原小八郎殿・山口図書殿。探信・探雪拝有リ」

「目付」は、かつての検非違使ではありませんが非違を検察する監視役、老中直属でもあれば「大目付」、そうでなくても旗本のことさえ監察し得た役職ですから、「御」づけ「らる」など下二の助動詞づかいも仕方ないのかも知れません。しかし、一人一人に「殿」をつけ、探信・探雪は呼び捨て――いかに封建的な武家社会であっても、あるいはそうであればこそ、信長から家康のとき以来の御用絵師、法印の位に叙されてもいる鍛冶橋狩野への対応ではありません。

久能山と同じ規模であった日光東照宮を、総工費約二千億円（現在の金額）という厖大な費用をかけて造営したのは家光でした。そして、秋元丹馬守泰朝《やすとも》（造営奉行）、甲良《こうら》豊後守宗広（作事大棟梁）、狩野探幽守信（美術工芸全般）が現場の指揮を執りました。

にも拘らず『御番所日次記』の方も同じような扱い方です。「狩野探信、弟子共大勢召シ連レ来リ、御拝殿東ノ御着座ノ間ノ絵並ビニ彩色等写シ申シ、未ノ刻ニシマヒ、罷り帰り申候フ」

仮にも探信は、父探幽の後を継いだ狩野宗家の八代め、三十六歳の働き盛りでした。

天下に並ぶもののない絵師が、大勢の弟子を連れて下見に来てくれたことへの感謝の気持はないのか――「狩野探信、弟子共大勢召シ連レ来リ」とか「写シ申シ」「罷リ帰リ」などという、多分に優越ぎみな書きぶりには敬虔さなどは微塵も感じられません。

いずれにせよ芭蕉と曽良の二人は、探信が「未ノ刻」に帰るまでの長時間待たされていたわけです。文字どおりその存在を無視された恰好でありました。

玉入（生）の雷雨

大渡りの宿場からは、いわゆる「日光北街道」（現・国道四六一号線、今市から大田原を経由する道）に入ります。

曽良は「絹川ヲカリ橋有。大形ハ船渡シ」と書いていますが、このあたりの鬼怒川は、ちょうど工合よく川幅が狭くなっています。いまの地図で見てもそのようすはよくわかりますが、車社会の現在、コンクリートの立派な橋が架かっています。昨年十二月、筆者も車で通ってみましたが、いたって軽快に走り過ぎてしまいました。

芭蕉にとっては、桃青時代、名づけの弟子であり、曽良にとっては仲間である桃雪・翠桃兄弟に早く逢いたい――長い時間待たされたりした日光と違って、この旅最初の同門再会――二人の心はこの時すでに、黒羽の地にあったのではないでしょうか。

芭蕉の方は「――遥に一村を見かけて行に雨降り日暮る丶農夫の家に一夜をかりて明れは又野中を行――」と、さらっとした書き方ですが、曽良の日記には「未ノ上尅（午後一時頃）ヨリ雷雨甚強――無理ニ名主ノ家入テ宿カル」とあります。

さすがデータ揃え名人の曽良も、野州名物の「雷《らい》さま」は予測できなかったのでしょうか。特にこの周辺、山襞が重なったところからは、鬼怒川の流れに沿って雷雲が頻繁に発生します。閃光一発、耳をつんざく雷鳴と激しい雨には、逃げる以外てがありません。現在でも人家のまばらなあの辺りでは、簡単に雨やどりするところも見つかりはしません。何はともあれ名主の家にとび込んだ、という曽良のものの方が本当だったのでしょう。

当時一般には、素性の知れない者をむやみやたらに宿泊させたりすることは禁じられており、何かあった場合には名主が面倒をみることになっていました。

名主は、西では「庄屋」、北陸・東北では「肝煎り」などといって、身分は百姓でありながらも郡代や代官の支配を受ける、役人扱いをされた農民のことです。

雷雨もさることながら、日光からここまでが六里二十二町、さらにこの先黒羽までは八里半（三十四キロメートル）、合計六十キロに及ぶ道のりです。無理をすれば那須野が原の真ん中で道に迷うことだってないことではありません。二人にとってこの雷さまは、天の助けであったのかも知れません。

その上ここの名主玉生七郎右衛門は、問屋を兼ね東照宮の御用米を千駄の単位でやりとりしていた大庄屋でもありました。

翌日は「辰上尅（朝五時半）玉入ヲ立」てた（曽良の日記）のですから、それなりの処遇をしてもらってはいたのでしょう。そのことについて、二人は何も書いていません。

第三節　那須野

黒羽（一）

人間は一生のうちに何歩ぐらい歩くものなのか――生きる年数や生活の違いによって異なるのは当然として、せめて成人一年の平均ぐらいは見当つかないものなのか。そんな研究をしているところはないのか――

ここのところそんなことを本気で考えています。芭蕉のように生涯を歩きまくった人間の場合はどうなのか、そんなことを調べたことなど寡聞にして聞いたことがありません。芭蕉に万歩計を持たせていたらどうなっていただろうか、冗談やおふざけを抜きにして、真剣に考えている最近です。

玉入（生）を発って那須に入った部分についても「――明くれは又野中を行／そこに野飼の馬あり」と、相も変わらず飄々たる書きぶりです。

野中の「野」はもちろん那須野が原のことですが、何か、いとも簡単に入ってきて、そこですぐ野飼いの馬に逢ったという感じです。いくつもの持病を抱える身でありながら、平然として歩き続けるこのあたり、芭蕉の持つもう一つの魅力ではないかと思っています。

雲巌寺へ行くときも、

「――雲岸《（ママ）》寺に杖を／曳は人〳〵すゝむて共にいさなひ若き／人おほく道の程打さはきておほえす／彼麓に至る――」と書いています。

多くの若い人々と、騒ぎながら歩いて来たのでいつの間にか麓に着いてしまったというのです。

黒羽の田町にあった浄法寺高勝（桃言）邸から雲巌寺までは、前田・赤台・上の台という集落を過ぎ、野上川を渡ってからもかなり距離があります。ましてや那珂川の反対側にある余瀬の翠桃（高勝の弟豊明）宅からだとしたら、さらに遠くなります。

参禅の師仏頂和尚の山居を見たときも

「――さて彼跡はいつくの程にやと後の山に／かけのほれは石上の小庵岩窟に／むすひかけたり――」と書いています。

「かけのほれは」は多分に誇張があるにしても、気持の上ではまさしくそうであったのでしょう。武茂川に架かる「雲岩寺五橋」の瓜鉄橋を渡り、急な石段を登ってすかさず山居に直行する。玉入（生）から矢板・大田原を経て那須野が原に入って、中《なか》一日しか休んでいないのです。

ひと口に那須野が原といっても、その広さは「原」というような単純なものではありません。奥会津から日光に延びる帝釈山脈の裾野から常陸へ続く八溝山系の麓まで二千六百ヘクタールに及ぶ広大な地域です。しかもその七割が山林・原野、一度道をそれたら大変なことになるというところでした。

芭蕉はここで「かさね」のことを書いているのですが、特に那須の部分を細かく書いた曽良の日記には全く記されていません。

黒羽（二）

四月三日（陽暦五月二十一日）、二人は翠桃の家に着きます。はじめは、まっすぐ黒羽の城下へ入ろうとしていたのでしょうか、曽良の日記には「翠桃宅、ヨゼト云所也トテ、弐十丁程アトヘモドル也」とあります。

折角那珂川べりまでやってきても多分舟の便がなかったのでしょうか、道順も人に聞いたりして後戻りしたというのです。

ところがその後、芭蕉と曽良はこの地がことのほか気にいったようで長く逗留をしています。○尾花沢の十日○金沢の九日○山中の八日○須賀川・羽黒・酒田の七日等に比べても、そのどこよりも長い十四日間の滞在でありました。ほかに高久に二泊、湯本にも二泊していますから、実質那須滞在は十七泊十八日ということになります。

さきに他界された尾形仂《つとむ》先生も、

「天気が回復したにもかかわらず、芭蕉がいっこうに発足の気配を見せていない」のは「浄法寺図書兄弟らの手厚いもてなし」や「陸奥の旅路へかかる前の気息を養う上で、かなり充足した心楽しい日々であったからだろう」（『おくのほそ道注解』）といわれています。

しかし、ここで問題になるのが「**かさねとは八重撫子の名成へし**」の句についてです。

これが果して曽良のものなのか、そうでないのか——前にも「代作説」について触れたことがありましたが、ここに桜井氏と嵐山氏が双方ともに取上げていない芭蕉の文章があるので紹介します。元禄三年「幻住庵」で書いたものとされ、「かさねとは——」が代作か否かに大きくかかわるだろうと思われる俳文です。『重ねを賀す』という二百字足らずのいたって短かなものです。

みちのく行脚の時、いつれの里にかあらむ、こむすめの六つはかりとおほしき、いとさゝやかに、ゑもいはすおかしけるを、「名をいかにいふ」ととへは「かさね」とこたふ。いと興有名なり。都の方にてはまれにもきゝ侍《はべら》さりしにいかに伝て何をかさねといふやあらん。「我、子あらば、此名を得させん」と。a道つれなる人にたはふれ侍りしを思ひいてて、此たひ思はさるbゑんにひかれて名付親となり

賀　重

cいく春をかさね〳〵の花ごろも
しはよるまでの老もみるへく　はせを

（記号・傍線、筆者）a＝曽良のこと　b＝縁　c＝幾春（春・花ごろも・かさね「襲」・雛は縁語）

縁のある人に名付け親になるよう委頼されて、「かさね」という名を提案したというのです。

こういうものがある以上、〈かさねとは——〉の作は、曽良のものではない、これはどうしても芭蕉の創作であると考えるしかない。

早計の誹りを受けるのも覚悟してそう考えることにしました。

黒羽（三）

黒羽での行動のようすについては、曽良の『日記』と『ほそ道』の本文との間に大きな違いがあります。

実際には翠桃宅へ着き、浄法寺邸で休息したすぐ翌日、まず雲巌寺をたずねているのです。芭蕉にとって雲巌寺は、参禅の師仏頂ゆかりの寺ですから、何はさておいて早く行きたかったのでしょう、しかもあえて最後にこれをもっていき、力をこめて書いています。

（『曽良日記』）

○四月五日雲巌寺見物
○九日　光明寺
○十二日篠原玉藻稲荷
○十三日　八幡参詣
（津久江翅輪案内）
○十六日余瀬から高久
○十七・八日高久・湯本
○十九日　湯本

→ 殺生石

（『ほそ道』本文）

○犬追物の跡
○篠原玉藻稲荷
○八幡宮
○光明寺
○雲巌寺
○同上
○同上
○同上

○廿日「朝霧降ル。辰中尅、晴。下尅（午前七時頃）、湯本ヲ立。ウルシ塚迄三リ余。半途ニ小や村有。ウルシ塚ヨリ芦野ヘ二リ余。湯本ヨリ総テ山道ニテ能不レ知シテ難レ通」（曽良日記）とあります。

①「修験光明寺」は、役行者小角にかかわる名刹であり、元禄二年時の第七代住職津田源光権大僧都の室は桃雪・翠桃のきょうだい（姉・妹の別は不明）でありました。翠桃は光明寺が住居と同じ地域（余瀬）にあり、身うちの寺でもあったので、早々と二人を案内したのでしょう。

②神道家曽良は「寺」の場合は「見物」「見る」、神社の場合は「参詣」「拝ス」、この日記でも徹底して書きわけています。

「犬追物」一見

多くの日数滞在した黒羽・那須のことですから、参観の場所が多くなるのは必定です。しかし、事実はどうあっても芭蕉本人の記述に沿って読んでいくことが忠実な読み方だと思いますので、書かれてある順に従って順次考察していくことにしましょう。

蕪村の句に〈那須七騎弓矢に遊ぶ袷かな〉があります。

那須七騎というのは、○伊王野　○千本　○大田原　○大関　○福原　○芦野　○岡本の七氏のことで、鎌倉初期に勇名を馳せたいわゆる那須一族のことを指しています。

もともとこの地は、東北の蝦夷征伐の前線基地でありましたし、弓矢の技を練る騎射鍛錬の錬兵場でもありました。

建久四（一一九三）年、前年に征夷大将軍となった源頼朝による那須野狩の際、馬場が築かれ犬を放っての訓練がなされたということです。これが今にいわれる「犬追物《いぬおうもの》の跡」です。これから蝦夷地へ行こうとしていた芭蕉にとって感慨深い場所であっただろうと思います。

黒羽（四）

> 黒羽の舘代浄法寺何某の方に音信ル（。）おもひもかけぬあるしのよろこひ（、）日夜語つゝけて（、）其弟桃翠なと云か（、）朝夕勤とふらひ（、）自の家にも伴ひて（、）親属の方にもまねかれ（、）日をふるまゝに（、）ひとひ郊外に逍遥して（、）犬追もの、跡を一見し（、）那すの篠原をわけて（、）玉藻の前の古墳をとふ（。）それより八幡宮に詣――

岩波文庫版『おくのほそ道』にあるとおり、（　）の中に「、」や「。」をそのままつけてみましたが、芭蕉の自筆原本には、この場合にもつけられていません。はじめの「音信《おとず》ル」でいったん切れること、「それより八幡宮に詣《もうず》」の前でこの段落が終わること――それは何のしるしがなくてもわかることです。そのほかは、とにかく一気呵成に一文で綴られている文章です。「よろこび」「つゝ（ゞ）けて」「云か」「とふ（ぶ）らひ」「伴ひて」「まねかれ」その他、みな後に続く語の用法であり、活用語尾が終止形になっているものは一つもありません。

多少長文に過ぎるところはあるものの、あるいは長文であるからこそ、犬追う馬場で腕を鍛えた平義継（三浦介義明）の白面金毛九尾の狐への思いが強く伝わってくるように思うのです。

読みやすくしようとする親切心、その配慮はよくわかるのですが、このようにこまめにくぎってしまうと特に古文の場合には、文の勢いがとぎれてしまいます。この勢いは、即、心のはずみでもあるわけですから大切にしなければいけません。

注釈や解説をする際、学者や研究家達によくある傾向なのですが、少なくともこの場合の句読点は書きての感動を台無しにしてしまいます。

余瀬から古久根を経、北へ三キロ程行くと蜂巣に入ります。蜂巣の外れ一帯が字篠原、そのいちばん奥に玉藻稲荷があります。

曽良の日記に「十二日　雨止。図書被二見廻一、篠原被二誘引一」とありますから、桃雪は自邸からわざわざ余瀬に寄り、兄弟二人で師主従を案内したのでしょう。

筆者が訪れたのは曇った夏の昼でしたが、県道から田んぼをへだてて五百米くらいの神社の森は鬱蒼として美しく見えていました。

道路脇の「那須篠原玉藻稲荷神社」という立派な石柱の近くに路上駐車し、畦道のような道を歩いて行きました。すると桜並木の参道、百米以上の堂々たるものでした。

小高い所に本殿がありその前には大きな石の鳥居が立っていました。本殿右に芭蕉の句碑「秣《まぐさ》おふ人を枝折の夏野哉」があり、少し離れて「鏡が池」がありました。

人っこ一人いない日でしたが、鳥居の柱にある文字を読もうとか、池をよく見ようとかするにつけ、やたら蜘蛛の巣が多いのに閉口しました。

仏頂和尚（一）

芭蕉は、日本橋（本船町小沢卜尺の借り店）から深川の草庵に入ってすぐ、延宝八（一六八〇）年に仏頂の存在を知ったといいます。

以前から禅に対して特別な関心を持っていた素堂（当時信章）にでも聞いたりしたのでしょうか、同じ年の冬、その「仏頂について禅の修業をはじめた」と年譜にあります。

仏頂はすでに六年前、鹿島神宮を相手どって訴訟を起こし、浅草海禅寺の合宿所から小名木川のほとり、同じ深川の大工町にあった臨川庵に移住していました。

ですから、芭蕉が雲巌寺を尋ねたこの時点で二人の交流は十年近くも続いていたことになります。

当国雲岸寺のおくに仏頂和尚の
山居の跡有
竪横の五尺にたらぬ草の庵
むすふもくやし雨なかりせは
と松の炭して岩に書付侍りといつそや
きこへ給ふ其跡みむと雲岸寺に杖を
曳は ―― 中略 ―― 山はおくあるけしき
にて谷道はるかに松杉くろく
苔したゝりて卯月の天今猶寒し

仏頂は、正徳五(一七一五)年十二月二十八日、雲巌寺で七十三歳の生涯を終えていますが、それまでの間、何度もここを訪れています。

特に宝永元(一七〇四)年には、住職底徹通和尚に招かれて、坐禅堂での薫育者として迎えられるという晴れがましいこともありました。

大治年間、一一二六年、開基の僧叟元《そうげん》和尚が筑波の草庵からやって来た時には、数百名の雲水が参集した、と寺の記録(『東山雲巌寺由緒』)にあります。そのうえ雲巌寺は、筑前の聖徳寺・越前の永平寺・紀州の興福寺とともに妙心寺派の四大道場の一つとされていたところでしたから、かなり多くの僧が集まったのだろうと思います。

「いつそやきこへ給ふ」の「いつそや」は多分、鹿島で逢った時のことを指しているのではないでしょうか。

芭蕉が信章と出した二百韻『江戸両吟集』や、宗匠立机直後に出した『桃青門弟独吟二十歌仙』などを愛読していた仏頂は、よく芭蕉庵に通っていたといいます。

山口素堂や榎本其角・池西言水・望月千春などの作

にも明かるかったようであり、杜甫の詩集『杜工部集』や禅僧寒山の『この道行く人なし』をはじめ禅家の修業・禅の祖菩提達磨についてもあつく語りあったそうです。

芭蕉の訪問数よりも、仏頂が酒と箱詰料理を携えてくる方が多かったそうですから、そんな折、北浦か鹿島灘の月見に誘われて、雲巌寺の話を聞いたのかも知れません。

仏頂和尚（二）

筆者は以前、幸運にも仏頂和尚の「真蹟」を拝見する機会を得ることができました。

貞享四（一六八七）年八月に仏頂さんがお書きになった無題の即席作品で、一般に偈頌《げじゅ》とか頌文《じゅもん》・偈陀《げだ》とかいわれている経文讃歌です。

遠路、月見にやってきて、雨催いの悪天候にがっかりしている三人の客（芭蕉・曽良・本所定林寺の住職で同じ禅僧の宗波）らに対して、芭蕉より二歳年長の仏頂さんが、まるで檄文のように示した八行（四句）詩の横物です。

『鹿島紀行』の中にも「――はる〴〵と月みにきたるかひなきこそほゐなきわざなれ――」という記述がありますから、芭蕉も、亭主であり師であり、先輩でもあった仏頂さんに、不運を嘆くようなことがあったのでしょうか。

それにしてもこの書幅、墨痕あざやかな筆致、それでいて濃淡の加減も流暢で行間の余白を豊かにとってあるすばらしいものでした。

酒田の某美術館にあるものなどとは違うということで、そう簡単に拝める代物ではありません。

踏破乾坤	宇宙を踏破すれば
日月脚痕	日や月も己の足跡に過ぎず
仏祖来也	釈尊や達磨が来ても
不容吾門	簡単に門へは入れない
天堂地獄	天国であれ地獄であれ

到処称尊　ただ独りを尊しとするのみ
咄　ああ
一睡一餐　ひとねむりして一さんを食う

（書き下し文：いかにもお粗末で僭越ながら、時に四十六歳、別号を「楽阿弥《らくあみ》」などと称していた作者の「唯我独尊」めいた豪放さには、それなりに留意したつもりです）。

去る五月二十八日（月）の午後、鹿島市宮中《きゅうちゅう》にある臨済宗妙心寺派の瑞甕《ずいよう》山根本寺をお尋ねし、文字通り重要文化財クラスの寺宝を拝見させていただきました。

お宅に上げていただき、ひととおりの挨拶を交わした後、すぐに筆者が「芭蕉はここ根本寺の祥雲庵で『踏破乾坤の詩』を見せられている筈ですが」とお聞きしますと、同寺三十七代住職の上原霞山（廣明《ひろあき》）先生は、途端にそれまでとは違って笑顔になり、両手をパチンと顔の前で打たれました。「よくぞ御存知でした。祥雲庵は現存していませんが、その跡地からの月の眺めは今でも一番です。崖下にある庫裡や本堂からでは大木が邪魔になって駄目なんです。そうなんです、祥雲庵は別院として敷地内にあったのです。――ちょっとお待ち下さい」

上原先生は、立上って奥の部屋へ行き、長い木箱を抱えてこられました。「これが、その『踏破乾坤』、仏頂の作です」と改めて坐わり直し、合掌したあと、丁寧に蓋を開けられました。筆者もびっくりして座蒲団を外し、合掌しました。大きな座卓いっぱいになった仏頂の書が目に飛び込んできました。

修験光明寺

修験光明寺と云有そこにまねかれて行者堂を拝す
夏山に足駄をおがむ首途哉

扇の的の功を得て帰国した余一が、伏見の光明山即成院の阿弥陀仏を勧請し、山号と院名を入れかえて建立したのがこの即成山光明寺であるといい伝えられています。行者堂には「役《え》ノ行者小角《おづぬ》」の像がありました。『扶桑略記』や『水鏡』『今昔物語』『日本霊異記』などにはすべて「役《え》の優婆塞《ゆばそく》」とある小角は、葛木（城）山と金峰山（吉野山）を岩橋で結んだことでも知られています。

芭蕉も俳文『葛城山の吟』の中に「――よもの花はさかりにて、峯々はかすみわたりたる明ぼののけしき、いとゞ艶なるに、彼の神のみかたちあしゝと――」などと書いています。

日光山の勝道・白山の泰澄とともに修験道の祖といわれた優婆塞は、その諡号《おくりな》が「神変大菩薩」というのですから並大抵の人ではなかったようです。

おそらく腕のほかに羽を持ち、一本歯の高足駄、烏天狗のようないでたちで、真っ赤な顔を連想させる像でもあったのでしょうか。

四日前から続いた雨が上り、ようやく外出できた芭蕉、これからの長旅、空を飛ぶわけにはいかなくても、せめて安全であってほしいと祈らずにはいられなかったと思います。

神社・仏閣の縁起について、よく「……と伝えられる」「……といわれている」というものが多くあります。しかし、この光明寺の場合には、単なる言い伝えとしてでなく、余一勧請の説を、桃雪一族、芭蕉主従とともに、筆者としても信じないわけにはいかないと思っています。

今は津田家累代の墓所と二十一代津田氏のお宅、それに安倍能成筆による「夏山に――」の句碑があるだけですが、そうであればこそ、往時の余一をめぐる周囲のありさまが貫燃とイメージされるような気がするのです。

朝廷の院宣《ぜん》によって、余一ら源氏の勢力に殺戮された多くの人々の供養が高野山であった（「平氏怨霊冥福祈願」文治一年四月二十二日「高野春秋」）こと。

頼朝が、静御前の産んだ義経の赤子を衆の面前で、静自身に由比が浜に投げ捨てさせたこと――これは余一が那須へ帰る直前、文治二（一一八六）年閏七月二十九日のことでしたから、彼が知らぬ筈はありません。

そして、十一人兄弟の末弟であった余一は、父（資隆）と兄達全員が平家方について敗れていたにも拘らず、奥州から鎌倉に戻る義経の軍勢に加わったのです。

このような悲喜こもごもの余一が、己れの武運を祈って参籠までした即成院の本尊を、故郷に分霊したいと考えたのは当然のことであったと思うのです。

金丸八幡宮

以前、友人二人と那須与一ゆかりの那須神社に行ってきました。

かねてから聞いてはいたものの、予想以上に規模が大きく「宝物殿」や「参集殿」なども備えた立派な神社でした。境内の隅、奥まったところには、かつて従五位の下に叙せられた宮司津田氏のお住まいであろう家があり、庭には洗濯物がずらり並んで干されていました。

これまでの三人は、一の鳥居だけが見える国道沿いを車で走り過ぎたことはあっても、中へ入ることはありませんでした。

この国道は、今市から大田原を経て黒羽に通じる四六一号、芭蕉と曽良が歩いた例の「日光北街道」のことです。

前号にも引用した曽良の日記には「――十三日　天気吉。津久井氏被㆓見廻㆒テ、八幡へ参詣被㆓誘引㆒」とありましたから、二人は行く時にはここを素通りし、翠桃宅に着いた十日後に津久江翅輪（「津久井」は誤り、『秣負ふ』の歌仙メンバーの一人、筆者注）に案内されて出直したというわけです。

ところがこの社はいたって地味なたたずまい、道路ぎわの質素な鳥居をくぐってしばらく歩かないと神社本体は見えてきません。

スギ・ヒノキ・アカガシ・コナラなどの古木が鬱蒼と繁茂して、ヤブツバキやサカキの低木もかなりの本数が植えられているのです。まるで意図的に目立たなくしつらえたかのようでさえありました。

最初に見えるのが鉄製の大華表《とりい》、それをくぐって右側に、青銅の龍が口から水を吐いている水舎、反対側に社務所・参集殿、石造りの太鼓橋を渡ると左右に対の春日灯籠、その先に豪華な楼門があり左てに宝物館があります。いちばん奥に本殿があるのは当り前ですが、その背後に地続きの古墳（金丸塚）があったのは珍しく思いました。

奈良別命《ならわけのみこと》が天照大神を祀るに際して「金瓊《けい》黄金の玉」を埋めたもので、「金丸村」の地名のおこりになったというものです。

南北四百数十メートル、東西五十数メートル、境内の広さ五千数百平方メートルというのですから道路沿いの入口（南の端）から本殿（北の端）まで、かなりの距離になります。

ましてや国の重要文化財の指定を受けている本殿や楼門の高欄・組物、蟇股《かえるまた》などを眺めていると、東照宮にでもいるような気分になって、つい時間を過ごしてしまいます。写真マニアの友人二人は、しきりにシャッターをきっていました。ほかに人影はまったくありませんでした。

この神社の正式名は「那須総社金丸八幡宮那須神社」といい、地元の人々には「八幡さま」とか「明神さん」と呼ばれて親しまれています。祭神は、弓矢・いくさの神誉田別命《ほんだわけのみこと》であるそうです。

誉田別命というのは、第十五代応神天皇のこと、かの有名な女傑（志なかばで斃れた夫にかわって新羅を征伐した）神功皇后の息子です。母の血をひいたのであろうこの人物は、百済や新羅との交流をもとに漢学や養蚕・紡績・造船の技術をひろめ、当時の産業に大きく貢献したといわれています。

その後、十六代仁徳天皇の時、前記の下野国造《しもつけのくにのみやつこ》奈良別命《ならわけのみこと》が国家鎮護のためとして天照大神のほか日本武尊・春日大社を合祀しました。

春日大社にしてからが、四殿を構えるその第一殿は鹿島神宮の武甕槌命《たけみかづちのみこと》、第二殿は香取神宮の経津主《ふつぬしの》命《みこと》を祭神としています。両者とも日本武尊に劣らぬ武勇の神です。

奈良別命にしてみれば、天孫降臨に先だって行われた神州統一で出雲を平定した武甕槌と経津主の功績にあやかって、えぞ討伐の前線基地にある那須神社の格式をさらに高めたいと思ったのでしょうか。

延暦年間、鎮守府将軍となった坂上田村麻呂が奥州多賀柵や胆沢（現・水沢）の城へ行き来するたびに参拝したり、前九年の役・後三年の役（一〇五四～一〇八七）では八幡太郎義家が何度も戦勝を祈願したといわれています。

九尾の狐を退治した三浦介と上総介もここを拝み、その御加護によって事が成就したということで、使用した弓矢を奉納した――その弓は、今も宝物館に秘蔵してある、等々、とにかく由緒・言い伝えの多い神社です。

与一にしても当然のこと――遠く屋島の地にあって、「扇の的」を射させよという判官の命を受けた後藤兵衛《びょうえ》実基に呼び出された時、まずは第一に故郷の氏神を思ったに違いありません。『平家物語』では、延喜武内社の「温泉《ゆぜん》大明神」とまぎらわしいところがありますが、『源平盛衰記』にははっきりとわかりやすく書いてあります。

「――帰命頂礼、八幡大菩薩、日本国中大小神祀、別しては下野国日光宇都宮、氏の御神那須大明神弓矢の冥があるべくは、扇を座席に定めて給へ――」

大小神館の「神祀《じんぎ》」とは、天つ神と国つ神のことですから、まずは日本国中八百万《よろず》の神、わけても日光・宇都宮の二荒山神社、そして何より郷里の氏神金丸八幡宮の霊妙をと、胸に手を当てて祈ったのでありましょう。

『ほそ道本文』にも「――与市宗高扇の的を射し時別ては我国氏神正八まんとちかひしも此神社にて侍るときけは感応殊しきり覚らる暮れは桃（翠桃のこと、筆者注）宅に帰る――」とあります。

城主大関土佐守が、本殿を新しく建てかえたのが寛永十八（一六四一）年、芭蕉が生まれる二年前でした。建ってから五十年も経ていない本殿は、彼にとってもさぞ美しく見えたことでしょう。「日が暮れるまでいた」のもまた、宜なるかなといえます。

高久家逗留

白河に入る直前、芭蕉は那須の高久覚左衛門方に二泊し、一枚の句切れを残しています。

「みちのく一見の桑門、同行二人、なすの篠原を尋て、殺生石みんと急侍るほどに、あめ降り出ければ、先、此処にとゞまり候

落くるやたかくの宿《しゆく》の時鳥　風羅坊
木の間をのぞく短夜の雨　曽　良」

(「高久角左衛ニ授ル」の前書きあり。『俳諧書留』「角」は「覚」の誤り)。

曽良が書いたものには「風羅坊」の部分に「翁」とあるのですが、高久家に伝わる『高久懐紙』には前書きと句の間に、とび出すような形ではっきり「風羅坊」と書かれています。おそらくこれは、記録者である曽良は「翁」とし、芭蕉自らは「風羅坊」にしたということであったのでしょう。

ここで注目したいのは、七年も前から用いていた「芭蕉」号をあえて使わなかったのはなぜかということです。

この件について「芭蕉は遺書のつもりでこの句を書いたのではないだろうか。曽良の連名にもそういった決意がある」などという人（嵐山光三郎氏『芭蕉の誘惑』）もいますが、果してどうだったのでしょうか。

「遺書」や「決意」云々は別としても、芭蕉には芭蕉の、それなりの考えがあったことは確かでしょう。

『笈の小文』の中にも「風羅坊」があります。

「百骸九竅《ひゃくがいきゅうきょう》の中《うち》に物有り、かりに名付けて風羅坊といふ。誠にうすもののかぜに破れやすからん事をいふにやあらむ――」

人体の構造を無理に難しくいった荘子の『斉物論』から採ったり、安ものの布が風になびく姿を自分に重

ねたりしたものです。

改めて謙虚な姿勢で、歴史ある史跡を通らせてもらおう、「みちのく一見の桑門（僧侶）二人」覚悟を新たにして陸奥へ赴こう――「風羅坊」にはそんな心が潜んでいるように思うのです。

この気概は、先ず兼盛の歌を思い出させます。

平兼盛の生年は不明ですが、九九〇年没と年表にあります。九九〇年といえば世紀を跨ぐ過度期であり、清少納言がライバル紫式部の『源氏物語』よりも十年以上早く『枕草子』を書いていた頃です。

ですから兼盛は、能因よりもずっと前、西行や頼政らからでは百五十年以上も前の人になります。

「心もとなき日数重るまゝに白河の関にかゝりて旅心定りぬ」の書き出しではじまる「白河の条」は、文字数百五十字足らずの短かいものです。最初の一文字以降は、センテンスにして五つ、その部分の全部が先人の歌を土台に書かれています。筆者は今、本文と歌のつながりを調べているのですが、これがまた楽しい作業になっております。

那須湯本

那須温泉郷行きのバスは湯本が終点です。ここで降りるとすぐ目の前に鳥居と「宝物館」があり、続いて「社務所」、坂の石段を登ると途中に「芭蕉の句碑」「**湯をむすぶ誓も同じ石清水**」があります。登りきると正面に拝殿・前の屋根を長くした流れづくりの本殿があり傍らには九尾稲荷があります。

「湯をむすぶ――」の句は、源氏が崇敬し氏神としていた石清水八幡宮と、湯口六か所という豊富な湯量の温泉《ゆぜん》大明神を結びつけたものです。「湯」と「水」を縁語にし、湯を掬った手で合掌すれば、明神と八幡の双方を同時に拝んだことになるという意味でしょう。

この地一帯から見下すと、赤錆びた斜面の底に湯川の流れが見え、殺生石を挟んで芭蕉と麻父の句碑も見えます。

本文に「――殺生石に行　舘代より馬にて送らる」

とあり、曽良の日記に「十九日　快晴――図書家来角左衛門ヲ黒羽へ戻ス」とありますから、馬の用意から

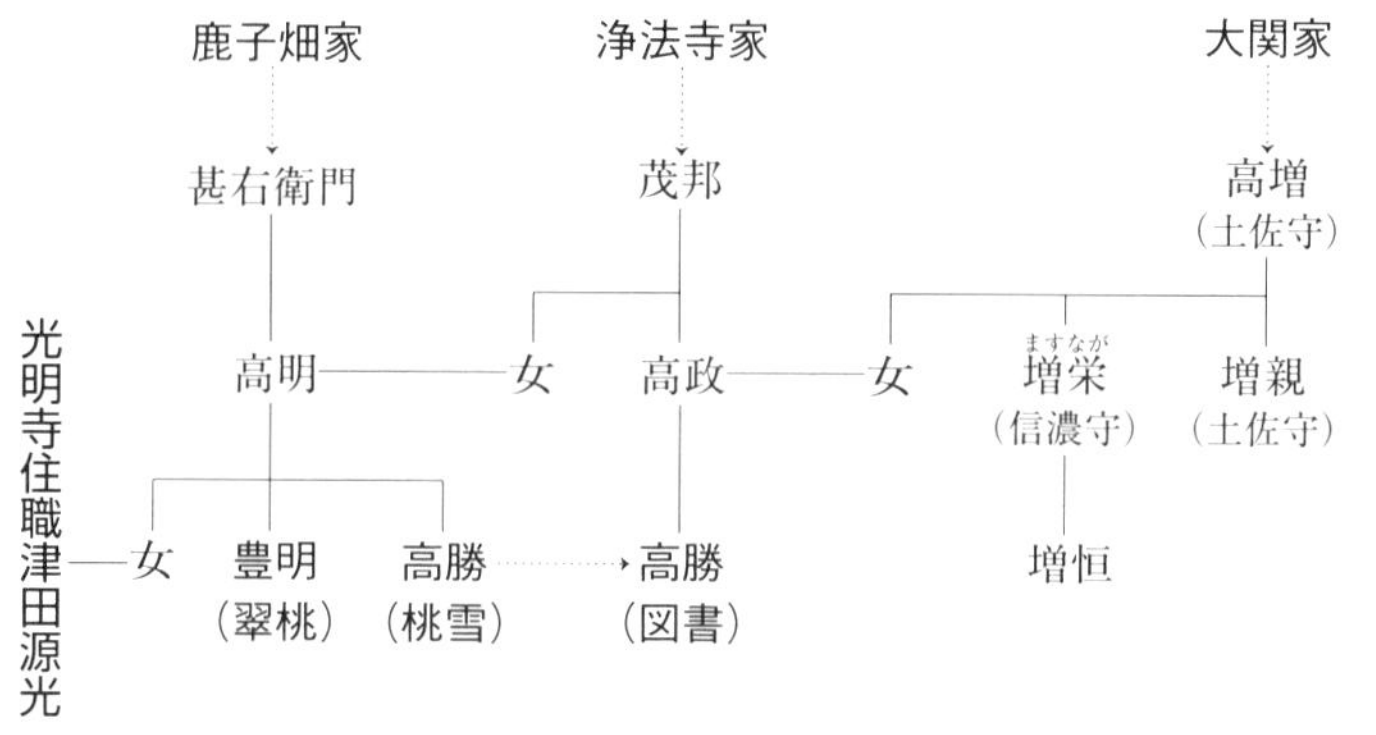

※「高勝」は、母の実家に継ぐため、「浄法寺家」に養子として入る。
※高勝・豊明兄弟は、黒羽藩家老だった父高明とともに江戸にある時、揃って蕉門に入る。

道案内、そして多分、宿となった和泉屋五左衛門への手配など、桃雪兄弟の細かい配慮を伺うことができます。

さらに同日記には「正一位の神位被レ加ノ事、貞享四年黒羽ノ館主信濃守増栄《なが》寄進セラルルノ由」などという記述があって、大関家代々の人が、それぞれ本地垂迹《すいじゃく》への信心が篤かったということがわかります。

二〇〇四年の冬、高野山を参詣した際、あの広い墓《はか》原《はら》」の中に「下野　黒羽　大関家墓所」という菩提所標識を発見して、なつかしく拝んだことを思い出しました。

武田信玄・石田三成・明智光秀・伊達政宗そして周防岩国吉川《きっかわ》家など、名だたる人々の墓標が、いずれも真っ白に塗られた柱に鮮明な黒で書かれて立っていました。「下野・宇都宮戸田家」という柱もありましたが、何せ、一の橋から祖廟まで二キロメートルの間に十万以上の墓があるというのです。途中、芭蕉と其角の句碑を実作者ならではのしみじみとした気分で見たのも覚えております。

この大関家と浄法寺・鹿子畑両家とのつながりを

知っておくのは大切なことと思いましたので、資料をもとに簡単に整理してみました（前頁表）。

芭蕉が桃青を名乗っていた頃に十代の二人は桃雪・翠桃の号をもらったといわれています。

遊行柳

> 又清水流るゝの柳は芦野の里にありて田の畔に残る此所の郡守故戸部某の此柳見せはやなと折〳〵にの給ひきこえ給ふをいつくのほとにやとおもひしをけふこの柳のかけにこそ立寄侍つれ
>
> **田一枚植て立去ル柳かな**

遊行柳の一節ですが、芭蕉自筆の草稿本には「此所の郡守故戸部某」と「故」の一字が入っています。


『素竜清書本』をはじめとして『曽良本』や『野坡真蹟本』、去来による『おくのほそ道』、有名な『井筒屋板行本』等の諸本、それらを土台にした昨今の多くの文献・書籍のどれにも、ここへ「故」の入ったものは存在していません。

だからどうしたと問われれば応答のしようもありませんが、筆者にとってはとても重大な発見であったのです。

芭蕉が芦野に立寄ったのは、元禄二年四月二十日（陽暦六月七日）のことですから「戸部某」とある「芦野民部資俊」は神田明神下にあった江戸屋敷にいて健在でいた筈です。

しかも資俊は、息子の資親とともに蕉門で学び「桃・酔」「桃艶」と、それぞれ「桃」を用いた俳号を持って活躍していました。

那須町の文化遺産として現存する『俳諧献句集』にも、この時期資俊・資親のもとに集まった人々として大塩桃風・江府住桃志・桃英神田親昌・小山田桃吟その他「桃酔」「桃艶」の影響を受けただろう人々の名が、ずらりと並んでいます。

だとすれば芭蕉があえて「故」と書いたのはどういうことなのか ―― 筆者は早速車をとばし建中寺にある芦野氏新墳墓を訪ねました。墓地の手前にやまかがしがいて、じっとこちらを見ていました。ぞくぞくする思いで中へ入らせてもらいました。

三十一基の墓碑のうち、いちばん大きなものが資俊の墓　正面に「巴陵院殿傑心常英大居士　神儀」とあり、左側面には「元禄五回壬申暦林鐘廿六日」とあったのです。

（「暦」は寿命・運命、「林鐘《りんしょう》」は中国十二律からの陰暦「六月」の異称 ―― 「夾鐘《きょうしょう》（二月）応鐘《おうしょう》（十月）黄《こう》鐘《しょう》（十一月）など ―― 筆者注）

芭蕉が芦野を訪れた時、資俊は確かに生存していたのです。

おそらく芭蕉は原稿執筆直前か、あるいはその最中かに資俊没を知ったのではないでしょうか。本人に聞かなければそれはわかりませんが、いずれにせよ「故」があるのとないのとでは文章のいのちが違います。

強調の助詞「こそ」を用いて係り結びの形で終わらす手法などは、資俊への強いこだわりを窺い知ることのできる表現であるといえましょう。

追分の明神

江戸を出発してから二十三日め、二人はようやく陸奥に入ります。

〈一　関明神、関東ノ方ニ一社、奥州ノ方ニ一社、間廿間計有――〉と曽良の日記にありますが、どちらが男神でどちらが女神なのかは、前号に書いた経緯もあって今でもはっきりはしていません。

そればかりか、ここが果して「白河の関」跡であったのか、それもはっきりしていません。

芭蕉は「心もとなき日数重るまゝに白河の関にかゝりて旅心定りぬ」と書いているのですが、実はその「関」すらもよくはわかっていなかったのです。

昭和十八年、『曽良旅日記』が発見されるまでは、二人がいつ、どこを、どう通っていたのかさえはっきりしていませんでした。

「古関の跡」そのものも、議論ばかりが先行して今もってはっきりしたことがわかっていません。

この日記が出てきたことによって、二十日に到着し、二十一日に参詣したということはわかったのですが、「跡」そのものについては相変わらず曖昧のままです。

一　廿日　朝霧降ル。辰中尅、晴。――

一　関明神、関東ノ方ニ一社、奥州ノ方ニ一社、間廿間計有――これヨリ白坂へ十町程有。古関を尋て白坂ノ町ノ入ロヨリ右へ切レテ旗宿へ行。

一　廿一日　霧雨降ル、辰上尅止。宿ヲ出ル。町ヨリ西ノ方ニ住吉・玉島ヲ一所ニ祝奉宮有。古ノ関ノ明神故ニ二所ノ関ノ名有ノ由、宿ノ主申ニ依テ参詣。

泊った宿の主がそう言ったので参拝した、などという書き方をしているところをみると、曽良自身もかなりの疑問を持っていたのではないかと思います。

その上曽良は、このあと一週間に渉って世話になった相楽等躬（奥州俳壇の有力俳人）の話として〈白河ノ古関ノ跡、籏ノ宿ノ下（一）里下野ノ方、追分卜云所ニ関ノ明神有由、相楽乍憚《さたん》ノ伝也〉と日記に書いています。

この「追分卜云所」の「明神」というのは前回筆者が書いた那須町蓑沢の「追分の明神」のことにほかなりません。

その他の、①清水右衛門の『増補行程』絵図からの説　②白河藩主松平定信の説　③国の発掘調査からの説　④昭和五十七年建立の国士舘大学岩田孝三氏の「二所の関碑」にある説等、いろいろな意見があってどれが本当なのかわからなくなっています。

いずれにしろ筆者としては、芭蕉が「旅心」が「定」まったといい、「**便りあらばいかで都へ告げやらむけふ白河のせきはこゆると**」（平兼盛）を思いやっている国ざかいのこの場所こそ、真の古関跡であっていいのではないかと考えております。

第四節　みちのくを巡る

白河（一）

「白河の関」はどこにあったのか、それは歴史上とても重要なことがらです。

しかし、芭蕉がここを訪れたとき、そのことを示す手がかりは何もありませんでした。

現在「古関蹟」の碑が建っている「関の森公園」にも当時は何一つありませんでした。今でこそ白河神社を中心としていろいろな碑や施設があり、一時は〝ビジュアルハウス〟や〝ふるさとの家〟などというものもありましたが、当時は何もなかったのです。さすがの曽良があれこれ迷い、宿の主の説明に従ったりしたのも当然であったでしょう。

松平定信がそれについて書いた『退閑雑記』という書物を出したのも寛政九（一七九七）年のことだといいますから、このときからでは百年以上も後のことです。

「古関蹟」の碑にも「寛政十二年八月一日白河城主従四位下行左近衛権少将兼越中守源朝臣定信識」と刻まれています。

神社前にある兼盛・能因・景季の歌碑は明治二十二年、加藤楸邨氏揮毫の「おくのほそ道」碑も、地元川柳会の建立した碑もみな近年になってからのものです。

軍事上の策として、「勿来関」や「鼠《ねず》が関」とともにここへ関所が作られたのは、古く阿倍比羅夫の蝦夷・粛慎《みしはせ》討ちの頃、第三十六代孝徳天皇（六四五～）の年代でした。そして百年後、蝦夷地が平定されることによって廃止されたといわれています。

これらのことは、歴史に明るい曽良からも充分に説明されていたのでしょうが、芭蕉にとっては「念願の陸奥に入った」という事実、そのことのほうが大きかったのではないかと思います。

心の師と仰ぐ西行法師や多くの先人が、こよなく愛した歌枕の地白河へ、しかも法師五百回忌にあたるときに足を踏み入れることができた、こんなうれしいことはない――そう思っていた筈です。しかもこの感動は、この地へ入った最初の日のものであったに違いないと思うのです。四月の二十日に白河に入り、旗宿の宿に一泊し翌二十一日になってから、改めて「旅心」が「定ま」ったなどという、計算めいた心境では決してなかったと思うのです。

心もとなき日数重るまゝに白河の
関にかゝりて旅心定りぬ
①いかてみやこへと便もとめしも
断りなり中にも此関は三関の
一にして風騒の人こゝろをとゞむ
②秋風を耳に残し③もみぢを俤
にして青葉の梢猶あはれ也
④卯の花の白妙に茨の花の咲そひて
雪にもこゆるこゝちそする
古人冠をたゞし衣装を改
し事⑤など清輔の筆にもとゞめ
置れしとぞ
卯の花をかざしに関の晴着哉　　曽良
（――と丸数字、筆者）

① たよりあらばいかで都へ告げやらむ
今日白河の関はこゆると
（拾遺集）　平　兼盛

② 都をば霞とともに立ちしかど
秋風ぞ吹く白河の関
（後撰集）　能因法師

③ 都にはまだ青葉にて見しかども
紅葉散りしく白河の関
（千載集）　源　頼政

④ 見て過ぐる人しなければ卯の花の
咲ける垣根や白河の関
（千載集）　橘　季通

⑤ など清輔の筆

⑤については、前記引用本文の「なと（など）」から続けて――を引いておきました。

これは『袋草子』という藤原清輔の著作の中の、「古人冠をたゝし衣裝を改」めたことだけを書いているためです。

能因の作を②「秋風を耳に残し」として採っているからには、これに関する逸話も知らぬわけがありません。例の「実際には白河へ来ずにこの歌を作った」という話です。そのための「なと」であったのでしょう。『奥細道菅菰抄』にも清輔の『袋草子』と『古今著聞集』の抜萃があります。

a.「能因、実ニハ不レ下二向奥州一、為レ詠二此歌一竊《ひそかに》籠居シテ下二向奥州一之由風聞云云」（袋草子）

b.「能因は、いたれるすきものにて有ければ、此歌を都に在ながら出さん事念なしと思ひて、人にも知られず、久しくこもりゐて、色を黒く、日にあたりて後、陸奥の国のかたへ修行の次に、よみたりとぞ披露し侍る」（『古今著聞集』）

c.「竹田ノ大夫国行ト云者、陸奥ニ下向ノ之時、白河ノ関スグル日ハ、殊ニ装束ヒキツクロヒムカフト云。人問テ云、何等ノ故ゾヤ哉。答テ云。古曽部ノ入道ノ秋風ゾフク白川ノ関ト読レタル所ヲバ、イカデケナリニテハ過ント云云。殊勝ノ事歟」（袋草子）

（「ケナリ」は「褻形《けなり》」、普段着・平服のこと、「古曽部入道」は古曽部に籠っていた能因のこと――筆者注）

「白河の関」をめぐっては、数多くの歌がありますが、実際に二度平泉を訪れている西行のものを忘れるわけにはいきません。

『山家集』（下・雑）に次の歌があります。

・白河の関屋を月の洩る影は人の心を留《と》むる成けり

・みやこ出でて逢坂越えし折までは
　心かすめし白河の関

「古関の廃屋」はかなり長い間残っていたという大もいますし、西行も「関屋の柱に書き付けける」と前書きしていますから、この歌は古関がどこにあったかの議論にも一石を投じるものになっているといえるでしょう。

白河（二）

黒羽では、若干二十九歳で城代家老となっていた浄法寺高勝（桃雪）、一歳下の弟豊明（翠桃）さらにその親類縁者をはじめ多くの人々に歓待された芭蕉主従でありました。

高勝は一万八千石の領主に代わる城の留守居役としてトップの座にあり、弟も四百四十八石どりながら鹿子畑家を継いで兄を支えていました。少年時代、ともに十代半ばに入門していた兄弟が、立派に成長しているその姿を見て、芭蕉の感慨はどんなであったでしょう。

曽良にしても同じことです。友人の嵐雪が面倒をみていた翠桃とは嵐雪一門の「四十四《よよし》の俳諧」等で何度か同席して以来の再会でありました。

しかもこの年の正月十四日には、兄弟の父左内高明が病死していましたから、話のどこかでそれが出ぬ筈もなかっただろうと思うのです。

高明は、黒羽藩の家老であったときに、藩財政の建て直しに全力を傾注しています。――その徹底した「検地」事件で藩の有力者らからの猛反発を受け、引責辞任の末江戸細野竜右衛門の許に寄遇させられ、十二年の後ようやく帰藩を果したということです。

老中の柳沢吉保に直接繋がって、後日諸国巡見役の責任者を任されていた曽良や、無足人級の郷士とはいいながら、藤堂家に仕えていた芭蕉、武士の身分同志、二人がその辺りの事情を知り得ぬわけはありません。

しっかりした二人の姿を見るにつけ、芭蕉も曽良もさぞかしうれしく思ったことでしょうし、その再会の場面を想像すると、最近とみに涙もろくなった筆者などども、つい涙腺がうずうずしてしまうのです。

しかしながら、白河の地に足を踏み入れた喜びはこれとは全く別のものです。未知なる地に向う喜び、期待を実現さす喜びでした。

それは「奥州岩瀬郡之内須賀川相楽伊左衛門にて」とある三吟歌仙の発句「**風流の初やおくの田植歌**」によく現われています。

この句は、ただ単に「白河に入って見た田植の田植歌」が「風流であった」というだけのものではありません。当時主流をなし、芭蕉自身もその流れの中にあった談林の凋落とそれへの距離感、ほんとうの風流、真の俳諧を模索する心——そうした気概の発露でありましょう。

この発句に等躬（伊左衛門）は「覆盆子《いちご》を折て我《わが》まうけ草《ぐさ》」という脇を付けます。「覆盆子」はキイチゴ・オニイチゴなどという素末な山のいちご、けれども私なりに「おもてなし（まうけ草）させていただきます」というのです。

やがて「不易流行」につながる未知の可能性は、このやりとり辺りからすでにはじまっていたと考えてよいのだと思います。

白河（三）

須賀川の相楽等躬宅に着く前、二人は「庄司モドシ」と「宗祇もどし」という二つの「戻し」を見学しています。

「ほそ道本文」には、白河からすぐ等躬の家に入ったように書かれてあるのですが、実際はそうでありませんでした。

曽良の日記には、二十日に「庄司モドシ」を見、矢吹へ一泊したそのあとの二十一日「宗祇もどし」に立寄って、それから須賀川に入ったと書いてあります。

〈—— 籏ノ宿ノハヅレニ庄司モドシト云テ、畑ノ中桜木有。判官ヲ送リテ、是ヨリモドリシ酒盛ノ跡也。土中古土器有。寄妙ニ拝〉

〈宗祇もどし橋、白河ノ町より右（石山より入口）かしまへ行道、ゐた町有。其きわに成程かすか成橋也。むかし、結城殿数代、白河を知玉フ時、一家衆寄合、かしまにて連歌有時、難句有レ之。いづれも三日付ル事不レ成。宗祇、旅行ノ宿ニテ被レ聞レ之て、――以下略〉

二つの「戻し」にかかる部分はこのようであるのですが、今回はまず、「庄司モドシ」について考察してみます。

「庄司モドシ」の庄司というのは、奥州藤原氏の末裔信夫の庄司佐藤基治のこと、判官義経のもとで討死した継信・忠信兄弟の父親です。治承四(一一八〇)年八月、源頼朝が挙兵した際、これに応じた義経の軍勢に二人の息子を参加させ、ここ白河まで送って来たという人物のことです。

八月十七日に挙兵はしたものの頼朝は、その六日後に石橋山合戦で大敗を喫し、出ばなを挫かれます。三か月前には頼政が宇治で敗北し自刃していましたから、形勢の状況を考えてか同二十八日には陸路を避けて海路安房まで逃亡していました。

その後、木曽義仲や義経らの加勢によって平維盛を富士川で敗ったりし、十月六日には鎌倉に入ったということなど、『吾妻鏡』(『東鑑』)に詳しく書かれてあります。

その後寿承三(一一八四)年に屋島・壇の浦の合戦等、連戦連勝を重ね、建久三(一一九二)年七月十二日征夷大将軍となって鎌倉幕府を開いています。

旗宿にある「霊桜之碑」(明治四十四年建立)の背面には、佐藤親子の別れの経緯が次のように記されています。

「――奥州平泉から鎌倉に馳参ぜんとする義経に対し、信夫の庄司佐藤基治はその子継信・忠信を従わせ自らもこれを送りて此地へ来り、二人との袂別に際して「汝等忠義の士たらんとせば、この桜の杖が根を生やし生きづくであろう」と、携えたる杖を地にさし立てた。後、戦に臨んだ兄弟勇戦奮斗して討死せり。桜に霊魂ありしなん。生きづき繁茂せしと伝えられたり」

白河（四）

曽良が旅日記に書いている「宗祇もどし」の場面には「―― 四十計の女出向、宗祇に「いか成事にていづ方へ」と問。右ノ由尓々《しかじか》。女「それは先《サキ》に付侍し」と答てうせぬ。――」とあります。「―― かしまにて連歌有時、難句有レ之。いずれも三日付ル事不レ成 ――」であったということを聞いた宗祇が、それでは俺が何とかしてやろうと「其所へ被レ趣時」出逢った四十計りの女に、それはもう解決したので余計な心配はいらないと言われてしまったというのです。

これもおもしろい話ですが、これとは別に宗祇が恥をかかされたもう一つの話があります。「白河川柳能因会」という団体が建てた「宗祇もどし碑」に書かれているものです。

その碑文にはこうあります。

「文明年間時の歌人飯尾宗祇鹿島神社に於ける万句興行の連歌会に出席の途次、偶此地に綿を負へる少女に逢ひ、戯れに其の綿は売るかと問ふ。然るに少女答ふるに左の歌を以てす。

大川の川瀬に住める鮎にこそ
うるかといへるわたはありけれ

宗祇大いに驚き恥ぢて、是より都へ帰ると云伝ふ。即ち此名あり」

「川瀬（買わせ）」と「潤香《うるか》（酒の肴にもってこいの鮎の腸《はらわた》）」とを掛けて、さらりと一蹴されたというのです。

前の「四十計の女」の話は、相楽等躬に聞いたものだそうですが、どちらかといえばこの「綿を負へる少女」とのやりとりの方がおもしろいのではないでしょうか。

名だたる武将太田道灌の「七重八重花は咲けども山吹の――」の話ではありませんが、いずれも「少女」に恥をかかされたというのです。

権威や大家に対する庶民の感情には、いつの時代にもこうした揶揄めいたアイロニーがあって、猿も木から落ちる式のエピソードが好まれていたのでしょうか。

太田道灌といえば江戸城をはじめ、川越・岩槻・鉢形などいくつもの城を築いた築城の名手であり、『慕景集』という歌集まで出している室町時代のすぐれた歌人でした。

宗祇は道灌より十一歳年下ながら同時代の連歌師であり、心敬や専順の後を継いで全国に連歌をひろめた第一級の人物です。種玉庵自然《じねん》斉と号して『竹林妙』『新撰菟玖波集』『萱草《わすれぐさ》』などの名作を残しています。肖白・宗長らとの『水無瀬三吟』や『湯山三吟』は今読んでも楽しく味わえるものです。

日本中を旅して歩き、那須の芦野にも逗留していたことは以前も書いた通りです。芦野家十三代の当主資《すけ》興《おき》(日向守)の招きで会津から移り住んだ猪苗代兼載の庵を訪れて連句を交わしたと、『那須拾遺』にもあります。

須賀川(一)

連休前の四月二十六日、小雨催いの日でしたがマイカーで須賀川へ行ってきました。

目的は二つありました。一つは「長松院」にある相楽等躬の墓碑銘その他から、この地俳壇のリーダーといわれた彼の、大まかな人物像に触れること、一つはこの地方に伝わる「田植え歌に関する資料」を手に入れること、でした。

往路は芭蕉と曽良が歩いた道を通り途中伊王野から東山道に入りました。東山道はかつて坂上田村麻呂や、後三年の役を征した源義家らが何度も往復したところ、その後も頼朝・義経・西行らが歩いた道ですから、いささか感動ある走りとなりました。千二百年以上前、田村麻呂が戦勝を祈願したという那須蓑沢の「追分明神」(住吉玉津島神社)で休憩し、土地の古老に出逢うチャンスを伺いましたが果せませんでした。

白河の町では、敷地内の「宗祇もどし碑」と「芭蕉句碑」(「**早苗にも我色黒き日数哉**」)を大切に守り続けている旭町一丁目の大谷和菓子店に寄りました。久しぶりにお逢いした大谷さんと若主人は、お仕事の手を休め笑顔で相手をしてくれました。

新しくできたインターチェンジを利用するとよいということでしたのでそうすることとし、「鹿島神社」へも行くことにしました。「日本三鹿島の一社」といわれるこの神社は、時の城主小峯政明が飯尾宗祇を招いて一万句奉納連歌会を催したことで有名な例の神社です。

延喜式神名帳にも載っており、本殿・拝殿のほか石造りの大きな太鼓橋や随神門・参集殿・祈祷殿があり、松尾神社・天神神社・稲荷神社・金毘羅神社など、いくつもの神が祀られていました。神仏集合の伝統を継承したのでしょうか、観音堂や弥勒堂などもあって、それらがみな独立した別棟に祀られていました。

高速道を降りて国道四号線に入り、同一一八号線を須賀川駅に向かう方へ左折すると、すぐ左てに「長松院」がありました。

曹洞宗萬年山長松院は、見るからに壮厳な塔頭が立ち並ぶ、この町最大の禅寺、等躬の菩提所でありました。震災の被害を受け、大規模な改修工事の最中、ブルドーザーが入って十人程の作業員が小雨を衝いて仕事をしていました。参詣人の姿は見当りませんでした。

山門の石段を上るとすぐ「相楽等躬の墓」という、矢印のついた横書きの標識がありました。本堂を拝み、作業員に会釈して横へまわるとそこにもまた、裏へいざなう標識がありました。途中、等躬が岩代標葉《しねは》で詠んだといわれている「**あの辺はつく羽山哉炭けぶり**」という句碑がたっていました。

三本めの標識は本堂の裏、数多くの墓地の角にたっていました。等躬の墓はその角地、いちばん目立つ所にありました。予想していたよりもずっと広い場所を占めて「相楽家累代の墓」の真ん中にありました。

正徳五乙未十一月拾九烏
向雄萬帰居士
安室喜心大姉
元文戊午六月十八烏

心

とだけあって、ほかには何も記されていません。鬼号の「萬帰居士」は、江戸麻布の六本木にあった内藤露沾邸（高月亭）で客死した等躬が、死んで「萬年山」に帰ったという意味でもあるのでしょうか（「烏」は「太陽の中に三本足の鴉が入った」という故事から生れた「日」のこと――筆者注）。

　等躬は正徳五（一七一五・きのと・ひつじ）年に没し、この時七十八歳であったそうですからか、寛永十五年生れの芭蕉よりも六歳年長であったことになります。

　この等躬について芭蕉は、かなりよい印象を持っていたようです。等躬宅へは七泊もして、あちこち見歩いていたことは、曽良の日記や『信夫摺』『雪丸げ』『泊船集』などの芭蕉作品から窺い知ることができます。「――いはせの郡にいたりて作単斎等躬子の芳扉を扣。彼陽関を出て故人に逢なるべし」とか「早苗にも――」の句では「田植えどき、つい長逗留してしまった」などとしています。「芳扉《ほうひ》を扣《たたく》」などの表現も丁寧過ぎる程に丁寧です。「彼（の）陽関を出て故人に逢《あう》」というのは、王維の詩「元二の安西に使いするを送る」の一節「陽関を出ずれば故人なからん」の逆用であるのでしょう。

　更に決定的な例があります。延宝六（一六七八）年春芭蕉が宗匠立机の際催した万句興行の時の例です。この時等躬は「桃青万句に」と題して「**三吉野や世上の花も目八分**」という祝いの句を贈っていました。「桜の名所は数々あるが、吉野の桜にもたとえられよう桃青の栄華にとって、それらは今後目八分に見ることとなるであろう」というのです。

　挨拶の句とはいいながら、最大級の褒めことばです。

　等躬の師は江戸貞門五哲の一人といわれた石田未得、芭蕉の師は貞門七仙の一人といわれた北村季吟――いわば二人は松永貞徳直系の孫弟子同志という間柄でしたから、芭蕉も割合すなおに喜んだに違いありません。

　さらに今回は、等躬の姿についてもある程度の理解ができました。①『蝦夷文段抄』『水記』その他の著作があり、地理考証・郷土史研究の上で地元に貢献していた。②江戸日本橋伊勢町にあって米・油・木綿などをまとめて売買する諸色問屋《しょしきどいや》として大きな商いをしていた。③大地主・豪農でありながら、自らも田植えをしたりした。④（一説には）須賀川宿の駅長として宿場全体への責任を果していた等々、まるでスーパーマンのような人物であったようです。

「田植歌」のいくつかを捜すことができたのも、芭蕉作品の背景を考えるのに役立つことでしょう。

須賀川（二）

相楽伊左衛門等躬は、はじめ「乍憚《さたん》」「乍単斎」などと号し、後「等躬」晩年には一字変えて「藤躬」と号しています。

「等躬」の号で、はじめて『一本草』に入集したのが寛文九（一六六九）年、三十二歳のときであったといいますから、俳人としては比較的遅蒔きのスタートであったようです。

丁度この時期、芭蕉の方は動静不詳であるとされており、三年前に主君藤堂良忠を亡くし、失意の底にある頃でありました。そしてまたその三年後『見おほひ』をひっさげて江戸へ下るまでの六年間は、兄の許に身を寄せ、時々上京しては北村季吟に学んでいたといいます。それでも『如意宝珠』『続山井』『大和順礼』等に計四十六句を入集させていました。

須賀川市教委編の冊子『奥の細道須賀川』の中に、矢部榾郎さんという方が『相楽等躬小伝』という一文を書かれています。その中に「等躬の作品数は三百近くある筈だが、それに関する資料はほとんど見当らない」という一節があります。

しかし、等躬宅での三吟歌仙（「風流の」の巻）や可伸庵での七吟歌仙（「かくれ家や」の巻）があり、等躬編『信夫摺』・『伊達衣』などもあるのですから、必ずしもそうとばかりはいえないのではないでしょうか。

等躬の句は、比較的平明でわかりやすいものが多いようです。当時の談林特有の奇を衒う傾向などとはまるで無縁です。歌仙以外のものから二、三みてみましょう。

　前号にもあげた「みちのくの標葉《しねは》さかひにてよみしを」をいう前書きのある〈**あの辺はつく羽山哉炭けふり**〉とか、「松島にて」という前書きのある「**浜菊に釣らせて人や片袴**」「**錦着て鴨の行衛や神無月**」「**初深雪けらしな雉や鶏や**」さらに芭蕉への追悼句「**とても死ぬ身なら難波の枯野かな**」（伊達衣）など、どれも日常会話の一節でもあるかのような、わかりやすいものばかりです。誰へのものかわかりませんがこれも「追悼」という前書きのある別の句「**梅とんで塵なき水を鏡哉**」というのもあります。鏡のようにきれいな水に梅が舞ったというのでしょうか、潔癖に、清らかに生きたのであろう人を想う気持ちが、痛い程にわかる句といえましょう。

「**筋違に雁や落来る富士筑波**」（江戸川にて）「**朧影立机や見へて舟がかり**」（八町堀なる人の許にて）等々、

「前書きやことわり書き」の多いのも等躬の特徴ですが、そうでないものも多くあります。

是よりぞ続く千載花の春
東風の香ぞ猶かけまくも垣隣
夜は分る孤雁なるらん捨小舟
浅茅原蟹に吹るゝ菫哉
水の江の箱に鯛見る月夜哉
仙人やこゝにかしつく梅の雪

須賀川（三）

芭蕉にとっての「おくの田植うた」はどういうものだったのでしょう。あえておくの田植うたというからには、彼がそれまでに聞いた伊賀《いが》・甲賀《こうか》地方のものとは随分違って聞こえたのかも知れません。

　以前筆者は、芭蕉の生家をスタートにして大津（膳《ぜ》所《ぜ》）義仲寺の墓所までを辿ったことがありました。関西本線伊賀上野駅から同じ柘植《つげ》駅で草津線に乗りかえ、東海道線の膳所に到着するまで、列車は広々とした田んぼの中をながい時間走りました。

　甲賀から近江八幡・琵琶湖周辺の米は、「江州米」として昔から今まで京・大阪の人々に好まれている銘柄でもあります。

　藤堂家に出仕したとはいうものの、根は百姓上りの「郷士」の子であった芭蕉のこと、伊賀や甲賀周辺の田植歌に無関心である筈はなかったと思うのです。

「田植歌の研究をする学会」というものがあって、そこで歌の実演唱を聞かれた浅野建二さんによると、「関西から西の田植歌と、そうでない地方の田植歌とではリズムやテンポに大きな違いがある」（『奥の細道須賀川』）ということです。

　どちらも同じ四分の二拍子で歌われますが、大太鼓・小太鼓・笛・手打鉦などの使い方がまるで違い、西のものは活気に満ちてスピーディ、東のものはゆっくりでのんびりしているというのです。特に広島・島根の山間部を中心に北陸・山陰から四国にかけてのものは、テンポが速くリズミカルなものがほとんどであるといいます。

　筆者もかつて、今市市（現・日光市）塩野室《しおのむろ》地区の田植祭を見学したことがありましたが、動きもスロー、歌もゆったり、紺がすりに紅だすきの早乙女のいでたちも優美なものであったのを記憶しています。当然これも西のものとは違う、「おく」の系列に入るものだったのでしょうか。

　ここでもう一つ、是非触れておきたいことがあります。西の田植歌と塩野室や「おくの田植うた」の歌詞の長短についてです。西のものは、これで動作に合うのかと思うほどに長く物語り的で、東のものはもの足りないぐらいに短かいのです。実例をあげてみます。

「今日の田主は田のかさをうゑてな。八つなみに蔵を建て徳を招いたり。作りなびけて四方に蔵を建てうや。蔵の鍵をば京鍛冶がよう打つ。今日の田主をしゅつもり長者とよばれた」（広島県山県郡新庄村）

「ヤレ聞えたヤー、今日の田植の田の主さんは大金持とサーエー」（福島県吉田井村、傍線・筆者）

田主・田の主さんが長者だったり大金持だったりするのはどちらも同じながら、「新庄村」のものの方は京都の鍛冶屋に「蔵の鍵」まで作らせるという念の入れ方、歌の「詞《ことば》」というよりも、ちょっとしたショートストーリーという観さえあるのです。

「さ月の少女と春鶯はナ、いたらじ里もなや春の鶯はな。忍び音をだせ目籠のうちの鶯。鳥となりてはお出居《でゐ》の籠にすまいでからのさしこをお出居にかけておかれた」(広島県・新庄村「田植草子」晩歌。「挽」ではない)

「苗の中にて啼く鶯は、何が何よとサーエ」(福島県双葉郡新山町)

こんな歌を読んでいると、早乙女の歌声がきれいな鳥の声に聞こえるのか、鶯が早乙女の声に唱和するのか、とにかく馥郁たる思いにかられます。幼少時、自作の「さしこ」を携えて山に行き、メジロを追った場面を思い出したりもするのです。

本居宣長の『玉勝間』五四一節に、「みちのくの田うゑ歌」と題する一文があるということで世に珍重されているので読んでみましたが、〈陸奥の田植歌とて、書たるを、人の見せたる――〉とだけあるもの、よその誰かが書いたものを見せてもらってそのまま書いたという単なる聞き書きにすぎないものでした。

ここには七つの田植歌が紹介されていて、結構ながながしいものばかりなのですが、同じ鶯が登場する二番めの歌を引用してみましょう。

「種は千石、おろし申シたが、どれが葉廣はやわせ、おとりやれや、皆おしなべて葉廣はやわせ、苗の中の鶯は、世をば何とさへづる、蔵桝にナトかきそへて、おくら濟とさへづる」

歌詞の長短については全然言及されていません。

田植歌は、元来が労働歌である筈です。海で働らく漁師の歌も、山で働らく木こりの歌も、動きに合わせて歌われたのでありましょう。

「さびらき」(早・開)や「さなぶり」(早・上)といわれた田植はじめや田植終わりの神事として、実りへの願いを込めて歌われる田植歌は、単なる「歌」ではありません。理屈や小噺なんかではなく、一種の祈りでもあった筈です。

直接後の「不易流行」に結びつくものではないにしても、この時期本当の風雅を追求していた芭蕉にとって、それなりのインパクトはあったことでしょう。


「ヤレ関の白河、チョイト来て見ておくれ、チョイトソコダヨ娘揃うてチョイト田植をなさる」

（福島県白河郡白川町）


「この田千石取れたるならば、桝は面倒だ箕で計れ」

（同右）


「山の中に舅を持てば、かのししに馬鍬《まんぐわ》を添えておこの鼻取と」

（同伊達郡月館町）

須賀川（四）

芭蕉は等躬宅から江戸の杉風に宛てて珍らしい書簡を送っています。

この旅の最中、書簡らしい書簡を書いていなかった芭蕉の、何と墨付六十二行にも及ぶ長文のものです。

近年、かの尾形仂《つとむ》先生によって発見されるまで誰も知らなかった珍らしいものです。

もともと芭蕉の書簡については、昭和三十四年の時点で百四十七通が確認されている（荻野清氏）ということで、同年十月に発刊された岩波『日本古典文学大系46（芭蕉文集）』にその全部が収録されているのですが、当然のこと、そこにこの書簡は入っていません。

芭蕉研究の第一人者尾形先生が蕪村の絵画資料を捜すために小林一三翁の遺愛品を調べられたときに、千点以上の「古美術入札目録」の中から発見されたものです。

昭和五十二年の『俳句』一月号で、全文を紹介されたということですから、御存知の方がおありだと思います。

白河の何云《かうん》宛（四月）・羽黒の呂丸宛（六月）・大垣の如行宛（七月）・小松の塵生宛（八月）と、この旅行中四通の短かい手紙を書いてはいるのですが、これらはみな依頼や連絡、世話になったことへの儀礼的な挨拶といったものであり、書簡というよりは単なる事務連絡、文字通り「手紙」というふうのものです。
ところで杉風宛（四月二十六日付）のこの六十二行はそれらとはいささか趣きを異にしています。

1　卯月廿六日　　　桃青
2　杉風様
3　那す黒羽ゟ《より》書状送進申候、相
4　届候哉《や》。先々其元御無事、御一家
5　別条無㆓御坐㆒候哉。拙者随分
6　息災ニ而、発足前に灸能《よく》
7　覚《おぼえ》申候故、逗留之内、又、足など——

からはじまって、

60　深川衆へ御心得可㆑被㆑成候。
61　方〱故、態《わざと》たれへも〱
62　書状達し不㆑申候。

とあります（数字は行数）。
灸を据えているとか、食事のこと、ほかの人々に便りはしないとか、細かなことを詳しく書いています。

黒羽では〈12 大関信濃《しなの》殿《どの》御知行所〉の〈13 域代図書（浄法寺高勝・桃雪のこと —— 注）に世話になり〈16 仕合《しあわせ》能《よき》旅ニて御ざ候〉とも書いています。

—— 白河より／六里、須賀川と申処ニ／乍憚と申作者万／句之節、発句など致候仁／ニ而、伊勢町山口佐兵方之／客ニ而御坐候、是ヲ尋候而／今日廿六日まで居申候。

とあるところをみると、宗匠立机時等躬から祝いの句を贈られたことや、彼が江戸のどこに寄宿していたかなど、杉風にさえ一切話していなかったことがわかります。

十符の菅跡

四月二十九日（陽暦六月十六日）に須賀川を出発した二人は、郡山・福島・飯塚（坂）・仙台・松島から登米《とよま》を経、二週間後に平泉へ着いています。
その間、各地の歌枕を訪れていますが、この地みちのくの歌枕は予想以上の数になります。

　白河の関から安積沼・安積山・山井・安達原・阿武隈川・会津根・信夫・下紐関・武隈松・阿武松原・有耶無耶関・緒絶橋・音無・名取川・宮城野・小萩原・真野萱原・十符・末松山・松山・袖渡・野田玉川・沖石・籬島・千賀浦・松浦島・塩釜浦・松島・浮島・雄島・勿来関・衣川・衣関・最上川・袖浦・八十島・阿古屋松・象潟と、三十九か所にものぼっています。

　これは山城の七十九・大和の五十九に次いで多く、摂津の三十四、近江の三十三を凌ぐ数字になっています。

　昨年十一月、筆者も「奥の細道」と称されている仙台岩切の「十符の菅跡」へ行ってきました。震災被害を受けた友人を再訪した翌日でしたので、朝早くホテルを出て車の入れないような細い坂道にも入ってみました。

「ほそ道本文」にあるとおり、芭蕉は地元の画工俳人北野加之《かし》（当時仙台を拠点にして全国を歩いていた大淀三千風の弟子）に書いてもらった絵地図を頼りにして行っています。

　この時三千風は長期行脚中で留守、二人が逢うことはありませんでした。

　しかし、この時から七年前の天和二（一六八二）年に三千風が刊行した『松嶋眺望集』の「野田玉河」の条に「この辺《あたり》、浮島・野中の清水・沖の石・奥の細道・轟《とゞろき》の橋などいふ処あり」とあったのは芭蕉も曽良も当然承知していたのだろうと思います。

　東光寺の門前から十符の菅辺りまでの道が「奥の細道」といわれていたことを知っていたからこそ、二人は松島への途中あえて立寄ったのではないでしょうか。

　そしてあるいはこの紀行の命名に際しても、これが何らかの根拠になったのではないかとも思うのです。

　本文には次のようにあります。

「――猶松嶋塩竈の所〳〵画にかきて
　送る　且紺の染緒つけたる草鞋
　二束はなむけす　　されはこそ
　風流のしれもの爰に至りて
　其実をあらはす

あやめ草足に結ん草鞋の緒」

幼な児が新しい履物を履いたときのような、跳びはねでもするような、うきうきした気分が伝わってきます。

五月五日のあやめふく日、土台が藁か藺草《いぐさ》かはわかりませんが、「風流の痴者《しれもの》」（みやびの人）によってすげられた青紫の鼻緒の色がことのほかにうれしかったのでしょう。

「事実」と「真実」

これまで、よくある出自や生いたちなどを中心にしたものとは違って、あくまでも実作する者の立場から芭蕉の作品自体を重視してきたつもりで書いてきました。単に表面的な経緯やゴシップ・技法などで論ずる学者、研究者も多くいて、尾形仂先生の厳しい叱責を受ける例（『芭蕉・蕪村』岩波現代文庫）がありましたが、作品の感動をもとにすることのないものは先生がいわれる通り邪道であると思うのです。

これらの中には『おくのほそ道』は事実と異なることが書かれているからフィクションであるという人が多くいて、今でもその議論は止みそうにありません。『曽良日記』が発見されてから以降盛んになったようですが、曽良が道中何につけ細大洩らさず記録していたことは、芭蕉はのっけから誰よりもよく知っていたわけです。

そうかと思うと芭蕉を極端に神格化して「芭蕉稲荷」「芭蕉神社」などを造ったという例さえあります。

紀行文に関する芭蕉の考えも二年前に書いていた『笈の小文』の中に「――抑〱《そもそも》、道の日記といふものは――云々」として詳しく述べられています。

よきにつけあしきにつけて一人の人間、一己の表現者としての彼の作品をありのままにみ、底に流れているこころをとらえるということが正しいのだと思います。

芭蕉が事実と違うことを書いていたのは確かなことです。

「――飯塚の里鯖野と聞
て尋〳〵行に丸山と云に尋あたる
是庄司か旧館也麓に大手の跡な
と人のをしゆるにまかせて泪を落し又
かたはらの古寺に一家の石碑を残ス――」

果樹園や民家の間を縫うようにして歩いて行くと、瑠璃山医王寺の山門につき当ります。すると川向うに丸山は見えてきます。ですから、道順としては瀬の上―飯塚の里―香積寺―鯖野―医王寺―丸山となるのが普通です。ところが芭蕉はそう書いていません。

曽良のほうは、先ず医王寺に行き、義経の笈や弁慶の書いた経、系図書きのあることを聞いた、そのあとで丸山（信夫荘司佐藤基治の居城大鳥城跡）を見たと書いています。

「――判官殿笈、弁慶書シ経ナド有由。系図モ有由――」とあって、「見た」とか「見せてもらった」とかということは書いてありません。「由・由」とあるだけです。そればかりか芭蕉が「弁慶が笈」としているのに対して曽良の方は「判官殿笈」となったりしています。

どちらが正しいのかはさておいて、まずは悲劇の城主基治や義経への思いを第一にする芭蕉とそうでなかった曽良との相違でもあるのでしょうか。

さらに本文はこう続きます。

「――中にも二人の嫁かしるし先あはれなり
をんなゝれ共かひ〳〵敷名の世に聞へ
つるもの哉と袂をぬらし墜涙
の石碑も遠きにあらす寺に入て
ちやを乞へは爰に義経の太刀弁慶か
笈をとゝめて什物とす
弁慶か笈をもかされ帋幟
」

基治の子、継信と忠信のそれぞれの嫁「若桜」と「楓」の話についても意図的操作がなされています。

屋島や吉野山で義経を庇って戦死した兄弟の嫁二人が、年老いた姑「乙和《おとわ》」の為に武具を纏った夫に扮して揃って凱旋したように見せたというのは有名な話です。

これも実際には、次の日医王寺から伊達の大木戸を過ぎ、白石へ向う途中、田村神社の甲冑堂で見た二人の像を医王寺の部分に転用しているのです。

医王寺には基治夫妻と兄弟の墓はあっても嫁二人の墓はありません。このことは「一家の石碑を残ス」と書きはしたものの、芭蕉にとっては予想外のことであったのではないでしょうか。

今この寺にある等身大の二人の像も「後世の人々にその誠を伝えたい」ということで昭和四十七年に寺が製作安置したものだといいます。

寺の当事者といい、芭蕉といい、彼女らを婦女の鑑とする思いは共通であったのでしょうか。

このような芭蕉のこころを考えるとき、学者達がいうフィクション論などはあまり意味がないと思うのですがどうでしょうか。

ちなみに、佐藤兄弟の活躍は平家物語や源平盛衰記・吾妻鏡・古浄瑠璃などいろいろな書物に書かれています。『平家物語』巻十一にある「嗣信最期《つぎのぶさいご》」では、戦いの冒頭に義経が名のりをあげたすぐあとに十一人の「一人當千《いちにんたうせん》の兵《つはもの》ども」として兄弟の名があげられています。

「九郎大夫(の)判官、其日の装束は —— 中略 —— 大音聲をあげて一院(注・後白河法皇のこと)の御使、檢非違使五位尉源義經となのる。其次に伊豆國の住人田代冠者信綱、武藏國の住人金子十郎家忠……」

と続き、七人め・八人めに「奥州の佐藤三郎兵衛嗣信・同四郎兵衛忠信」とあって十一人めが武蔵房弁慶となっています。

これ一つをとってみても、二人がいかに義経の信頼を得ていたかがわかろうというものです(ちなみに、「嗣信最期」のすぐあとの章に「那須余一」が出てくるのも楽しいものです)。

勇義忠孝の士

等躬宅を辞して平泉に着くまでの二週間、二人は相変らず各地の歌枕を訪れています。

五月一日に安積山から安達が原の黒塚、その後四日以降岩沼の武隈の松・笠島・仙台・多賀城・末の松山・沖の石・野田の玉川・塩竈神社・松島等々、その殆どが歌枕の地です。

すでに前々回・前回と「十符の菅跡」「医王寺」を取上げましたが、もう一箇処どうしても見逃すことのできかい所があります。

陸奥一宮塩竈神社です。ここには、つとに知られた藤原忠衡の鉄燈籠がありました。

火袋の一方に日形があり「文治三年七月十日和泉三郎忠衡敬白」、一方に月形があり「奉寄進」とある打抜きづくりの燈籠です。

「――神前に古き宝燈有かねの戸ひら
のおもてに文治三年和泉の三郎
奇進と有五百年来の悌今目
の前にうかひてそゞろに珍し
渠は勇義忠孝の士佳命今
に至りてしたはすと云事なし誠人能
道を勤義を守て佳命をおもふへし
名も又これにしたかふと云り――」

事情に精通していた芭蕉ではありましたが、改めて感動しこう書いています。

「勇義忠孝の士」について蓑笠庵梨一の『菅菰抄』には「――夫よく父の遺命を守りて、義経を捨ざるは孝也。よく義経に仕るは忠なり。兄にしたがはずして義経に従ふは義也。終に戦死するは勇なり。佳は善也。――」とあります。

文治三年といえば、奥州藤原氏が大きな危機に直面しているときでありました。

この年の二月、平泉へ逃れて来た義経をめぐって、最大の庇護者である秀衡や、それを支持した三男忠衡と、頼朝を畏怖する二男泰衡との内部対立が深刻化していたのでした。

父や兄とは勿論、義経一党との間にあって悩み深まる忠衡にしてみれば、どうにかして左宮の武甕槌《たけみがづちの》神《かみ》・右宮の経《ふ》津《つ》主神《ぬしのかみ》の加護をと願ったのでありましょう。

病いに苦しむ父の回復を祈願したのも当然のことで

あったでしょう。

　奇しくも前年の十月、西行法師が六十九歳の老齢をおして秀衡のもとへ来ていました。平重衡によって焼失した東大寺を何とか再建しようという親友俊乗房重

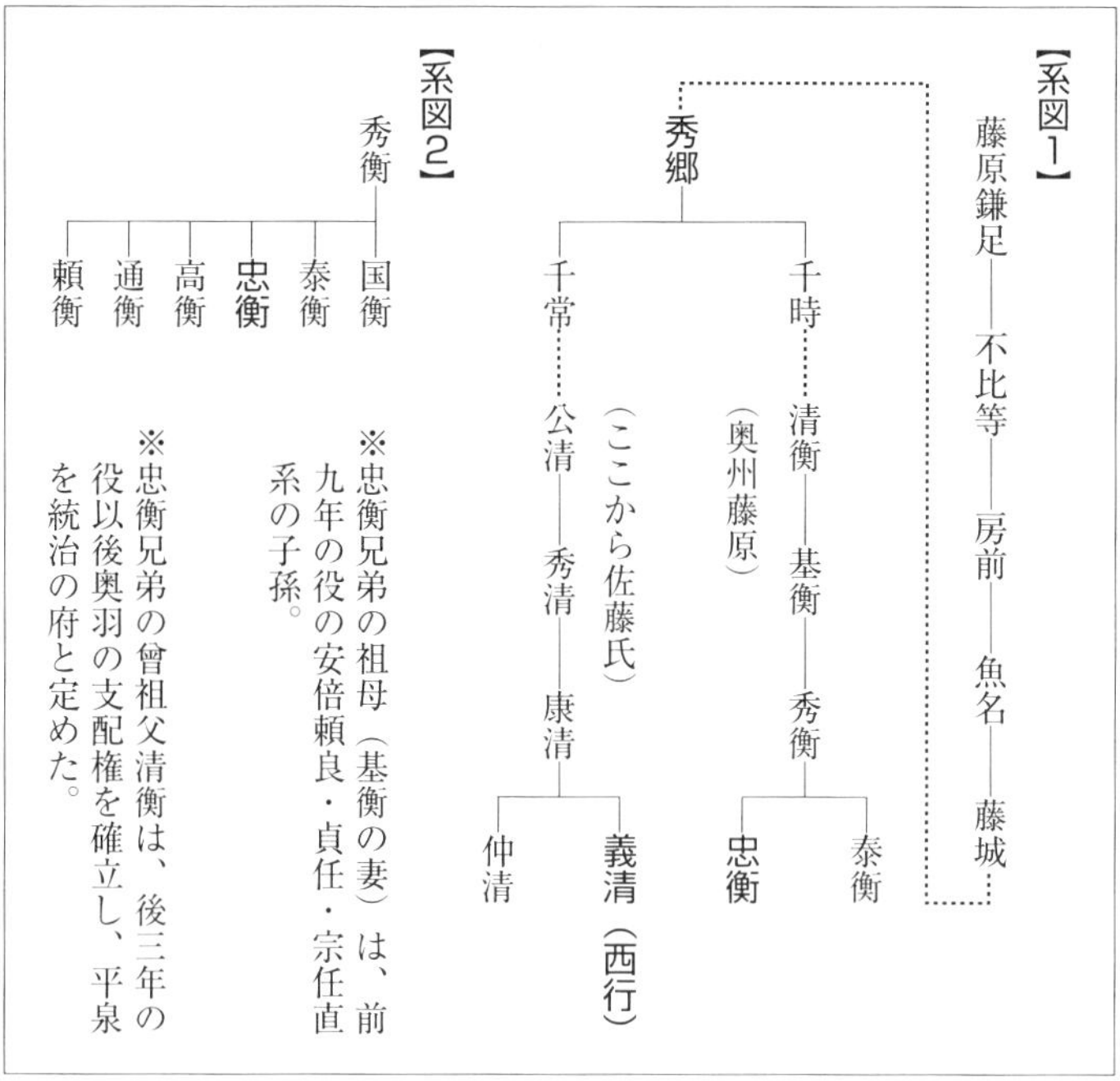

※忠衡兄弟の祖母（基衡の妻）は、前九年の役の安倍頼良・貞任・宗任直系の子孫。
※忠衡兄弟の曾祖父清衡は、後三年の役以後奥羽の支配権を確立し、平泉を統治の府と定めた。

源のたっての依頼で資金調達に来たのでした。

　高野山時代からつながりがあった重源は、藤原一族と西行の祖が鎮守府将軍俵藤太秀郷であることを勿論知っていたのでしょう。（系図1・2参照）

　四十三年前、二十六歳のときに来た時とは条件も違いますから、西行はそれほどなが居はしていなかった、年内には帰っていたのだと思います。帰路は出羽路を経由したそうですから、その日にちによっては反対方向から来た義経主従とすれ違うことがあったのかも知れません。

　笑い話や冗談ではなく、例の「安宅」の新設関所で両者が遭遇していたらどんなことになったかを思うと、今にして興味津々たる思いです。観世信光の能も歌舞伎十八番の勧進帳もさぞかし変ったものになっていたでしょうし弁慶や富樫左衛門の姿も別の書き方になっていたかも知れません。

　話変って、猿雖宛の芭蕉書簡には「塩竈の櫻」は是非見たいとありました。今は国の天然記念物となり、その葉の模様が神社の社紋になっているこの桜は七十

三代堀河天皇も歌の素材にしていました。しかし芭蕉は本文に取上げていませんので、筆者も同じく割愛することとし、代りに当時の状況整理をしてみることにします。

○文治二（一一八六）年十月

・西行法師平泉に入る。

○〃 三年二月　・義経ら来る。・頼朝、高野山に命じて義経追罰を祈らせる。（高野春秋）・秀衡病死する。

○〃 四年二月二十一日　・頼朝、（宣旨を用いて）泰衡に義経を討つよう命令する。

○〃 五年四月三十日　・衣川館で泰衡の奇襲を受けた義経自刃する。

・六月二十六日　忠衡、兄泰衡と戦って死ぬ。

・八月二十二日　頼朝、泰衡を討つべく平泉に入る。

・九月三日　泰衡、自らの郎従に殺される。

・十月二十四日　頼朝、鎌倉に帰る。

○〃 六年二月十六日　西行没（河内弘川寺で、桜咲く満月の夜）享年七十三歳

平泉（一）

平泉に於ける芭蕉の思いには特別なものがありました。たった三時間前後しか滞在していなかった場所とは、ついぞ考えられない程のこだわり方です。

百五十余日、六百里に及ぶこの紀行の中でも、これだけ力のこもったすばらしい表現のなされた箇処はほかにないと思います。

松島と対にして書かれている「象潟」や、からだに鞭打って登った「月山」辺りがこれに匹敵するであろうとする人も多くいますが、果してどうでしょうか。

自筆の原本には、巷間解説書などによくある序章・旅立・草加・室の八島などという項立てもなければ、場所ごとに行をあけるとか、濁音・半濁音・句読点などを用いるということもめったにありません。

ただ一途に坦々と書きつぐばかりであるのですが、平泉の場面になると突如その息づかいまでが伝わって

くるようになります。

「三代の栄耀一睡の中にして大門の跡は
一里こなたに有秀衡が跡は田野
になりて金鶏山のみ形を残す――」の冒頭から

「――
玉の扉風に破れ金の柱霜雪に朽て
既頽廃空虚の草村となるへきを
四面新に囲て甍を覆て風雨を凌
暫時千歳の記念とはなれり
五月雨や年〳〵降て五百たび
蛍火の昼は消つゝ柱かな　」まで、内なるものが溢れるようによどみなく紡ぎ出されてくるのです。

内容といい、テンポといい、そらんじてさえ読める程に流暢であり、まさに稀代の名文であるといえましょう。

ただここで問題にしたいのは「五月雨や年〳〵降て五百たび」の句についてです。「五月雨の降のこしてや光堂」ではなく、あえて「年〳〵降て五百たび」にしたのはなぜかということです。

思うにこれは、西行に対する強い思いがそうさせたのではないか、芭蕉にとってはどうしても「光堂」ではなく「五月雨」が「五百たび」でなければならなかったのではないかということです。

後日の利牛清書による曽良本や、素龍清書による柿衛本・西村本の全部か、あるいは一部のいずれかが「**五月雨の降のこしてや光堂**」を掲載したのでありましょうが、これらの諸本について芭蕉ははじめから不本意であったのだと思います。

大阪での不慮の死がなく、もし無名庵か去来宅に帰ってこれらの諸本草稿を見たとすれば、即座に原本のものに戻すよう言ったのではないでしょうか。作品の出来からすれば「光堂」の方が格段によいと思うのですが、芭蕉にとってはここはどうしても西行没後に降った「五百たび」の「五月雨」でなければならなかったのでありましょう。

西行が平泉へ来て、まっ先に訪れたのは「衣川関の跡」でした。

「聞きもせずたばしね山のさくら花吉野のほかにかかるべしとは」（あの名高い吉野の桜以外でこのように素晴らしい桜の山を目にするとはついぞ思いもしませんでした）と束稲山の桜に感動したのは後のこと、翌年の春のことでした。

二十年前、清衡の「紺紙金銀字一切経」納経によって建てられた経堂でもなければ、二十二年前すでに建立されていた金銀珠玉の金色堂でもありませんでした。

あえて西行五百回忌を選んで来訪した芭蕉も当然のようにして同じ経路を辿って歩いていきます。

「――己ノ剋ヨリ平泉へ趣。一リ山ノ目。壱リ半、平泉へ――」と曽良の日記にあるように、一の関の宿を出た二人は「山ノ目」の宿を経由して平泉に入っています。「山ノ目」は現在でも東北本線平泉駅の一つ手前の駅名にもなって残っています。ここから「大門の跡」へ向い、「秀衡が跡」（この辺り一帯は「柳御所跡」「伽羅御所跡」「無量光院跡」等と「跡」ばかり）から「高館」を経、「衣川」「衣ノ関」「和泉が城」へ行き、裏側から経堂・金色堂へ登っています。

山ノ目から平泉への道は、現在の観光ルートとは違って月見坂へ入る表参道を右に逸れる形で衣川橋方向に通じています。

『山家集』には次のようにあります。

（　十月十二日、平泉に罷《まかり》着きたりけるに、雪降り、嵐激しく、殊のほかに荒れたりけり。いつしか衣河見まほしくて罷向いて見けり。河の岸に着きて、衣河の城しまはしたる事柄、様変りて、物を見る心地しけり。汀《みぎわ》凍りて、取り分き冴えければ

　取り分きて心も凍みて冴えぞ渡る
　衣河見に来たる今日しも　）

康治二（一一四三）年二十六歳時の作です。

ここで西行は、当然のこととして例の義家と貞任のやりとりを考えていたのでしょう。

「　衣のたては綻びにけり　」義家

「　年を経し糸のみだれの苦しさに　」貞任

「衣川館《たて》」はすでに潰えたということを鎧の縦《たて》糸にかこつけた義家に対しすんなりと敗けを認めた貞任の短連歌です。

この短連歌から俗にいう「鎖連歌」「長連歌」が生まれ、やがてA・B二人の人物が互いに機智や諧謔を競いあう文芸になります。

もともと連歌は和歌体と俳諧体の二種に分れていましたが、この俳諧体から独自のジャンルを確立したのがほかならぬ芭蕉でありました。

芭蕉が山本荷兮や岡田野水らの名古屋五歌仙といわれた若者達に、二条良基の『連理秘抄』を読み直すことや連歌の歴史を改めて学ぶように言ったのも、古きをたずねて新しきものを求めよという、いわば「不易流行」の理念を喩したかったのでありましょう。

平泉（二）

以前略年表にも書いた通り、文治五（一一八九）年五月、義経自刃のその翌年、後を追うかのようにして西行が没しています。

したがって、この旅の元禄二（一六八九）年という年は両者の実質五百年忌に当ることになります。ことのほか西行に心酔し、人一倍の判官贔屓の芭蕉にとって、その意味ただならぬ年であったわけです。

さすが非情の頼朝が、義経と泰衡の冥福を祈り鎌倉に永福寺を建立したと『吾妻鏡』にありますが、芭蕉の心中はそれとは別の思いであったに違いありません。

「――先高舘にのほれは北上川南部より
流るゝ大河也衣川は和泉か城を
めくりて高舘の下にて大河に落入
康衡等か旧跡は衣か関を隔て
南部口を指かためゑそをふせくと
見えたり扨も義臣すくつて此域に
籠り功名一時の草村となる
国破れて山河あり域春にして
青々たりと笠打敷て時のう
つるまてなみたを落し侍りぬ

夏艸や兵共か夢の跡

卯花に兼房みゆる白毛哉　曽良」
（康衡は泰衡の誤り――筆者註）

「義臣」を「すくつて」「此城に籠り」「ゑそをふせ」いでいたのは、南部勢の進入に備えて「和泉か城」にいた和泉の三郎忠衡のことであり、同じく「衣か関」を守っていたのは伊達の次郎泰衡であったと、芭蕉はまずそのことを強調しているのです。

ですから「兵共」の「兵」には、「前九年・後三年の役」や「奥六郡《おくろくぐん》の抗争」「湧谷《わくや》の金鉱」争奪をめぐって介入してきた朝廷との戦いで犠牲になった多くの「つはもの」のことであったわけです。

しかもそれは、西行が「（まずは）衣河見まほしくて罷り向」ったのと同じ心情であったことでもありましょう。

そればかりではなく、芭蕉の心中には藤原三代の祖経《つね》清と、初代清衡父子の悲しい挿話があったのではないかと思うのです。

厨川柵《さく》で清原武則と頼義に敗れた安倍貞任・経清の二人は直後頼義によって処刑されていますが、経清の場合は、それまでの源氏一統の怨念を晴らすとばかり、あえて鈍刀によって首を斬られたということです。

苦しみを長い時間に渉って味わわせようという極めて残忍な処刑のしかたであり、その首は京に送られて西獄門に長く晒されていました（『水左記』）。亘理《わたり》の一役人から安倍氏にとり立てられて身を起こした藤原経清、白昼、町角に晒された彼の首はさぞかし苦渋に満ちた表情であったことでしょう。

鳥羽上皇に仕える北面の武士であった西行が二十三歳で出家したのも、一つにはこうしたものへの無常観もあったのではないでしょうか。

しかも経清の妻（清衡の母）は、途中から敵方の武将清原武貞（前記武則の息子）に嫁していました。清衡にしてみれば、実の父が実の母方の手によって、むごたらしい殺され方で殺されているのです。

前九年、後三年とひと口にいってしまえばそれまでですが、前後の小ぜりあいを含めれば二十年以上の長期に渉る戦乱でありました。多くのいのちの奪いあいがなされ、民衆も右往左往するばかり、農作業さえ思うようにならない年月だったということです。

そういう中で清衡は奥羽二国の押領使となり鎮守府将軍となっています。

やがて清衡は、白河の関から外の浜（青森）に至る「奥の大道」を整備して平和を祈り、一町（一〇九メートル）ごとに卒塔婆を建てその中間に当る関の山に「鎮護国家大伽藍」として寺を建立したのでした。それが東北全体の中心という意味での関山中尊寺となったわけです。

中尊寺の本尊が阿弥陀如来でなく釈迦如来であること、毛越寺の本尊が阿弥陀如来でなく薬師如来であること、これも理由がないわけではありません。

阿弥陀如来は西方の極楽浄土、来世、あの世の仏であるのに対して、釈迦如来や薬師如来は東方の瑠璃光浄土、現世、この世の利益仏です。

多くの人々と共に苦難の連続であった清衡にとっては、来世のことはともかくとして今現在の現世利益を願うことのほかにはなかったのでありましょう。

筆者もさいわいにしてそれを少しばかり実感させられたことがありました。「藤原四代の秘宝展」という、すばらしい催しに接したときのことです。

「紺紙金銀字一切経」（『華厳経』巻第十一から『蘇悉地経』巻上まで）「紺紙金字一切経」（『大般若経』巻第十四から同帙《ちつ》まで）「金光明最勝王経金字宝塔曼荼羅図」「螺鈿八角須弥壇」「金色堂西北壇上諸仏」「薬師如来坐像及び両脇立像」などの国宝や「金箔押木棺」「螺鈿目貫座金」などの重要文化財その他、国宝十九点、重文三十四点等、計二百十八点の秘宝が一堂に展示されていたのを見たときです。平成二十一年三月十四日～四月十九日まで、東京世田谷美術館で行われた特別展「平泉」（みちのくの浄土）でした。

初日に拝観したのですが、清衡らのこころに圧倒されっ放し、九時から午後の三時過ぎまで、昼食も食わずに館内を経めぐったのを覚えております。

平泉へはじめて行ったのは昭和二十五年五月、ちょうど「御遺体学術調査」中、金色堂の周りが縄張りされている時でした。

しかしこちらの特別展は金剛峯寺その他、各所に分散されたものをも集めた大規模なものでありました。

清衡の遺体が入っていた金箔の木棺を目の前にしたことなどもあって、帰宅後は勿論、寝につくまで興奮が収まらない有様でした。

平泉（三）

「卯の花に――」の句は、ほんとうに曽良の句であるのか、いやそうではない、これも芭蕉の句である。そういう人は多くいます。

嵐山光三郎氏などは、本文中にある曽良十一句全部が芭蕉のものである、そう考えて読まなければ『おくのほそ道』を読んだことにはならない、とまでいわれています。

村松友次氏も、その著『謎の旅人　曽良』の中に同じことを書かれています。〈剃捨て――〉から那須の〈かさねとは――〉白河での〈卯の花を――〉は勿論、〈ゆき〲てたふれ伏共萩の原〉という曽良が自分の都合で随行を外れた山中での作についてさえ、芭蕉の作であるとされています。

嵐山氏の言い分を要約すると、

A〈**あらたふと青葉若葉の日の光**〉
B〈**剃捨て黒髪山に衣更**〉

Aの神祇（天神《あまつかみ》と地神《くにつかみ》）に対して、Bの釈教（釈迦の教え）を「対」にしたのであり、

C〈**夏艸や兵共か夢の跡**〉
D〈**卯花に兼房みゆる白毛哉**〉

も、連句的構成を考慮のうえ対にして並べたのだ。従ってB・Dどちらも芭蕉の作であるというのです。

確かに連句には指合《さしあい》（同字・同語・類語・類似による表現を避けるという習慣）があり、地名・人名・神

祇・釈教・恋・無常・病体などには充分に気を配ることが求められています。

　C句もD句も「戦い」が中心になっており、「類似」を嫌う連句式目を芭蕉が気にせぬ筈はなかっただろうとは思うのですが、それでもなおあえてこうしたのはなぜでしょうか。

　Cの作によって、長い戦乱で散った多くの魂に、Dの作によって、奇襲に曝された義経とその妻子三人・弁慶・兼房らの悲劇に、思いを馳せざるを得なかったでのしょうか。

　櫻井武次郎氏によれば、芭蕉が『おくのほそ道』の執筆にとりかかったのは元禄六（一六九三）年か七年のはじめであろうということです。のちに柳沢家の和歌指南役にとりたてられた素竜の清書が成ったのも七年の四月、芭蕉没半年前であったといわれています。

　この頃の芭蕉は、内妻寿貞の子、次郎兵衛少年を故郷に連れて帰ったり義仲寺無名庵に入ったり落柿舎に逗留したりしていました。落柿舎にいる時、寿貞病死の報を受け、何はとりあえず次郎兵衛を江戸に帰しています。

　その間、野坡や支考らと『炭俵』『続猿蓑』の撰をしたり、愛弟子酒堂《しゃどう》と之道《しどう》の対立仲介のために大阪へ回る準備をしたり滅法忙しい時期でありました。体調もおもわしくなく周囲も心配していました。

　ですから「類似」を避けるための一策として、曽良の名を付す便法を採ったりしたのも仕方ないことであったのかも知れません。

平泉（四）

念のために今回は、兼房の白毛（ほんとうの悲しみ）について考えてみたいと思います。

　そもそも義経のいた判官御館《みたち》や近くの持仏堂を襲ってきた泰衡の軍勢は、長崎太郎太夫を筆頭にした五百余騎　であったといいます。それに対して虚を衝かれた方はごく少数の人数、『義経記《ぎけいき》』巻八には「さる程に、寄手長崎太夫のすけを初として、二萬余騎一手になりて押寄せたり。――大手には武蔵坊・片岡・鈴木兄弟・鷲の尾・増尾・伊勢の三郎・備前の平四郎、以上人々八騎なり」とあります。

しかも、「常陸坊を初として残り十一人の者ども、今朝より近きあたりの山寺を拝みに出でけるが、その儘帰らずして失せにけり」と続いています。ひょっとするとこの十一人は、そんなことも起こりかねないと思っていたのでしょうか、途中でなりゆきを知りでもしたのでしょうか、とにかく恐れをなして逃げてしまったというのです。ほかに近習や雑色めいた人物が多少いたとしても、せいぜい三十人~五十人足らずの手勢では勝ち負けははじめからわかっていたようなものです。

「弁慶の立往生」などもあって、総身に敵の矢を負いながら、最後まで得意の薙刀を振りまわしていた勇者がいたとしても、衆寡敵せず、遂には全員討ちとられてしまいます。

しかし、兼房の悲しみはこのことだけのものではありませんでした。

ほんとうの「悲しみ」は、義経の切腹自害に立会ったあと、二十二歳になったばかりのその妻北の方と、五歳の若君・生まれて十日もたっていない姫を敵の手に渡る前に殺す命令を受けたことにあったのだと思います。

増尾の十郎権頭《ごんのかみ》兼房は元来義経直属の家臣ではなく、北の方の父久我大臣《くがのおおい》に仕える武士でありました。（君の御産ならせ給ひて、三日と申すに兼房を召されて「此君をば汝が計らひなり」と仰せ蒙りて候ひしかば、やがて――」「御成人候へば、女御后《きさき》にもせばやとこそ存じ候ひつ――）

主君の子の養育の親を仰せつかり、今日まで仕えてきた兼房が、どうしてその姫やお子達をお殺しできようか、と『義経記』の筆者も悲愴感いっぱいに書いています。

もともと『義経記』は八巻から成っているのですが、一巻から三巻までが「生い立ち」から「世に出る」まで、四巻から八巻までの殆どが「没落譚」で構成されています。

『平家物語』や読み本としての『源平盛衰《じょうすい》記』を模して書かれた『吾妻鏡』の一部などにある義経の「勇壮な降盛期」についてはまったく書かれていません。ですからこの辺りの兼房の言動については「没落譚」の一節として悲惨極まりない筆致で綴られています。

特に巻八「判官御自害の事」中の義経や北の方とのやりとりは、能や浄瑠璃・歌舞伎の観客ならずとも、感無きを得ぬという書きぶりになっています。

まず義経自害の件りをみてみましょう。

義経ははじめ切腹の仕方について兼房の意見を聞きますが、佐藤信忠と同じ方法がよいと言われその通りにしています。

佐藤信忠といえば、義経勢の四天王といわれ兄継信と共に主君を支えた例の武将、吉野山では義経の身がわりになって奮戦し、その翌年糟屋有季との戦いに敗れて自刃していました。

「さて自害の刻限になりたるやらん、又自害は如何様にしたるをよきと云やらん」との給へば「佐藤兵衛が京にて仕りたるをこそ、後まで人々讃《ほ》め候へ」と申ければ「仔細なし。さては疵《きず》の口のひろきこそよからめ」とて、三條小鍛冶が宿願有て、鞍馬へ打ちて参らせたる刀の六寸五分ありけるを（中略）かの刀を以て左の乳《ち》の下より刀を立て、後へ透れと掻切って、疵の口を三方へ掻破り、腸《はらわた》を繰出《いだ》し、刀を衣の袖にて押拭い、脇息してぞおはしける。（松尾山鞍馬寺にいた頃、三条小鍛冶宗近によって献上され、肌身離さず携えていた刀を使って心臓を貫き、そのまま三方向へ腹を掻切って腸を取出したというのです）。

そしてその後は、いよいよ北の方と二人の子を兼房自らが殺害する場面になります。

――（北の方）「よしや嘆くとも今は甲斐あらじ。敵の近づくに」とありしかば、兼房目も昏《く》れこゝろも消えて覚えしかども、「かくては叶はじ」と、腰の刀を抜き出《いだ》し、〈御肩を押へ奉り、右の御脇より左へつと刺透しければ、御息の下に念仏して、やがてはかなくなり給ひぬ。

（――五つにならせ給ふ若君、御乳母《めのと》の抱き参らせたるところにつと参り「御館も上様（母様）も、死出の山と申す道越えさせ給ひて、黄泉のはるかの界《さかい》におはしまし候なり。若君もやがて入らせ給へ」と仰せ給ひつると申しければ、害し奉るべき兼房が首にいだき付き給ひて、「死出の山とかやに早々参らん。兼房急ぎ連れて参れ」と責め給へば、いとゞ詮方なく、（中略）二刀刺貫き、わつとばかりの給ひて、御息止まりければ、判官殿の衣《きぬ》の下に押入れ奉る）。

（さて生まれて七日にならせ給ふ姫君も同じく刺し殺し奉り、北の方の衣の下に押入れ奉り、「南無阿弥陀仏々々々々々」と申して我身を抱きて立ちたりけり）。

判官殿未だ御息通ひけるにや、御目を御覧じ開けさせ給ひて「北の方は如何に」との給へば「早御自害有りて御側《そば》に御入り候」と申せば、御側を探らせ給ひて「是は誰、若君にてわたらせ給ふか」と御手を差渡させ給ひて、北の方に取りつき給ひぬ。兼房いとゞ哀れぞまさりける。「早々宿所に火をかけよ」とばかり最期の言葉にて、こと切れ果てさせ給ひけり。

芭蕉であれ曽良であれ兼房の白毛にはただ単にいくさに敗れたということだけでなく、このような苦しみ、悲しみが籠っていたのだといいたかったのでありましょう。

平泉（五）

芭蕉は平泉からもっと奥、青森外ヶ浜まで、ともすれば義経生存説なども頭にあって渡島《おしま》・後志《しりべし》が見えるところまでへも行きたいと思っていたのでしょうか。

平泉から尿前の関へ向う途中「南部道はるかに見やりて岩手の里に泊る」と書いていますし、翌元禄三年の『幻住庵ノ賦』にも〈うたふ鳴《なく》そとの浜辺よりゑぞがちしまを見やらんまでと、しきりに思い立侍るを、同行曽良なにがしといふもの、多病いぶかしなど袖をひかるに心たゆみて、象潟といふ所より越路《こしぢ》のかたにおもむく――〉と書いています。

あえて「南部道はるかに見やりて」というからには、当然それなりのこだわりがあったのでしょうし、「曽良」に「多病いぶかしなど袖をひか」れたので諦めたなどといっているのも同じことです。

芭蕉は多分清衡の建立した卒塔婆の跡を辿りたいと考えたり、観自在王院をはじめ千手院・無量光院・柳御所・伽羅御所等の国衙をなつかしくイメージしていたのでありましょう。「外ヶ浜」を「卒塔ヶ浜」と書く例もあります。

たとえ現在はどうであれ、一町ごとに置かれた黄金の阿弥陀仏を図中にした笠卒塔婆の一つにでも出逢えぬものか――

宇治平等院鳳凰堂を模して創られた無量光院や、インド原産の「伽羅（紫檀）材」で建てられた贅沢極まりない秀衡の居所、「秀衡が常の居所なり。泰衡相継ぎて居所となせり」とした『吾妻鏡』の一節も思い出していたことでありましょう。

ついでながら『吾妻鏡』には、毛越寺の薬師如来と十二神将制作を依頼した仏師運慶に払った謝礼として「円金百両、鷲の羽百尻、水豹《あざらし》の皮六十枚、安達絹一千疋、希婦《けふ》の細布《せばぬの》二千端、糠部《ぬかべ》の駿馬五十匹、信夫《しのぶ》毛《も》地摺《じずり》一千端――」などということも書いてあるのですが、こんなことも曽良や芭蕉は勿論知っていたと思うのです。

『幻住庵ノ賦』にある「うたふ（うとう）」というのは、北方海洋の島々から陸奥湾一帯、その西、深浦・大戸瀬・鯵が沢周辺に繁殖する一種の渡り鳥のことだそうです。もともとアイヌの呼び名だそうで、親鳥が子を呼ぶときには「ウトウ」と鳴き、子がそれにこたえるときは「ヤスカタ」というので、「善知鳥《うとう》安方《やすかた》」という別名があるといいます。

二〇〇三年四月二十五日、桜の弘前城から竜飛崎、白神山地を巡った際に筆者は、途中深浦の宿に一泊したことがありました。五能線と日本海がすぐ窓下に見える小さな宿で、帳場にいた宿の女主人から善知鳥安方の話を聞いたことがありました。『奥地全図』の伊能忠敬の心に通じるものを百年以上も前に持っていたのであるとすれば、中身こそ違うとはいいながらこれもまた少なからぬ驚きであるといえましょう。

平泉（六）

冒頭の「**行春や魚啼鳥の目は泪**〉と最後の〈**蛤のふた身に別行秋そ**」を三角形の底辺に置き、平泉の章を頂点に据えるのが例の尾形仂先生の説です。

それに伴ない前半からの途中「不易流行」が模索されて、後半いわゆる「かるみ」につながる世界へ入ってくるともいわれています。

「不易流行」の部分については、すでに二年前の『続虚栗』の序文の中に「はなに時の花有。つゐの花あり」（傍点筆者）という記述があることからして、はてどうかと思えなくもありません。「時の花」は「流行」と、「つゐの花」は「不易」と殆ど同義であるといって差支えない、と思うからです。

それにしても三角形ＡＢＣの頂点に平泉があるということはまさにその通りであると思います。

こよなく芭蕉を愛した作家、『厚物咲』や『台上の月』の中山義秀氏は、

（――この平泉の訪問を機にして、芭蕉の作品はにわかに神采をはなってくる。これまでの旅程の間に醸しだされていた彼の詩情が、熟成した美酒となって発酵してきたのか、あるいは又千古変らぬみちのくの影深い自然が、母胎となって彼の霊感をはぐくみ映発するにいたったのか――ここに来てようやく至境に花ひらき真価を発揚しだした感がある（『芭蕉庵桃青』））と、これ以上の讃辞もなかろうという程の書きぶりをしています。

ところが同書には、

（――五月雨や年〱降て五百たび――この凡句をいくどか練りなおして、ついに不朽のものに仕

上げた）

〈嶋〳〵や千々に砕けて夏の海——この程度の平板の作しかならず、推敲するまでもなく詠みすてにしている〉という一節もあります。

これもまたその通り、たとえその時が西行五百回忌であったとしても「五月雨が毎年降ってそれが五百回になった」とだけいわれても、読みてには何の感興も湧きはしません。少なくとも何らかの形で西行を登場させないのであれば、それは単なるつぶやきにしか過ぎません。「**五月雨の降のこしてや光堂**」とは天と地の違いであるといえましょう。

「**島〳〵や千々に砕けて夏の海**」にしてもそうです。

松島湾には二百六十以上もの島があるといわれていますが、そんなことは誰でも知っていることです。そのいくつかの「島々に波が打ちよせ千々に砕けている」とだけいわれても、そこから詩情を読みとることはできません。芭蕉自身が〈絶景にむかふ時は、うばはれて叶はず〉（服部土芳『三冊子』）といったのもけだし当然のこと、集中に〈松島や鶴に身をかれほとゝきす〉を曽良作として載せざるを得なかったのも、むべなるかなと思うところではあります。

第五節　出羽路へ

老翁が骨髄

『おくのほそ道』中の五十一句は、滞在した地での歌仙の発句に当るものが主になっており、出羽路から越後路以降終着までのものになるとその傾向は薄らいでいきます。

「陸奥から出羽への山越えを折り目として全巻の表現が裏返る」（上野洋三氏）「陸奥の旅が正編であり北陸道の旅は続編である」（井本農一氏）などといわれるのも、あるいはこの辺りに理由の一つがあるのかも知れません。
　事実に即して例をみてみます。
「――尾花沢にて清風と云ものを尋ぬ
かれは冨るものなれとも心さしさす
かにいやしからす都にも折々かよひて
旅の情をもしりたれは日比とゝめて
長途のいたはりさま〳〵ともてなし侍る
涼しさを我宿にしてねまる也」
（傍線筆者・以下同）
とある部分の「涼しさを――」の句は五月十七日か
ら十日間滞在したいずれかの日に、鈴木八右衛門清風
宅で巻かれた歌仙（清風・曽良・素栄・風流）をもと
にしています。
　その歌仙の表六句はこうです。

すゝしさを我やとにしてねまる也　　芭蕉
つねのか《(蚊)》やりに草《(清)》の葉を焼《たく》　　清風
鹿子立《かのこたつ》をのへのし水田にかけて　　曽良
ゆふづきまるし二の丸の跡　　素英
楢紅葉人かげみえぬ笙のおと　　清風
鵙のつくれるいろ〳〵の鳥　　風流

　次の例も同じようです。
「――最上川はみちのくより出で山形を
水上とすごてんはやぶさなと云お
そろしき難所有板敷山の北を
（中略）白糸の滝は青葉
の隙〳〵に落ち仙人堂に臨みて立
水みなきつて舟あやうし
さみだれをあつめて早し最上川
（この部分には珍しく「ごてん」「はやぶさ」など
　濁点が使われている）」
ここでの「さみだれを――」の句も、五月二十九日
高野平右衛門一栄宅で巻かれた歌仙（一栄・曽良・川
水）の発句をもとにしています。
　その歌仙の表六句はこうです。

さみたれをあつめてすゝしもがみ川　芭蕉
岸にほたるを繋ぐ舟杭《ふねぐい》　一栄
瓜ばたけいさよふ空に影まちて　曽良
里をむかひに桑のほそ道　川水
うしのこ(子)にこゝろなぐさむゆふまぐれ　一栄
水雲《すいうん》重しふところの吟　芭蕉

流暢で重厚な文章の中に、歌仙の発句が挿入されいっそう異彩を放つ紀行になっています。このあとに登場する

有難や雪をかほらす南谷　羽黒山・本坊
めつらしや山をいて羽の初茄子《はつなすび》　鶴が岡・長山重行宅
あつみ山や吹浦かけて夕すゝみ　酒田・伊藤不玉宅
塚もうこけ我泣声は秋の風　金沢・願念寺
むさむやな甲の下のきり〳〵す　小松・多田八幡
桃の木の其葉ちらすな秋の風　山中温泉・和泉屋

等々、どれをとっても「有難や」とか「めつらしや」などと、亭主や連座した人々への配慮・気配りがみてとれるものばかりです。

延宝の頃、本所大徳院に談林の大御所西山宗因を迎えて催された『百韻興行』の頃の芭蕉（当時桃青）とはまるで人が違ったような観さえあるのです。

いずれにせよ「涼しさを我宿にして」の「涼しさ」は、清風宅に着いた途端まっ先に浮かんだ感興であったのでしょう。（――高山森《しん》〳〵《しん》として一鳥声きかず木／の下闇茂りあひて夜ル行かことし／雲端に土ふる心地して篠の中／踏分け〳〵水をわたり岩につまついて／肌《はだえ》につめたき汗を流し）山刀伐《なたぎり》峠を越え、やっと尾花沢に着いたわけです。

この時からでは五年前、野ざらしの長旅に疲れて半年以上何もできずにいた芭蕉は、小石川関口の清風亭に招かれての『古式百韻（七吟）』によって元気をとり戻したことがありました。其角や嵐雪・素堂その他、のちに蕉門何哲とかいわれた人々もいっしょの七人の会でした。

涼しさの凝り砕くるか水車　清風
青鷺《あおさぎ》草を見越す朝月　芭蕉
松風の博多箱崎露けくて　嵐雪
酒店の秋を障子明るき　其角
社日来にけり尋常《よのつね》の煤掃くや　才麿
舞ふ蝶仰ぐ我にしたしく　コ斎
道の記も今は其儘に霞籠め　素堂

おそらく芭蕉は、このときの「涼しさの」の発句を覚えており、清風も自分の句を覚えてくれていたことをわかっていたのだと思うのです。

「さみたれをあつめ」た最上川についても船に乗っている時は「早し」、一栄宅に着いてか眺めた時は「す、し」などとし、時と場所によってことばを選ぶという工夫がなされています。立句《たてく》（歌仙の中の発句）と地発句（独立して一句になったもの）との使い分けなどにもよく用いる方法です。

和泉屋久米之助（当時十四歳の少年）が入門を願い出たのでこれを許し、「桃妖」という号を与えた時の例もそうです。その際の歌仙の発句が前記※印の句であるのですが、同席の連衆に対し「其葉ちらすな」などといって「この若者のゆくすえを見守ってやってほしい」という気づかいまでしているのです。

森川許六の『篇突』『宇陀法師』の中には（先師一生の骨折りは、ただ俳諧の上に極まれり）

（先師常に語りていはく、発句は門人の中、予に劣らぬ句する人多し、俳諧においては老翁が骨髄、と申されること毎度なり）とありますが、まさにその通りであるといえましょう。

推敲のあとに

　歌仙の作もさることながら、いわゆる属目の吟もすばらしいものばかりです。その中でも、何はともあれ第一の作は、

〈閑さや岩にしみ入蟬の声〉でありましょう。

　もし仮に、あそこで清風や素英・風流らの立石寺行への勧めがなかったとしたらこの名作は生まれていなかったことになります。そしてもし仮に、『おくのほそ道』中にこの句が入っていなかったとしたらどういうことになるのでしょうか。

　十日間の滞在後、尾花沢から大石田・出羽《いづは》三山・鶴ヶ岡・酒田・象潟の予定であることを知ってはいても、清風らにとっては自慢の聖地、慈覚大師円仁開基の立石寺には是非立寄ってほしかったのでありましょう。

　たとえ逆方向南へ七里の道のりとはいえ、全山百万坪、凝灰岩の奇石群であり、天台寺院として八百年以上の歴史を誇る宝珠山立石寺には何としても足を運んでもらいたかったのでありましょう。

　あそこならば当然のこととして芭蕉の詩ごころに火がつくであろうと、清風らの誰もが予測していたのではないでしょうか。

　曽良の日記には〈廿七日　天気能。辰ノ中尅、尾花沢ヲ立テ立石寺へ趣。清風ヨリ馬ニテ館岡迄被送ル〉とあります。

　筆者も立石寺には三度行き千十五段を二回登りましたが、途中「蟬塚」から「開山堂」「五大堂」辺りまで、この名作が何にもまして励ましになったものです。

　この句について尾形仂先生は、

「――句の発想に深くかかわったものとして、中国天台山国情寺の閑寂境をうたった「寒山詩」の存在を逸することはできない。初案の〈山寺〉〈石〉〈蟬〉という取り合わせの発想の底には、〈寒山ノ道、無シ二人ノ倒ル一、……有リテ二蟬ノ鳴ク一、無シ二鴉ノ噪グ一……石磊磊《らくらく》トシテ山隩隩《おうおう》……〉などの詩句のイメージが二重映し的に焼きつけられている」

「この句が『おくのほそ道』きっての絶唱とされる

ゆえんは――〈しみ入る〉の措辞を通して、作者の心が蟬の声と一つに融け合い、重巌《ちょうがん》の奥深く浸透して、宗教的ともいうべき一大閑寂境に到達していることでなければばならない。その景情一致の澄心の世界は、禅的悟入の境地にも比せられよう」（新編「俳句の解釈と鑑賞事典」）といわれています。

筆者もかねがね、「蛙」が水に飛込んだ音を用いることによって物音ひとつしない古池の静寂を強調したあの手法や、「蟬の声」を「岩にしみ入」らせることによっていちだんの寂寞《せきばく》を表現するというこの手法には、ほとほと参っていたところでもありました。

それにしても当時日本の文人らにとって、そして芭蕉にとって、中国北方の歌謡集『詩経』以降漢・晋・唐・宋の詩歌はバイブル的存在であったのでしょう。宋代の詩人王籍の『入若耶渓（若耶渓《じゃくやけい》に入る）』を芭蕉が読んでいない筈はありません。その五言律詩の一部にはこうあります。

（陰霞遠岫《えんしゅう》に生じ／陽景回流《かいりゅう》を逐《お》う／蟬噪《さわ》いで林逾々《いよいよ》静かに／鳥鳴いて山更に幽《ゆう》なり）

山寺の丘陵から少し離れたところにある芭蕉記念館や風雅の国一帯が箱庭のように見渡せる辺りに立つと一介の参詣人でしかない自分でも王籍の爪の垢を飲んだような気分になります。

「蟬」が何蟬であったかの小宮豊隆と斎藤茂吉の論争もよく知られていますが、筆者は筆者なり勝手にアブラ蟬であっただろうと決めつけています。

小宮説のニイニイ蟬は五十日内外で孵化するのに対してアブラゼミは三百日もかけて孵化し、鳴けるようになってから一、二週間で生を終えるといわれています。しかも「岩に」「しみ入」鳴き方といえば、これはもう命を込めて鳴くアブラゼミでしかない、小宮氏や茂吉がどういおうと心情的にそうでしかない、と思っているのです。ひょっとすると、師の号「蟬吟」が芭蕉の頭のどこかにあったのかも知れません。

しかしながらこの名作も、はじめからこうであったわけではありません。前記尾形先生も触れていられたとおりはじめは、

山寺や石にしみつく蟬の声（曽良日記）でありま

した。これを修正して、

A　さびしさや岩にしみ込むせみのこゑ（泊船集）

B　淋しさの岩にしみ込せみの聲（壬申日誌）

C　閑さや岩にしみ込蟬の声（陸奥衛）

としています。

A・Bの「さびしさ」「淋しさ」はCの「閑さ」とは質的に全然違いますし、「しみつく」とか「しみ込」とかいう語にもリリシズムを感じることができません。土台「つく」とか「込」とかは日常会話の一節に動詞として用いはしても、詩のことばではないと思うのです。そして更に「さびしい」とか「かなしい・うれしい」などは読みてが感じとるものであり、表現者である作りてが用いる語ではありません。

尾花沢へ入る前日（あるいは前々日）にも尿前の関「封人の家」の条で同じようなことをやっています。「蚤虱馬のばりこくまくらもと」（泊船集）の「ばりこく」を、曽良の意見でも聞いたのでしょうか「ばりつく」になおし、結果として『おくのほそ道』にある「蚤虱馬の尿《ばり》する枕もと」（「尿」を「しと」と読ませている著書も多くありますが、自筆本には「尿《ばり》」と仮名がふってある）の形にしています。

芭蕉という人は存外すなおな人柄であったといいますから、推敲の過程がどうだったにせよ、直接にこれらを指摘されても受けいれたのではないでしょうか。それどころか恐らく彼は、うす笑いを泛べながら肯くのではないかと思っています。

紅花への思い

出羽路と北陸路の分岐点である鼠ヶ関を境にして芭蕉の足はかなり速まっている感じがします。

実際には江戸を三月末に出発して六月までは主にみちのくを歩き、七月一日村上から弥彦に向っているのですから、八月の大垣着まで、距離は別として日程的にはこのあたりが半ばすぎであったわけです。

「ほそ道本文」にも「―― 加賀の苻まで百三十／里と聞鼠の関をこゆれば／越後の地に ――」とあって、ここまでくれば全六百里の終点が見えたという書きぶりになっています。以後は出雲崎・市振・金沢・山中・敦賀へと、海べりをまっすぐ歩くこととなり特に立寄りたい場所もないというふうでありました。

したがって、誰かといっしょの句作りは少なくなってせいぜい直江津での連句二十句、小松での五十韻（百韻を半分で終わらす形式）ぐらいのものであり、あとはその場その場での実感、市振の遊女との出逢いや、小松一笑の死を知らされて驚ろき涙するなどの属目吟が中心になっています。

そこで今回は筆者が特にこだわりを持っている二句、「まゆはきを――」と「暑き日を――」を順次取上げてみたいと思います。

まゆはきを俤にして紅粉《べに》の花

この句は、単にこの地特有の紅花にちなんだということだけでなく、十日に及ぶ滞在中丁重に遇してくれた清風への挨拶であり、もう一つ芭蕉ならではの特別な思いのこもったものであると思います。

句の意味としては「女人の使う化粧道具の眉掃きを想わす形で紅花が咲いている」というただそれだけのものといえます。しかし、もう一つ次に挙げるような芭蕉ならではの想いがあったのではないかとこだわらざるを得ないのです。

それは偶然にも芭蕉の故郷伊賀上野が同じ紅花の産地であったということです。

ただこちらの方は、大和名張川の渓谷沿いに続く月ヶ瀬梅林の梅の酸液を利用したもので、臙脂花《べにばな》と呼ばれているものでした。各地からきた「花餅」を加工する際に使われたものだろうという人もいますが、質も量も尾花沢のものとは比較にならぬ小さな規模であったそうです。

それにしてもこの句について考えるとき、この事実を抜きにして云々することはできないと思うのです。

「おしろいを塗り口紅をひく女人の、紅白のあでやかさをねらったのだろう」という解釈も多くありますが果してどうでしょうか。

このときの芭蕉は、藤堂良忠（蟬吟）に従って京の北村季吟のもとへ通ったこと、そしてその後も何につけて歩いたあの道を思い出さぬ筈はなかったのでありましょう。

十五年前の延宝二（一六七四）年春、連歌・俳諧の秘伝書ともいわれる『俳諧埋木《うもれぎ》』を季吟から伝授されたときには胸はずませて往き来した道でもありました。

良忠在世中に催した「貞徳翁十三回追善俳諧」の中にも当時の喜びを表現した一句があります。

野は雪にかるれどかれぬ紫苑哉　蟬吟
鷹の餌《え》ごひと音《ね》をばなき跡　季吟
けふあるともてはやしけり雛《ひいな》迠　一以
月のくれまで汲むもゝの酒　宗房

蟬吟が自らの師の「師恩」にかけて「紫苑」を詠み、一以がそれを「もてはやし」芭蕉もうれしい酒宴にいる、というのです。

二人が尾花沢に着いたのは五月十七日、今の七月三日のことですから紅花の「花餅づくり」真最中、猫の手も借りたい繁忙期でありました。自宅前の庭先で弟子の素英といっしょに作業の指揮をしていた清風も到着した二人の姿を見てさぞ嬉しかったことでしょう。

彼は予め、堺田の「境目《さかいめ》の関」（尿前の関）に手を打っていたのでした。――この関の九代の関守遊佐甚之丞は生真面目で警護が厳しく、手形を持だない者などは簡単に通さないということでしたが、難なく通過できたというのです。そればかりか、雨の山道では危険だろうということで二泊、同地肝煎りの名家「封人の家」（有路家）に世話になっています。蚤や虱、馬の強烈な放尿の音に悩まされながらとはいえ、破格の扱いを受けていましたし、山刀伐峠の難所越えには護衛を兼ねた案内人までつけてもらっていたのです。

紅花の年産千数百駄（「一駄」は馬の背中左右に下げた二袋）金額にして十万両ということであり新庄藩

（六万八千石）や山形藩（十万石）へ多額の融資をし、財政援助をしていた清風の力がわかろうというものです。

彼は本名を鈴木八右衛門道祐といい、出羽国尾羽根沢（後尾花沢）の大地主の子であり、島田屋を屋号とする紅花問屋でもありました。

京・大阪・江戸へは頻繁に出向き、三井秋風や伊藤信徳・池西言水・菅野谷高政ら財力や才能に富んだ人々と交流を深め自らも『おくれ双六』その他の書を出していました。

一匁が金一匁という紅花は、西陣織の染色剤や女性の口紅、菓子・食品の着色、漢方薬（通経・腫瘍の妙薬）として使われました。

筆者はこれも偶然に先日、広重美術館で歌川広重の絹本着色『両都芸妓図』（きぬ地に直接描いた等身大に近い絵）を見ました。左右向きあわせになった二幅の絵でしたが、その装いの違いにびっくりしました。京の芸妓の下唇が濃い玉虫色で「紅を極端に厚くする」という手法、江戸の風俗とは全然違うのです。詳しいことはわかりませんが簪《しん》と笄《こうがい》を平行に刺す髪形は同じながら、口紅のさし方は明らかに違っていました。お座敷ごとに塗りなおしたりしたのか、置屋や見番で資金は出したのか、つまらぬことを考えながら「紅花」への思いを改めて強くしたのでした。

最上川（一）

暑き日を海に入レたる最上川

この句について考えるとき、もう一つの「**涼しさや海に入たる最上川**」を無視することはできません。（暑き日を――」は「ほそ道本文」に、「涼しさや――――」は酒田での歌仙にあるものです。

（川舟に乗て酒田のみなとに下ル
　淵庵不玉と云医師の許を宿とす
あつみ山や吹浦かけて夕すゝみ
暑き日を海に入レたる最上川）と本文にあり、

（六月十五日、寺島彦助亭にて
涼しさや海に入たる最上川　　翁
月をゆりなす浪のうき見る　　寺島詮道
黒がもの飛行庵の窓明て　　不玉
――中略――
かばとぢの折敷作りて市を待　　ソラ）

と「曽良書留」にあります。

（暑き日を――）は当然のこと、本文を執筆する際に不玉らへの挨拶句であった（涼しさや――）を改めたものであるのでしょう。

一方は「涼しさの中、最上川が海に流れていった」一方は「最上川が太陽を海に沈めた」というのです。「暑き日」の「日」が、「太陽」のことであったのか、「暑い一日」のことであったのかについてはなお議論になるところでしょうが、とにかく「最上川が」「暑き日を」「海に入レた」というのです。

もともと仮名遣いのあり方としては「入たる」と書けば「イリタル」と読むのが普通ですからあえて片仮名の送りがな「レ」を使ったのにはそれなりのこだわりがあった筈です。

「万葉仮名」や「平安期（定家）仮名遣」「行阿（源知行）仮名」等を受継いだといわれる下川契沖（一六四〇～一七〇一）の仮名遣いの研究書（『和字正濫鈔』、『和字正濫要略』）ほかがいつ出されたのかは別として、同時代の芭蕉（一六四四～一六九四）は、独自の判断によってこうしたのでありましょう。

その証拠に『野ざらし紀行』の冒頭では（秋十とせ却而江戸を指ス故郷）とし、「指ス」の動詞に活用語尾を入れたり、「却而《かえって》」の「而」を漢詩・漢文式に用いたりしているのです。

反対に語尾に入るべき「仮名」を省略しているものも数多くあります。

碪《きぬた》打てわれにきかせよや坊が妻
ほとゝぎす消行方や島一つ
星崎の闇を見よとや啼千鳥
此松の実ばへせし代や神の秋　等々――

同じことは、蕪村・一茶をはじめとして共通であるのですが、いずれにせよ「暑き日を――」のこの作は、いわゆる連句から離れた独立の「地発句」、つまり属目の吟であるといって差支えないのではないでしょうか。

最上川（二）

平成十八年五月二十五日（木）の午後、川田順さんと一緒に、酒田日和山公園の中腹から最上川を眺めたことがありました。

公園の麓から堤防近くまでまばらに建物はありましたが、目の前に見える流れはまさに悠然たる姿でありました。川面の輝やきが何ともいえず美しく、まるで、一面輝やきが流れているかのようでありました。

ゴールデンウィーク明けの晴天の日、河口の落陽という工合にいかなかったのは残念でしたが、この日は朝一番にライン下りの船にも乗っていましたし、本間美術館や山居倉庫・旧鐙屋から「不玉亭跡」まで、川田さんのプラン通りに見ることができていましたから、文字通りのいい日、いい旅でありました。

このあとは、明日、荻生徂徠や太宰春台ら、古文辞学派のメッカである鶴岡藩の藩校「致道館」や藤沢周平の「蝉しぐれ」の里を巡るために湯田川へ行き、周平の定宿「九兵衛」に入る予定でありました。（「九兵衛」は、周平、実名小菅留治が地元の教師時代担任した女性が経営する宿、生家を失った周平が帰郷するたび使った一部屋を川田さんが予約してくれていました）

いずれにせよ「暑き日を――」の句には、疲れて着いた際の挨拶句「涼しさや――」にはない力強さが籠っているように感じられます。いつどんなふうに修正したのかはわかりませんが、疲れたからだを休めた後の気迫めいたものを感じるのです。

時間の都合もあって、この日最上川が夕陽を海に入る場面はみられなかったのですが、むしろそうであったからこそ、最上川が自らの意志で「暑き日を」「海に入ㇾた」とした芭蕉の気迫に触れることができたようにも思うのです。

この句はもう、持病を抱えた病者のものではないということができましょう。

それかあらぬか、芭蕉の行くところ医をなりわいにする人が多いという事実があります。

酒田の場合は不玉（伊藤玄順、医名淵庵）を頼ったわけでありましたが、これもおそらく鶴岡で体調を崩した芭蕉を気づかった曽良の配慮であったのでしょう。

天和二（一六八二）年の江戸大火に罹炎し、甲州富士ヶ根に移る際に同行した芳賀一晶も医者でありました。

「千里に旅立て路粮《みちかて》をつゝ、ます、三更月下無下に入――」と、死を覚悟した「野ざらしの旅」の途中には山本荷兮、「猿蓑」づくりの最中には野沢凡兆、「鹿島紀行」には本間自準――そして最期を看取る望月木節まで、「肝心なところにいつも医師《くすし》あり」という状況でありました。

この一句も、周囲の人々の気づかいによって回復した気力の賜物、そういうところから生まれた傑作といってよいのではないでしょうか。

芭蕉と曽良の宗教観

神道家であった曽良は旅日記の中で神社へ行った場合には「参詣・参拝・拝し奉る」などとし、寺の場合には「行く・見る・見物する」などとはっきりした書き分けをしています。

これについては一九八六年に上野洋三氏が、二〇〇二年に村松友次氏がそれぞれの著書に取上げていました。

しかし、筆者の場合、別に自慢することでもありませんが、授業の教材研究をした際、すでに三十年以上前に気づいていました。

いま改めて『曽良旅日記』を見直してみるとそのこだわりはやはり顕著であり、「区別」というよりむしろ意図的に「差別」しているというふうなものになっています。

例えば日光東照宮では、長い時間待たされた挙句に許可されたにも拘らず（未ノ下尅迄待テ御宮拝見）とあり、金丸八幡宮でも（八幡参詣）那須の温泉神社では（午ノ上尅湯泉へ参詣）（正一位ノ宣旨・縁起等拝ム）とありまず。宝物や縁起物をさえ「拝ム」として敬虔この上ない表現をしています。

それに対して寺院の方は、臨済宗の名刹雲巌寺でも（雲岩寺見物）であり、（中尊寺・光堂（金色寺）――等ヲ見ル）以下「日蓮ノ御影堂ヲ見ル」「薬師堂其外町辺ヲ見ル）（西福寺へ寄ル）などとごく極端な使い分けをしています。

ですから出羽三山に到着した際には、一挙に三山六柱の神前に侍るということで、うれしさ疼く思いであったに違いありません。

（先、羽黒ノ神前ニ詣）

（月山ニ至。先御室ヲ拝シテ――）と書きます。

羽黒山（出羽《いでは》）神社……伊氏波《いでは》ノ神・稲倉魂《いなくらたま》ノ命

月山（権現）神社……月読《つく》ノ命・（官幣大社）

湯殿山神社……大山祇《つみ》ノ神・大己貴《おおむち》ノ神・少彦名《すくな》ノ神

しかし、神社・仏閣に対する芭蕉の構えはそうではありません。

神宮・神社への尊崇は人一倍強く、決して曽良に退けをとることはありませんし、寺を差別するというようなこともありません。

この旅が終わるとすぐ「長月六日になれは伊勢の遷宮おかまんと又舟に乗て」（ほそ道本文）として伊勢神宮の遷座祭に行っていますし、ここ東叡山寛永寺別院の僧会覚阿闍梨に対しても極めて謙虚でありました。

（　武江東叡に属して天台止観の
　月明らかに円頓融通の法の燈か丶け
　そひて僧坊棟をならへ修験行
　法を励し霊山霊地の校験人貴ヒ
　且恐ル　繁《トコシナヘ》栄長にして日出御山と可謂《いいつべし》）

芭蕉の宗教観は、曽良とは明らかに違うものであったといえましょう。

図司佐吉のこと

涼しさやほの三か月の羽黒山
雲の峯幾つ崩て月の山
語られぬ湯殿にぬらす袂哉

これら三山に対する修験道への畏敬と山（一九八〇メートル）自体を御神体とする聖地への述懐を味読すべきであることは論を待ちません。しかも、その前書に（坊に帰れは阿闍梨の求に仍て――）とありますから、迎えた人々とのつながりもそれなりにわかろうというものです。

曽良は勿論のこと、案内した地元手向《とうげ》村の呂丸（露《ろ》丸《がん》）もさぞうれしかったことでありましょう。

六月四日に催した歌仙一折の表六句（九日に満尾）の発句と脇にも、

（有難や雪をかほらす風の音　翁
住程人のむすぶ夏草　露丸　）

（以下、曽良・釣雪・珠妙・梨水ら――発句下五の「風の音」は、「南谷」として「ほそ道」本文に）とあって呂丸のよろこびがよくわかります。

呂丸（近藤佐吉）は紺屋《こうや》、藍染めの名人、羽黒山別当寺にも顔のきく人物でありました。

「明後日《あさって》紺屋に今度鍛冶」（藍染めは今日頼まれて明日渡すというわけにはいかない、鍛冶もそのとおり、できるときにやる――つまり当てにならないことのたとえ）といわれるようにそれぞれマイペースで仕事をしていたのでしょう。

その呂丸が書いた有名な『聞書七日草』が不易流行の土台になったといわれるのも、南谷に七泊した芭蕉の教えを忠実に記録したものであったからなのでしょう。

そうしたことがあったせいでしょうか、呂丸の死をいたく悲しむ芭蕉の姿があります。

元禄六（一六九三）年三月五日付、岸本八郎兵衛（公羽）宛書簡には、

（呂丸追前之句とて告（げ）こし申候）とか同じ三月十二付には、

（返（す）〳〵佐吉事難レ忘打寄（り）〳〵申出（で）候）

（呂丸生前之内之事に而御座候）

（兼て呂丸・重行すゝめのよし、いかにも他の手筋に而毛頭無二御座一）

（かゝる事に付（け）ても呂丸残念ニ存候）などとあります。

岸本八郎兵衛という人は酒井十四万石鶴岡藩の藩士、当時江戸詰。芭蕉が酒田で世話になった長山重行の下臣であったそうです。この重行と図司佐吉は縁続きでもありました。

『おくのほそ道』羽黒山の条を、呂丸ではじまり呂丸で終わらせるという構成にしたのも、こうしたもろもろのことが背後にあったからではないのでしょうか。

「切れ」の重視

A　象潟の雨や西施がねぶの花

B　象潟や雨に西施かねふの花

今回は、この両句から芭蕉の「切れ」への執着について蘇軾の詩を参考に考えてみようと思います。

Aは、どちらかといえば「わらふかこと」き松島に対する「うらむかこと」き「象潟の雨」への詠嘆であり、Bは、「雨」が「西施」以下を修飾する形になっています。つまりBは中国春秋時代、越の、薄倖の美女「西施」（蘇軾の詩では「西子」）とそれを象徴するかのような「ねふの花」に係っていくというふうになっています。

この両句、表記のほかには「や」の位置が違うだけでありましたから、そのありどころについてはこれまで殆ど問題にされてきませんでした。

しかし、ことのほか「切れ・切れ字」を重視する芭蕉を考えるとき、これを見のがして論じることはできないと思うのです。

芭蕉の考えはこうです。

「切字を入《いる》るは句を切るため也。切れた句は、字を以て切に及ず。いまだ句の切《きれ》る、切れざるを不知《しらざる》作者のため、先達、切字の数を定《さだめ》らる。此定字《さだめじ》を入《いる》る時は十に七八は自《おのずから》句切《きる》るなり。残る二三は、入《いれ》て切《きれ》ざる句、又、入《いれ》ずして切《きる》る句あり――（『去来抄』）」

ここにいう先達とは鎌倉時代に連歌書『八雲抄』を書いた順徳天皇・室町期の池坊専順・飯尾宗祇らのことだそうで、専順と宗祇は次の十八を切れ字として示したといわれています。（や・かな・けり・もかな・らむ・し・そ・か・よ・せ・つ・れ・ぬ・す・に・へ・け・じ）

ですから、芭蕉が「や」の位置をあえて変えたことについては、その意図をきちんと理解せねばならないということになります。

おそらく芭蕉は「象潟に降る雨」に対する感懐よりも、悲劇の美女と淡紅色の合歓の花を雨の中に置きたかったのではないでしょうか。そしてさらにそのことは、『おくのほそ道』本文の次の部分、まるで蘇軾を剽窃したかのような部分を読むことによってもよくわかります。

（――汐風真砂を吹上雨朦朧として
鳥海の山かくる闇中に莫作して
雨も又奇なりとせは雨後の晴色又
頼母敷――）

蘇軾の詩「湖上に飲む、初晴《はじめ》後雨ふる」には

（水光瀲灔《れんえん》として　晴れて方《まさ》に好く
山色　空濛として　雨も亦《ま》た奇なり
西湖《せいこ》を把《も》って西子に比《ひ》せんと欲すれば
淡粧　濃抹　総て相宜《よろ》し）とあります。

（淡粧《たんしょう》＝薄化粧　濃沫《のうまつ》＝厚化粧　傍線筆者）

以上のことから考えても「や」の位置は、Bのようでなければならなかったのでありましょう。

第六節　越後路から大垣へ

詩人の慟哭

荒海や佐渡によこたふ天河

佐渡ことばには京訛りがあるとよくいわれますが、順徳上皇や日野資朝・藤原為兼・世阿弥元清・文覚・日蓮などと多くの人々が各地から流されたせいでもあるのでしょうし、今でも能舞台が残っていたりする風土などにも起因するのでしょうか。

慶長年間、幕府が直轄地として以来、相川金山はじめ各所で金の採掘が行われ、多くの流人が重労働を強いられた歴史もあります。

筆者も教師になりたての頃「宗太夫坑《そうだゆうこう》」という金山跡を訪れて、泥まみれの恰好で作業する電動人形を見たことがありました。資料館にも珍らしいものが沢山あったのを覚えています。

それから三十数年後、家族で佐渡一周をした際には、運転する息子の意向に従って「根本寺」へ登ったことがありました。流罪になった日蓮が最初に幽閉されたとかいう場所で、凸凹の曲りくねった山路――大型の車でも気分悪くなる程に揺れましたが、それゆえにこその感動がありました。

「荒海や――」の句について荻原井泉水氏は「――出雲崎で初秋のころ宵月の落ちる時刻に、天の川は佐渡の方へ横たわらないで、町筋と同じ方向に流れて、彌彦山の方へふり懸かる」といっております。

同じく飯野哲二氏は「――佐渡は出雲崎の北北西にあって、銀河の流れと方向を異にする。それは出雲崎から佐渡が島一帯の半天を、北北東から南南西の方へ流れている」といっています。

だから、天の川の位置が実景と違っていることは大問題であるというのです。このほかにも俳句以前の問題であるとして同じことをいう俳人や評論家が多くいるのは周知のことですが、果してそうなのでしょうか。

立石寺での「――蟬の声」の「蟬」の議論とは少し性質が違うとは思いますが、こうした指摘はどう考えたらいいのでしょう。

芭蕉はもしこれらのことを知らされたとしてもあまり問題にしないのではないか、「たかだか二百字に満たない小論ではあるが、この旅の途中に書いた俳文『銀河之序』を、よく読んでほしい」と腹の内で思い、笑みを泛べるのではないでしょうか。

ちなみに山本健吉氏はこう書いています。

「――高い詩人的使命を自覚したものの慟哭の詩であり」「佐渡が島を媒體として、詩人の發想が幾重にも重層をなして、言葉を積上げ、結晶させたものである。」結論として「荒海とは」芭蕉の観念のなかに、あるいは詩魂のなかに形成されたイメージと言ってよい」といわれています。

まさにその通り、「ほんとうのリアリズムは現実の背後にある」（横尾忠則）のでありましょう。

良寛の芭蕉観

> 新池《あら》や蛙とびこむ音もなし　良寛
> 古池やその後とびこむ蛙なし　鵬斎

両句ともいわんとするところは同じ、昨今の俳諧界、芭蕉に続く人物はどこにもいないというのです。

鵬斎は江戸の儒学者亀田鵬斎のこと、文化元（一八〇九）年六月、良寛を尋ねて以来親しく交流するようになったそうです。

この当時は俗にいう化政文化の真最中、青表紙とか黄表紙とか呼ばれた草双紙（世を風刺した滑稽本）が流行して式亭三馬の『浮世風呂』や『浮世床』がベストセラーになったりしていました。『東海道中膝栗毛』の十返舎一九や『戯曲』の鶴屋南北、『美人画』の喜多川歌麿、『狂歌』の大田南畝、『西洋画・文人画』の丸山応挙・池大雅らが人気を博していました。

ところが、こうした状況は倹約を旨とすべき民心を乱すものであるとした幕府が在方芝居の興行を禁止したり、戯作者山東京伝や歌麿らを手鎖の刑に処したりしていました。

そうした中にあってもこの二人、幕府の抑圧などはどこ吹く風と大らかな表現で芭蕉賛歌でありました。

良寛といえば書を別としても短歌千三百首余、長歌・施頭歌・漢詩など多くの作品を残しているのは周知のことです。

その漢詩（六百編ある中の）「七言之部」に「芭蕉」と題した作品があります。

是翁以前無此翁　この翁以前にこの翁無く
是翁以後無此翁　この翁以後にこの翁無し
芭蕉翁兮芭蕉翁　芭蕉翁芭蕉翁
使人千古仰此翁　人をして千古この翁仰がしむ
（「兮」は音を調節する助辞）

良寛の作はひと口に二千以上といわれるのですが、その中に百句前後の俳句があることについては今まであまり問題にされていませんでした。

「好まないものが三つある。詩人の詩と書家の書、料理人の料理である」などともいっていて、既成のものにとらわれなかった良寛のこと、俳句の約束やきまりに拘泥しない、自由でのびのびしたものばかりです。二、三例をあげてみましょう。

〈鶯や百人ながら気がつかず〉

定家に選ばれた小倉山の百人の歌人達をからかっている句、「ながら」は「すべて」の意。

〈盗人にとり残されし窓の月〉

何もない庵に盗人が入った。慌てている盗人に羽織っていたものを与えてしまった。それでも窓の月があるからいいとしよう。

〈同じくば花の下にて一とよ寝む〉

西行さんは、「花の下にて」死んじゃったが、それより花の下で寝明かすほうがよい。

〈散る桜残る桜も散る桜〉

「何か御心残りは無之哉、と人問ひしに、死にたうなしと答ふ。又辞世はと人問ひしに、散る桜――と応えた」（この部分　相馬御風）。

出雲崎界隈

百五十余日を越える長旅のうちには、いつもいいことばかりというわけにいかないのが当然のことでありましょう。

『曽良旅日記』七月五日の項には次のような記述があります。

（――出雲崎ヲ立。間モナク雨降ル。至二柏崎一、天や弥惣兵衛へ弥三良状届、宿ナド云付ルトイヘドモ、不レ快シテ出ヅ。――中ノ下尅、至二柏崎一、宿たわらや六郎兵衛）

折角の弥三郎の紹介状を無視されて不愉快であったというのです。

翌六日の記録にも（――弥三郎状届。忌中ノ由ニテ強テ不レ止、出。）（聴信寺へ被レ召。再三辞ス。）歌仙の座に召かれたが再三辞退したといっています。

「弥三郎」というのは、『おくのほそ道』中、芭蕉・曽良以外にたった一人だけその作が載せられている低《てい》耳《じ》（「みの、国の商人」長良の宮部弥三郎）のこと、芭蕉の（汐越や鶴はぎぬれて海涼し）という象潟での句に対して（蜑《あま》の家《や》や戸板を敷て夕涼）としていた人物のことです。芭蕉も曽良もそれなりに重要視していた人物なのでありましょう。

そんなわけで二人は、六日の今町（直江津）から高田・能生を過ぎ市振に着く（十二日）まで足早にこの辺りを通過していました。

途中芭蕉が川の中で転び、濡らした衣服を河原で干したり着替えたりしたということもありました。

それにしても出雲崎といえば何はさておき『銀河之序』と良寛禅師でありましょう。

平成十四（二〇〇二）年の五月十七日、これも川田順さんといっしょに出雲崎へ行ったことがありました。最上川を船で下ったり、酒田の町へ行ったりしたときより四年も前のことでありました。

安田靫彦設計の良寛堂から歩いて十分とかからなかったでしょうか、妻入り屋根の家並みの先、道の反対側に「芭蕉園」という小さな公園がありました。

ごく狭い敷地の一角に旅姿の芭蕉像があり少し離れたところに『銀河之序』碑が建っていました。

この『銀河之序』碑は、昭和二十九年に森川許六の『風俗文選』から採って建てられたということでありましたから、服部土芳の『蕉翁文集』や林喜一氏所蔵のものなどより少し長文のものであったと思います。

できればノートに写しとれたらとも考えていたのですが、折からの雨、傘をさしながらではそれもかなわず、持参の参考書と比べたりするのが精いっぱいでした。

出だしの「ゑちごの国出雲崎」の「国」が「駅」になっていたり「東西三十余里海上によこをれふせて」の「海上に」が省略され「ふせて」が「ふして」となっていたりして、どの典拠とも違うところが他にも何処かありました。

良寛記念館の裏口のドアから外へ出ると、佐渡が島のよく見えるベランダがありました。

二人してしばらく黙り、海の彼方を眺めていました。川田さんが呟くように「荒海や――」の句を口ずさみましたが、筆者は別のことを考えていました。

いにしへにかはらぬものは荒磯海《ありそみ》と
むかひに見ゆる佐渡の島なり　良寛

佐渡相川の橘屋分家の娘であった十六歳の少女おのぶ（良寛の母）が半ば強制的に出雲崎の本家橘屋に嫁がされていたこと――

嫁いで間もなく夫新次郎（養子）とは別の以南（良寛の実父）と再婚するはめとなり、その以南も京都桂川で投身自殺をしてしまったというようなことです。

以南（重内）はもともと、信濃川舟運と俳諧で有名な城下町与板の大庄屋新木《あらき》富竹の二男として生まれたのですが、そのわりに不遇な幼少期を過ごしたといわれています。

四歳で父を失ない、後添えの夫を迎えた母親を十一歳のときに亡くし、以後義父に育てられたそうです。十九歳になったばかり、皮肉にも義父と同じ形で「おのぶの後添えの夫」として橘屋に入ることになりました。

橘屋に入ってからも、殆ど家業を顧みることなく俳諧三昧、各地を歩き回っていたといいます。与市に何度か来ていた談林の大物大淀三千風や芭蕉の門弟各務支考らの影響もあってでしょうか、芭蕉一辺倒であったそうです。

その師近青庵北溟《ほくめい》に「北越蕉風中興の棟梁」などといわれた程でありましたが、出雲崎きっての豪商敦賀屋と争って店を没落させ、時たま行方不明になったりしていたといいます。

橘屋の菩提寺円明院に行って過去帳を調べたりした人がいたそうですが、新次郎や以南の消息はわからなかったようです。

いずれにせよ、おのぶという人は薄倖の女性であったことは確かであり、三十余年の間心の休まる日はなかったのではないでしょうか。

彼女が四十九歳で亡くなったとき、良寛は備中玉島（岡山県倉敷市）の円通寺で修行中、二十六歳でありました。

八年後、師国仙和尚の死をきっかけに越後へ戻るまで母の死を知ることはなかったのでしょうか。

良寛の歌といえば、えてして乙子《おとこ》神社草庵付近で子供と遊ぶもの（――春日は暮れずともよし）を思いがちですが、これはむしろ特例といってよい程に少なく万葉集以下、古今・新古今・道元の道詠などに影響されたシリアスなものが大半です。

前掲の〈いにしへに――〉も母を思って歌った歌であるのでしょうが、次の一首はまごうことなくその思いを強くせざるを得ないものです。

たらちねの母がかたみと朝夕に
佐渡の島べをうち見つるかも

荘子への傾斜

一家に遊女も寝たり萩と月

虚構云々をさかんにいわれている句ですから、内容について詳しく書かれた前書きとともにじっくり読まねばならないのは当然のことです。

これは勿論、五年前の『野ざらし紀行』「捨子を見過ごして立去った件り」と「対」にして書いたものでしょうから、両者をきちんと比較しながら読む必要があります。

一振での本文には、

（——北国一の難所を越《こし》てつかれ／侍れば枕引よせて寝たるに一間隔《へだて》て／面《おもて》の方に若きをんなの声二人計ときこゆ／年老たるおのこの声を交《まじえ》て物語する／をきけは越後の国新潟と云処の／遊女成し伊勢に参宮するとて／此関までおのこの送りてあすは古里に／かへす文したゝめはかなき言伝なと／しやる也——あした旅たつ我〳〵にむかひて／行末しらぬ旅路のうさあまり／覚束なう悲しく侍れは見えかくれに／も御跡をしたひ侍らん衣の上の御情／に大慈のめくみをたれて結縁せさ／せ給へとなみたを落す不便の／事にはおもひ侍れ共我〳〵は／所〳〵にてとゝまる方おほし／唯人の行にまかせて行へし／神明の加護必つゝかなかるへ／しと云捨て出つゝあはれさ／しはらくやまさりけらし——）とあります。

そして『野ざらし紀行』「捨子の条」には、

（富士川の辺《ほとり》を行に三ツはかりなる捨子の哀れに泣あり此川の早瀬にかけて浮世の波をしのくにたへす露はかりの命まつ間と捨置けむ小萩か《（が）》もとの秋の風こよひやちるらんあすやしほれんと袂より喰物なけてとをるに

猿をきく人すて子にあきのかせいかに

いかにそや汝ちゝにゝくまれたるか母にうとまれたるか父はなんちを悪ムにあらし母は汝をうとむにあらし唯是天にして汝か性のつたなさをなけ）とあります。

一方は遊女、一方は捨て子、いずれも世に見離された悲しい存在であるにも拘らず、

「――神明の加護つゝかなかるへしと云捨て出つゝあはれさしはらくやまさりけらし」

「――小萩かもとの秋の風こよひやちるらんあすやしほれんと袂より喰物なけてとをる」

と同情しながら結局突き放してしまいます。

自らの手で施しようのないものに対してはただ無限者たらざるを得ず「我々は道中留ることが多いので同行はできない、同じ方へ行く人のあとをついて行け」とか「〈猿鳴クコト三声ニシテ涙ハ裳《もすそ》ヲ沾《うるお》ス〉などとした詩人達よ、この子に吹く秋風をどう受けとめるのか」と訴えているのです。

芭蕉はもともと『荘子』を心の柱にしていました。芸子の見習い、半玉にもならぬうちから奉公させられた遊女にも、間引きそこねで生まれてしまった幼な子に対しても、その運命は甘受する以外にないとする荘子の思想を地で行く生き方をしていたのでしょうか。

荘子の人間に対する根本思想は「あらゆる対立と差別とを越えて一切をそのままに包容し、肯定する無限者たれ（内篇『斉物論』篇）」ということでありました。「曽子《そうし》（曽参）」とまぎれぬように「荘子」を「そうじ」と濁って呼ぶという説があり、名前を「そうし」著作を「そうじ」と区別している習慣もあるそうですが、いずれにせよ『荘子』の思想は古くから多くの日本人に影響を与えてきました。

もともと老荘思想は、それまでの儒家による治国平天下の政治哲学に対して、個人の生き方を問題とする人生哲学として生まれたものでありました。（森三樹三郎『老子・荘子』）

五百年後に入った仏教でも『般若経』の「般若」は一切皆空の理を明らかにする知恵として「すべてを空（無）にして、この世にあるものの一切を平等・無差別に見ることが悟りへの道に近づく」としていました。ところが荘子の考えはそれよりも進んだものであったようです。

「空といい無というが、その無はあらゆる有の根本にあるもの――無極・無限でなければならない。無限

者の立場に立てばこそ、あらゆるものは対立と差別を失い、平等無差別となって無限者のうちに包容されてしまう筈である」というのです。

こうした道教の考え方は、日本の中世以降禅宗の僧侶らによって喧伝され、談林俳諧にも西山宗因門の岡西惟中《いちゅう》らによって持ちこまれていたといいます。

『笈の小文』の書き出し〈百骸九竅《きょう》の中に物有――〉も荘子の『斉物論』の一節〈百骸九竅六蔵眩《そな》ハリテ存ス〉から採ったものでありました。

『おくのほそ道』執筆の為、人の出入りを制限して宣言した『閉関之説』(元禄六年七月)にも、

(――世のいとなみに当て貪欲の魔界に心を怒《いから》し溝《こう》洫《きょく》におぼれて生かすことあたはずと、南華老仙の唯利害を破却し老若をわすれて閑にならむこそ老の楽しみとは云《いう》べけれ、人来れば無用の弁あり、出《いで》ては他の家業をさまたぐるもうし《(憂)》――)と書いています。

ここにいう「南華老仙」というのは荘子のことであり「――貪欲の魔界に心を怒らし溝洫におぼれて生かすことあたはず」は、まさに遊女や捨て子に対する心のありように重なるものといえましょう。

深川に退隠する前の延宝の末、『斉物論』中「夢に蝴蝶となる/栩栩然《くくぜん》として蝴蝶なり」から「栩栩然」を採り、自らの号を「栩栩然花桃夭《よう》」などとして印記したことなどもありました。

しかし荘子に対して関心を持っていたのは、ひとり芭蕉だけではありませんでした。河南仏頂をはじめ尊敬する天龍寺の大夢和尚や大巓禅師、蕉門では丈草・嵐雪・杉風・園女・知足・業言その他、大勢の人々がいたということでありました。

小杉一笑への思い

塚もうごけ我泣声は秋の風

倶利伽羅峠を越えて金沢に入り、小松へ向うまでの九日間、曽良が記している一行(ここから立花北枝同行)の動きと『おくのほそ道』の内容とは随分違った

ものになっています。
私見を交えて『曽良旅日記』を要約すると次のようになります。
七月十五日　金沢に着き、まずは竹雀・一笑に連絡。竹雀・牧童（北枝の兄）来る。一笑は昨年十二月六日急逝したと知らされる。享年三十六歳、辞世の句が「**心から雪うつくしや西の雲**」（法名「浄雪」）であったことも、この時に聞いていた筈。

十六日　宮竹屋喜左衛門（蕉門の俳人小春《しょうしゅん》の父、旅宿・駕籠・酒店）方へ。

十七日　源意庵（北枝亭）　ここで

A「**あか〳〵と日は難面《つれなく》も秋の風**」

十八日　快晴。

十九日　快晴。各来る。

二十日　少（松）幻庵（斎藤一泉亭）　ここで

B「**残暑暫《しばし》手毎にれ（科）うれ瓜茄子**」

二十一日　快晴。高徹に逢。

二十二日　願念寺で一笑追善会。　ここで

C「**塚もうごけ我泣声は秋の風**」

ところが「ほそ道本文」で芭蕉は、まず二十二日の作「塚もうごけ――」を冒頭に掲げ、そのあと二十日の作「残暑暫――」（後、「秋涼し手毎にむけや瓜茄子」と改作）、またその後へ十七日の「あか〳〵と――」としており、A・B・Cを逆にしているのです。
つまり、感動の中心が何かの問題であったということでありましょう。
本文の一節に（――一笑と云ものは此道にすける名のほの〴〵聞へて世に知人も侍りし――）とあるとおり、加賀俳壇の俊英といわれやがては蕉風の一翼を担う人物として期待されてもいたようです。
一笑の代表的な句、

木枯に月のすわりし梢かな
遠方《おちかた》に鼻かむ秋の寝覚《ねざめ》かな

などは、その澄んだ心境とともに文字通り芭蕉好みの作であったといえましょう。

はじめて逢うことを楽しみに金沢まで来て、よもやの訃報に接することになる――芭蕉にとってこんな大きな衝撃はなかったと思います。

「塚もうこけ」は大袈裟に過ぎるという意見もありますが、漢詩の場合にも秋風のことを「愁風」とか「悲風」「凄《せい》風」とかいう例があります。

「いま吹いている秋風の音は、私の泣き声なのだ。少しでもいいから動いて見せてくれ」という墓石への呼びかけは決して誇張ではないといえるのではないでしょうか。

むしろ、この後の作「**むさむやな甲の下のきり〳〵す**」「**石山の石より白し秋の風**」「**物書て扇引割《ひきさく》名残哉**」等にも、その余韻はひきずられているといえなくもありません。

敦賀「気いの明神夜参」のこと

(――十四日の夕暮つるかの津に
宿をもとむ
其夜月殊晴たりあすの夜もかく
あるへきにやといへは越路のならい
明夜の陰晴はかり難しとあるじに
酒すゝめられてけいの明神に夜参す――)

曽良が手配してくれていた出雲屋という宿に着いたその夜、月が殊のほか美しかったので明日の夜もこうだといいのだがといったら「それはだめだ、この辺りではあしたの天気は予測できない」といわれた。そこで念のため、酒のあとではあったが気比神宮を夜参することにした、というのです。

かつて松岡藩の藩士でもあり、この地にながく住む等栽といっしょでしたから二人ははじめからそれを知ってはいたのでしょうが、ここはすなおに主弥市郎のことばどうりにしたのでありましょう。

次の日はその通り、

「――十五日亭主の詞にたかは《（わ）》す雨降
名月や北国日和定なき　」
ということとなってしまいました。
「――社頭神さひて
松の木間に月のもり入たるおまへの
白砂霜を敷るかことし往昔
遊行二世の上人大願発起の事
ありてみつから葦を刈土石を荷
泥渟をかは《（わ）》かせて参詣往来の煩
なし古例今にたえす神前に
真砂を荷ひ給ふこれを遊行砂持
と申侍ると亭主のかたりける
月清し遊行のもてる砂の上　」

伊奢沙別《いざさわけ》命を主祭神として日本武尊命や帯中津彦《たらしなかつひこ》命（十四代仲哀天皇）以下、息長帯姫《いきながおびひめ》命（神宮皇后）とその子誉田別命《ほんだわけのみこと》（十五代応神天皇）皇后の妹豊姫《とよひめ》命、そして武内宿禰など七柱もの神々を祀った気比大明神は北陸道の総鎮守でありました。

主祭神伊奢沙別命に他の六柱を合祀したのが大宝二（七〇二）年のことであったといいますから、その歴史は律令制度とともにあった、あるいはそれより前からあったといってよい程に伝統ある社でありました。

山中温泉で芭蕉・北枝と別れる際の曽良は、さぞかし熱っぽくその故事来歴を語っていたのではないでしょうか。

しかし建立以後の長い間この神社は、越前の国一の宮とはいいながら周囲の環境に恵まれず、ひどいぬかるみに悩まされていたそうです。参詣する人はどの方向から入ってもそのぬかるみに苦労し、二足の履物を使って社殿まで行ったという話があります。

汚れた履物をとりかえて、威儀を正し、謹んで拝んでいる人々の姿を髣髴とさす何とも嬉しいエピソードではありませんか。

ここに「葦を刈」って「土石を荷」い「泥渟《でいてい》をかはせ」る「遊行砂持」が登上することとなったのでありましょう。

『一遍上人伝絵巻』

芭蕉がいう「遊行二世の上人」というのは、一遍上人のすぐ後を継いだ「他阿真教」という人のことです。真教は、師一遍の念仏勧化に文字どうり忠実に従い、人々の苦難に向きあいながら全国各地を布教し、敦賀にも来ていました。のちに時宗十二派の一つ遊行派をおこして「時宗第二の祖」ともいわれた人物のことです。

そもそも一遍上人（一二三九～一二八九）は文永十一（一二七四）年熊野権現で修業し〈十界依正一遍体〉〈万行離念一遍証〉等の「頌」を得、そのほめことばの頌の中にある「一遍」を号としたのでした。

この文永十一年という年は、日本にとってただならぬ年、ジンギス汗の孫で元《げん》帝国の創設者フビライによって壱岐・対馬を攻めたてられ、肥前や筑前にまで上陸を許すということがあった年です。

当時元は南宋を滅ぼしたあと、高麗から吐蕃《とばん》（チベット）・ビルマ・タイ、さらに東ヨーロッパの国々を征服、ついに海を越えた日本をも標的にしたのでした。

弘安四（一二八一）年には范文虎率いる元軍十万人が鷹島の港に入って来、日本制圧にのり出していました。火器を用いたその戦法に恐れをなした鎮西御家人と称する日本軍は、やむなく太宰府に退却せざるを得なかったということです。

ただ幸運に二回とも猛烈な台風が九州地方を襲い、元軍の船がことごとく壊滅し難無きを得たということでありました。世にいう元寇、文永・弘安の役のことです。

こうした時代の背景があればこそ、宗教界といえどもひとり既成の陋習にとらわれていることは許されなかったのでしょうか、大きな変化の波に晒されることとなりました。続々と鎌倉特有の新興宗教が出現してきます。

仏教の世界では親鸞がそう、道元がそう、日蓮がそうでありました。

一遍上人もやや遅れ、建治一（一二七五）年、今こそ平安中期の僧空也上人の「自己主張をするだけでなく、民衆とともに行動する宗教」を再興さすべきであるとして「時宗」を開いたのでした。

芭蕉の時代から数えれば四百年以上前のことではありましたが、一遍のこの精神は連綿として継承されていたのでした。

奥州の江刺から大隅半島に至るまで、日本全土といってよい地域を念仏勧化して歩いたのち二世の他阿はここ越前を訪れたのでありましょう。

芭蕉が那谷寺《なたでら》から金沢に戻る途中、悲運の武将斎藤実盛を偲んでの句「**むさむやな甲の下のきり〳〵す**」を奉納した多太神社には「遊行砂持」に関する「遊行僧留錫の記録」が残っています。

承応四（一六五五）年三月――三十九世慈光
寛文十二（一六七二）年弥生――四十二世尊任
元禄二（一六八九）年三月――四十三世尊真
〃十二（一六九九）年三月――四十六世尊澄
正徳四（一七一四）年正月――四十九世一法

「留錫《りゅうしゃく》」の「錫」は道士や僧侶の持つ杖のこと、つまり「留錫」とはその土地に一定の期間ながく逗留して人々と共に農地や水利、道路・橋梁の改善に努力すること、荒廃した神社仏閣はその修復に努めること、そしてそれらはつねに民衆と一緒に行うこと、それ自体が本当の布教である――そういう意味であったのでしょう。

（**月清し遊行のもてる砂の上**）の初案は（**なみだしくや遊行のもてる砂の露**）（真蹟短冊）でありました。

この初案の句にも、これら遊行僧に対する芭蕉の実感が「なみだしく」「露」という形で現われているといえるのではないでしょうか。

ぬかるみに囲まれた神社の為に、常宮《じょうぐう》という浜辺の白砂を運ぶこと、僧が名号を書いた紙を一枚泥中に沈めた上へ、運んできた砂を重ねていく、それが「砂持の神事」でありました。

どんな道具を使っていたのか、どんな祈りを唱えていたのか、詳しいことはわかりませんが、雨の日もあり風の日もある日本海近く、老体に鞭打つ男女も多くいたことでありましょう。何回も往復しているその姿を想像すると、まさに気が遠くなるような土木作業、篤い信仰心が無ければ出来ることではなかっと思います。

平成二十六年の十月五日（水）から十二月七日（日）まで、東京国立博物館で行われた国宝展に『一遍上人伝絵巻』が出品されました。今回もまた法隆寺の玉虫厨子や唐招提寺の金亀舎利塔なども出るというので、同館の協力校で学んでいる孫娘と現地で待ちあわせ、拝観してきました。あと三日で終了という日でしたので、平日ながら二時間半も待たされて難儀しましたが、待った甲斐は充分にありました。

同じ場所に「法然上人伝絵巻」（知恩院蔵）もありましたが、この両者、素人が見ても驚く程に違いがありました。

法眼円伊《えんい》筆の「一遍」の方が当時としては珍らしい絹本着色であり「法然」の方が紙本であることもあったせいか知れませんが、群衆が登場して救済を求めて踊りまくる前者と、法然が夢の中で唐の名僧善導に出逢った場面を描いた後者とでは、画題自体も対照的でありました。

一方は圧倒されるように、現実的でエネルギッシュなものであり、一方は右半分の下隅に合掌する法然、左半分の上に雲に乗った善導の二人の姿を描いたもので、殊のほか静謐なものでありました。

いずれにせよ、元禄二年の三月から時宗四十三世の尊真は、この地越前、敦賀界隈を遊行していたわけですから芭蕉と等栽の二人とどこかですれ違ったりしたことがあったかも知れないと思うと、これもまた楽しい推理ではあります。

大垣到着

芭蕉が大垣に着いた日がいつであったかについては、はっきりしていないそうです。

ただその到着を心待ちにしていた一人、宮崎荊行という人の句集序末に〈芭蕉翁一夜十五句——元禄己巳中秋廿一日〉とあることからして「つちのとみ」の八月二十一日（陽暦十月四日）か、少なくもそれ以前ではなかったかといわれています。

この荊行という人は、三人いた息子（此筋《しきん》・千川《せんせん》・文鳥）と共に蕉門であったということですから、親子四人家族ぐるみの芭蕉党であったようです。

まずは待ちこがれていたこうした人の記録をすなおに採って、芭蕉到着の日としてもいいのではないかと思っています。

ゴールにたどり着いた喜びを書いた芭蕉の文章にも、この親子のことが書かれてあります。

（——大垣の庄に入は曽良も伊勢よりかけ合
越人も馬をとはせて如行が家に
入集る前川子荊行父子其外
したしき人々日夜とふらひてふた
たひ蘇生のものにあふかことく且
よろこひ且——云々）とあります。

芭蕉と路通が二十一日に着いたのだとすれば、十九日に敦賀を出、途中どこかで二泊はしたのだろうと思われます。

敦賀から大垣までは二十里（八十キロ）以上の道のりですから、途中に三つあった宿駅のうち「木之本」「春照《すいじょう》」あたりに泊ったのではないかと思います。

敦賀から木之本までは三十二キロ、木之本から春照まで、そして終点大垣までがそれぞれ二十四キロずつの距離でありました。

大垣を訪れるのは「野ざらし紀行」以来四度めになるのですが、悲愴感いっぱいだった当時と今回とでは気持ち自体がまるで違っていた筈です。

あのあたり、北国脇往還を過ぎて中山道から美濃路に入ると、すぐ左てに美しい姿の伊吹山が見えてきて、誰しもがゆったりした気分になります。

筆者も一度、春照（寺林）にある膽吹山光了寺の住職で日教組の長浜支部書記長であった福永円澄先生にご案内いただいて伊吹の三合めまで登ったことがありました。

織田信長が作ったとされる薬草園の跡を見ることや

国友の鉄砲・硝石などの資料集めをしている時でありました。

『伊吹町史』の編纂委員であり、「文化・民俗編」の執筆責任者であった福永先生は、かの梅原猛先生のご指導を受けられて実に博識、寡黙ながら労を厭わず親切に案内して下さいました。あえていえば、まろやかでおだやかな伊吹の麓でお逢いすべくしてお逢いさせていただいた方でありました。

信長の「薬草園」は怪しいし、あの時期この国で極端に品不足であった「硝石」を作り得る豆科のイブキノエンドウやキバナノレンリソウを栽培したに違いない、ということで意見の一致をみたこともありました。

大垣に滞在すること二週間、芭蕉もさすがにほっとしたのでしょうか、那須・黒羽に次ぐ長逗留でありました。

「戸を開けはにしに山有いふきといふ
花にもよらす雪にもよらす只これ
孤山の徳あり

其まゝよ月もたのまし伊吹山

（高岡斜嶺亭で）」

九月四日には藩の重役、千三百石取りの戸田如水の下屋敷に招かれて俳席を持っていますが、当然のこと荊行父子・如行・残香・斜嶺・如行の実弟大川《だいせん》をはじめ谷木因や曽良・越人らと、多くの人々が参加していました。

『如水日記抄』には如水が芭蕉の第一印象を記した一節があります。

「――心底難レ斗けれども浮世を安クみなし、不レ諂不レ奢有様也（心底計り難けれども浮世にとらわれず諂《へつ》らうことなく奢ることのない有様である）」。

翌五日には、明日伊勢に向う芭蕉への餞別として南蛮酒一樽・紙子二表《おもて》を贈ったりしていました。

（胡蝶にもならて秋ふる菜虫かな）

（こもりゐて木の実草の実拾はゞや）

如行方と如水方での句ですが、世話になった人々への感謝の気持がよくわかる句です。

（――旅のものうさも
いまたやまさるに長月六日になれは
伊勢の遷宮おかまんと又ふねに
乗て
蛤のふたみに別行秋そ　）

またもやうしろ髪ひかるる思いの別れとなってしまいました。

江戸千手爺《じじ》ヶ茶屋前出発の句が「**行春や鳥啼魚の目は泪**」でありましたから、春にはじまり秋に終った双方の別れ――心憎いばかりの歌仙形式であります。

実際にはこのあと、芭蕉・曽良・路通のほか木因も同乗した船で水門《すいもん》川船町湊から揖斐川へ向っています。如行達も別の船で三里（十二キロ）程伴走していたそうです。

このあたりの経緯については、伊勢から江戸の杉風に宛てた九月二十二日付の書簡や、木因に宛てた礼状などを読むとよくわかります。

船中での連句の前書きに「――長嶋といふ江によせて立わかれし時」とありますから、長嶋の江が事実上の別れの地、木因もここから如行の船で帰ったのでありましょう。

荻《おぎ》ふして見送り遠き別哉　木因
同時《おなじとき》、船中の興に
秋の暮行さき〳〵の苫屋哉　木因
萩に寝ようか荻に寝ようか　はせを
玉虫の顔かくされぬ月更て　路通
柄杓ながらの水のうまさよ　曽良

第四章　「軽み」への志向

第一節　変革

長旅のあとで

長旅を終えた芭蕉は、伊勢神宮・二見が浦を経て故郷の伊賀上野に帰ります。

途中相変わらずの西行追慕　**硯かと拾ふやくぼき石の露**　や布引山中の長野峠で　**初しぐれ猿も小蓑をほしげなり**　などの作を得ていました。

ところが、それからの足かけ三年は江戸へ戻ることがありませんでした。

のちに杉風・枳風《きふう》・曽良・岱水《たいすい》らの骨折りで深川に新庵が作られ、そこへ落着くことにはなるのですが、この三年の間は自分自身にとっても一門にとっても大きな意味のある時期としていたのでした。服部土芳や窪田猿雖らをはじめとする地元俳人らと活発に交流し、近江の湖南部、奈良や京都を行き来して多くの新鋭と共に『ひさご』『猿蓑』を生み出していたのです。世にいう『七部集』へのとりくみであったのですが、その前後の動きを大まかに整理すると次のようになります。

貞享年間	○貞享元年八月（一六八四）	『野ざらし紀行』の旅 冬、山本荷兮撰『冬の日』刊
	○〃　三年八月（一六八六）	荷兮撰『春の日』刊
	○〃　四年八月（一六八六）	『鹿島紀行』の旅
	○〃　〃　十月	『笈の小文』の旅
元禄年間	○元禄元年八月（一六八八）	『更科紀行』の旅
	○〃　二年（一六八九）	荷兮撰『阿羅野』刊
	○〃　三年（一六九〇）	浜田珍碩（のち洒堂）撰『ひさご』刊
	○〃　四年（一六九一）	向井去来・野沢凡兆撰『猿蓑』刊
	○〃　七年六月（一六九四）	野坡・孤屋・利牛ら三人撰『炭俵』刊
	○〃　〃　八月	芭蕉・各務支考・室生沾圃ら『続猿蓑』編纂修了

※『続猿蓑』は芭蕉没後刊行

去来が「故翁奥羽行脚より都へ越え給ひける。当門の俳諧すでに一変す」といったり、森川許六が「猿蓑は俳諧の古今集也」といったり、支考が「猿蓑集に至りて全く花実を備ふ」といったりしたのもこの頃のことでありました。

しかし、芭蕉が『猿蓑』以後も『炭俵』『続猿蓑』へと更に新しい「軽み」の境地を目ざしていたことを考えると、こうした門人らの言をそう単純によしとしていなかったのでないかと思うのです。

「高悟帰俗」(心を高く悟って俗に帰る)を主張して「理《ことはり》や故事来歴」をのり越え、さらに「軽み」を追求しようとした心には、「俳諧の古今集」などという言い方の底に、俳人の歌への劣等性を見ていたのではないかと思うのです。

かねてから彼は、当時の「風雅之道筋」に関して大きな疑問を持ち続けていました。

自らもかつてそうであったことへの忸怩たる思いもあったのでしょうが、いくつかの書簡にそのことが自己批判を込めでもしたかのように厳しい調子で書かれています。

元禄五(一六九二)年二月十八日付菅沼曲水宛のものと翌年十月九日付許六宛のもの二つをみてみましょう。

「風雅之道筋、大かた世上三等ニ相見え候。点取ニ昼夜を尽し、勝負をあらそひ、道を見ずして、走り廻るもの有。彼等風雅のうろたへものに似申候へ共、点者の妻子腹をふくらかし、店主《たなぬし》の金箱を賑ハし候へバ、ひが事せんニハ増りたるべし」(曲水宛書簡『芭蕉翁三等之文』から)。

俳諧を行なう者には三つのタイプがあります。

その一つは「連句一巻に宗匠の評点をもらって賞品・賞金を得、道を見ることなくあちこちの俳席を回り歩く者のこと——うろたえものではあるが、宗匠の家族も腹をこやすことができるし、家賃を受取る大家の懐もうるおうのだから、悪事を働らくよりはましであろう」(前記抽出部)。

そしてその二つめには、「又、其身富貴ニして、眼に立(つ)慰(み)ハ世上を憚り、人事《ひとごと》いはんニハしかじと、日夜二巻三巻点取(り)、勝(ち)たるもの

もほこらず――線香五分《ぶ》之間ニ工夫をめぐらし――是又道之建立の一筋なるべき」者のことを挙げ
三つめには「又志をつとめ情をなぐさめ、あながちに他の是非をとらず、これゟ実之道ニも入（る）べき器――」を挙げています。
一つめは、全く駄目な例としていい、
二つめは、「――道之建立の一筋なるべき（俳諧の道の一助にはなるであろう）」とし、
三つめは、「――わずかに都鄙《とひ》かぞへて十ヲの指ふさず（こうしたしっかりものは町じゅう捜しても十人とはいない）」というのです。
許六宛のものはこうです。
「――広き江戸ニ相手のなきも気の毒ニ存候。当方無レ恙五句付点取、脾の臟を捫《も》（む）程（に）候。此牌臟捫（み）破（り）たらん後、初而《はじめ》俳諧はやり可レ申候――」　（『蕉影餘韻』から）
この広い江戸ではやるのは低俗な五句（前句）付の点取俳諧ばかり――それが何の役にもたたない無益なことと気づけばこそ、本当の俳諧になるのだろうに、というのです（「捫」は「撊」のあて字、「無レ恙」は、芭蕉一流の強烈な皮肉。「五句付俳諧」は堕落して賭けごとになったりしていた）。
こうした「軽み志向」へのスピードの速さはのちに多くの蕉門離脱者を産み出し、自らを窮地に追い込むことになったのではないでしょうか。

門下の離脱

離脱者の数もさることながら、その顔ぶれの多くが蕉門を代表する人物達であることにも驚ろかされます。『古今集』にも模された『猿蓑』の撰者野沢凡兆をはじめ、『七部集』第一・第二・第三の『冬の日』『春の日』『阿羅野』を撰した山本荷兮や岡田野（埜）水・加藤重五らも揃って離脱していました。芭蕉の衆道相手といわれた坪井杜国も『冬の日』の主要なメンバーであり、特別な関係ではありましたが、早逝してさえいなければこれに同調したのではないかと思われます。

その他『笈の小文』や『更科紀行』に同行した越智越人、大津で入門しその後芭蕉庵近くに移住した斎部路通なども同じ道を選んでいます。

しかし、何といっても大きいのは谷木因《ぼくいん》の離反ではなかったでしょうか。

木因は美濃大垣にあって、この道の大御所尾張俳壇の中心的存在でありました。

戸田十万石の力を背景にして杭瀬《くいぜ》川から揖斐川・長良川・木曽川・濃尾地方一帯の物資の運送管理を一手にする世襲の回船問屋でありました。

しかも当時の名護屋は尾張七代めの当主徳川宗春の規制緩和策「温知政要」によって、経済や文化が飛躍的に成長していました。

八代将軍の「享保の改革」（特に「三ヵ条の詰門」）に反発し、祭礼の復活や芝居小屋の増設・商工業の振興などに意欲をもって取組んでいました。

いわゆる清州越衆といわれる信長以来の旧家であった野水は三十二間もの間口を構え、「松阪屋」と並んだ豪商、重五は天領であった木曽の桧をもとにした材木問屋、杜国も尾州六十二万石の領米を扱う大手米問屋、いずれも宗春の施策にあやかった経済人であり、文化人でありました。この時、野水二十七歳・杜国二十九歳・重五三十歳という若さでありました。

芭蕉が新しい境地開拓のために訪れたのはこの地名護屋でありました。『野ざらし紀行』冒頭の句では、

野ざらしを心に風のしむ身かな

でありましたが、木因宅に着くと、

死にもせぬ旅ねの果よあきのくれ

としています。

この紀行には書いてありませんが、川崎の宿場まで送ってくれた仲間には　**麦の穂をたよりにつかむ別かな**　とし、さきゆきへの不安をのぞかせていたといいます。

どこで倒れてもおかしくないいくつかの持病持ちの芭蕉にとっては文字通り「野ざらし」覚悟であったのでしょうから木因に逢ったことがどれはどの安堵だったかがわかります。

この時から二年前、天和二（一六八二）年二月、芭蕉は木因の見識を試すメンタルテストめいた書状を送り、その返書のすばらしさに驚いていたこともありました。

「抗瀬河之翁こそ予が思う所にたがはず（中略）此道知りたる人と定置候へバ聊了簡引見ン為書付遣申候処、思案一毫の違無レ御坐、誠不レ浅候」というのです。

その上で、林桐葉や鈴木東藤・叩端《こうたん》・閑水・工山《こうざん》などという人々を紹介され「**海くれて鴨の声ほのかに白し**」という中七・下五の倒置で知られている「熱田皺筥物語」、「**何とはなしに何やら床し菫艸**」の「熱田三歌仙」などを残しています。

それにも拘らず芭蕉は、『七部集』の第四『ひさご』を出すに際して若干二十三歳の青年医師、浜田珍碩（洒堂《しやどう》）を登用しました。荷兮に『阿羅野』を出させた翌年のことでありました。

これには荷兮らも納得することができません。木因と共に、芭蕉のいう「付句三変の説」（うつり・ひゞき・にほひ・くらひ）に共鳴して、貞享以来五年以上に渉って尽力して来たものをまるで無視されることになったわけです。

ひと口に「七部集」といいますが、これとても芭蕉の没後三十八年の後佐久間柳居なる人物がまとめてそう呼んだだけのもの、荷兮や凡兆らがその都度苦心してまとめてきたもののことであったのです。

しかも、芭蕉が珍碩にかける期待にはひとかたならぬものがありました。この珍碩も結局離れることになろうとは予測できなかったのでありましょう、「洒落堂記」にこう書いています。

「山は静にして性をやしなひ、水はうごひて情を慰す。動静二《ふたつ》の間にしてすみかを得る者有。濱田氏珍夕といへり。目に佳境を盡し、口に風雅を唱へて、濁りをすまし、塵をあらふが故に洒楽堂といふ。門に戒幡を掛て「分別の門内に入《いる》事をゆるさず」と書《かけ》り。――」

「山」を不易にたとえ、「水」を流行にたとえたのは一目瞭然でありますが「目に佳境」「口に風雅」、「濁りをすまし」「塵をあらふ」などと、その褒めぶりは尋常ではありません。禅寺山門によくある「不許葷酒入山門」の標柱などを思わす部分もいかにも大袈裟です。

おそらくこの時芭蕉の頭の中には「知者ハ水ヲ楽シミ、仁者ハ山ヲ楽シム。知者ハ動キ仁者ハ静カナリ」という論語・雍也の一節があったのかも知れません。そして最後は「四方より花吹入《ふきいれ》てにほの波」という美しい句で結んでいます。

珍碩のすまいは膳所、琵琶湖の近く、比叡・比良に囲まれた音羽山や石山近くの景勝地――あちこちから吹かれてきた桜の花びらが「にほの波」（鳰の海・琵琶湖の波）に漂っているというものでありました。

『ひさご』の平易性について

木のもとに汁も膾も桜かな　　芭蕉
西日のどかによき天気なり　　珍碩
旅人の虱かき行春暮て　　曲水

発句から脇、第三まで、いずれものんびりとして平易な表現、気負いなどはどこにも見られそうにありません。

まずは「木の下にある花見料理の汁もなますも落花に蔽われて、まるで花のふすまを着せたようだ」「そこへ西日が射しこんで、いかにものどかな春の日である」「足止めされていた旅人が一人、虱に食われたあちこちを掻きながら立ち去って行く」というのです。

この平易性こそが芭蕉のいう「不易流行」であり、伝統や古典を土台にした「不易」なるものを新しい詩情の「流行」をもってさりげなく表現せよという考えであったわけです。

さすればここで、「ひさご」における「不易」は何か「流行」は何かを具体的に考えざるを得ません。

発句「木のもとに――」の下敷きとなった「不易」には、おそらく、

木のもとに旅寝をすればよしの山
花の衾を着する春風　　西行

があり、『伊勢物語』中の、

ちればこそいとゞ桜はめでたけれ
うき世になにか久しかるべき　在原業平

などもあったのでありましょう。

そして脇句「西日のどかに――」の下敷きには、

ひさかたの光のどけき春の日に
しづ心なく花の散るらむ　紀　友則

があったのでありましょう。

ならばと実力者曲水も、当時の俳壇を席捲していた松江重頼の「毛吹草」巻第三の付合《つけあい》から「虱」「花見比《ごろ》」を採ったのであろうと思われます。

続く芭蕉の第四、珍碩の第五以下挙句に至るまでの平句についても同じ手法が踏襲され故事・古典・歴史書等のオンパレードです。

『竹取物語』から『古今・新古今集』『後撰集』『凡河内躬恒の家集』『荘子』『鈴鏡』と次々に登上してきます。

はきも習はぬ太刀の鞘《ひきはだ》　芭蕉

立去った旅人を、虱に食われた武士とみて「佩き慣れない太刀姿がいかにも野暮ったい所作であることよ」と俳諧特有の滑稽さと諧謔を詠みます。

するとすかさず珍碩が（五句めは「月の定座」であることから）、

月待て仮の内裏の司召

と応じます。

前句「太刀」からの連想で、中世に行なわれた官吏任命の宮中行事「除目《じもく》」（司召《つかさめし》）を出して滑稽さを大袈裟に引継いでいるのです。

蛇足ではありますが、ここで「月の定座」についていちおう確認しておきましょう。

もともと「座の文芸」といわれる歌仙には参加者が互いを尊重しあいながら自分の表現をするという、連歌以来の約束ごとがあります。その中の一つに「二花三月」というものがあって「花」の句を二箇所、「月」の句を三箇所出すというルールがあります。ほかにも「春・秋の句は三句～五句」「恋の句は二句以上」続けるとか、同義・同類の句は一定の句数を隔てて使う（去嫌《さりぎらい》）とか、いろいろなきまりがあります。

一見規則づくめでやっかいなものと思われますが、

実はこれこそが「座」の真髄、漱石や子規らの「個」の重視とはいささか異なり、現今改めて見直さるべきものであるのかも知れません。

　珍碩の「月待て――」はこの歌仙の五句め、月の定座、一巻の進行を順調にするために出す場所が決っているということでの作です。

　歌仙の場合、半紙二枚を半分に折った四ページのうち、一ページめを「初折の表」として六句、二ページめを「裏」として十二句、三ページめを「名残の表」として十二句、四ページめを「裏」として六句――計三十六句を記録します。

発句	新年	春	夏	秋	冬
脇句	新年	春	夏	秋・月	冬
第三	春	春	雑	秋	雑
四	春	雑	雑	雑	雑
五	春・月	秋・月	秋・月	夏	秋・月
折《おっ》端《ぱし》	雑	秋	秋	夏	秋

（「初折の表」）

　一茶研究の第一人者である丸山一彦先生の研究室に内地留学していた当時、筆者は先生主宰の連句会にお誘いを受けたことがありましたが、きまりごとの多さゆえに辞退させていただいたことがありました。

　しかし同会所属の女流俳人星春乃さんは、

（――はじめは自由な句作りにとって足枷になる「枠」と考えていた「式目」の認識が百八十度変わって参りました。連句で最も尊重されるものは、流水のように滞る事のない流動感と変化――流れを大切にする為の知恵、それが「式目」という約束事になったのではないかと思うようになりました」（同会編『連句悠悠』）と書かれています。

　芭蕉は蕉風俳諧を確かなものとした「冬の日」の荷兮や野水らに二条良基の「連理秘抄」や飯尾宗祇の「水無瀬三吟」を再吟味するよう強調していたそうです。

「――会者ことに堪能を選ぶべし。不堪両三に過ぎば、まことに難治と謂ふべし。堪能一人の批判をあふぎて、同心の思いをなすべし――」

「連理秘抄」の一節ですが、芭蕉は「ひさご」の珍碩や曲水を選ばれた人物とし、己れを「堪能一人」とする自信を持っていたのでありましょう。

そうでなければ「――俳諧においては老翁が骨髄」といったり「高きを悟って俗に帰すべし」などいったりはしなかっただろうと思うのです。

凋落のきっかけ

背後に何があるにしても「汁やなますの上に桜が散ったのどやかな午後、旅人が一人からだを掻きながら去っていった」といわれても、さしたる感興が湧くことはありません。

芭蕉が風雅に徹して「風狂」を追い、中世以来の詩魂を新しくしようとしたことはすごいことであるとしても「重くれてある」ことを嫌っての「軽み」には少なからぬ疑問が残ります。

珍碩のかつての師であった近江の古老江左《こうさ》尚白の句に「このごろは小粒になりぬ五月雨《さつき》」という作がありますが、今まで取りたてて問題視されたことのないこの一句、そう簡単に見過ごせないものだと思うのです。

尚白はその後、蓮如上人ゆかりの本福寺住職三上千那といっしょに蕉門を離れています。

つまるところ尚白にとって芭蕉の「軽み」は、「小粒」な「五月雨」でしかなかったというのでありましょう。

俗に「蕉門十哲」とか「五哲」とかいって、芭蕉のもとに集まった俊英の名を挙げる例がよくあります。「十哲」の例としては榎本其角や服部嵐雪をはじめとし各務支考・森川許六・向井去来・内藤丈草・志太野坡・越智越人・立花北枝・杉山杉風らが挙げられています。このうち、其角・嵐雪の二人以外の八人に対しては、別の人物、河合曽良・野沢凡兆・山本荷兮・服部土芳らを挙げる人たちもいます。

其角と嵐雪は別格で「五哲」や他の例にも当然のように登場しています。

ところが、こともあろうにこの別格二人は最後まで「軽み」に従わなかったそうで、芭蕉にとっては大きな悩みの種でありました。

許六に宛てた書簡の一節にも、

「――其角・嵐雪が義は年々古狸よろしく鞁《つづみ》打はやし候半《そうらわん》」などとあって、いくら言っても納得しない二人のことは半ば諦めたような書き方をしています。

案の定その後の蕉門は四分五裂することとなり、五十年後、与謝蕪村や大島蓼太らの「芭蕉に帰れ運動」が起こるまでは文字通り空中分解の状態でありました。

ところがここにもう一つ、運命のいたずらめいた現象があります。

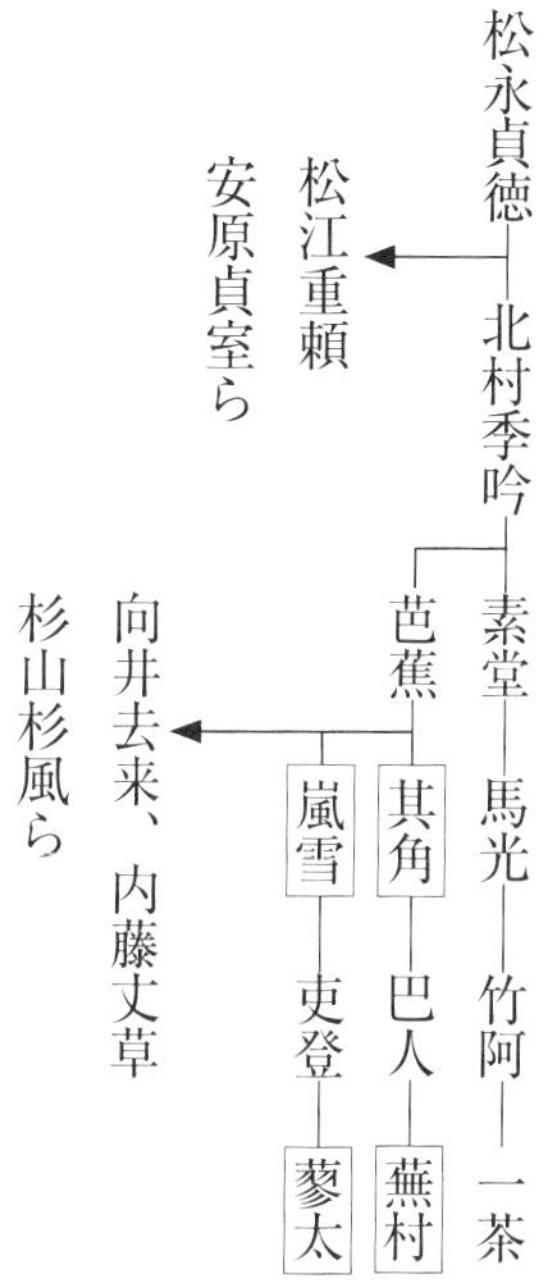

奇しくもこの蕪村と蓼太、其角と嵐雪の直系の弟子であったのです。

蕪村は其角の弟子であった宇都宮の早野巴人を師とし、蓼太は嵐雪の弟子桜井吏登を師としていたのでした。

蕉門凋落もさることながら、人間のつながりというものは、何と奇妙なものであるのかと、改めて思わざるを得ないところです。

第二節 「軽み」への到達

『猿蓑』(一)

元禄三（一六九〇）年夏、芭蕉は自派最大のアンソロジー「猿蓑」の編纂に着手、去来・凡兆と共に一年がかりでこれに取組んでいました。文字通り斯道の主流となった一門の、総結集ですから中途半端なことで済ますことはできません。

幻住庵や落柿舎・凡兆宅で想を練り百八人、三百八十二句に及ぶ作を採りあげていました。

しかも一つ一つの句についてかなり細かく検討していたということが、当事者であった去来の「去来抄」に書かれてありますので、まずそれからみてみましょう。

例えば「巻之一冬」の中にある其角の句、

此《この》木戸や鎖《じょう》のさゝれて冬の月

の上五が初版試しずりでは「此」と「木」がくっついて「柴の戸や」となっていたので、「すぐ訂正し、改版させよ」と芭蕉に命じられたこと――（かゝる秀逸は一句も大切なれば、たとへ出板（版）に及ぶとも、いそぎ改むべし」と也）と「去来抄」にあります。

凡兆の句、

田のへりの豆つたひゆく螢かな

を去来と芭蕉が選んだにも拘らず凡兆は「此の句見る処なし、除くべし」と言い張って納得しなかった――そこで芭蕉は、ならばよし、ということで「伊賀の万《ばん》乎《こ》」などという名を付して猿蓑に載せようということになった。事実この句は「巻之二夏」の五十八句めに掲載されています。

そうかと思うと越人の句、

「**月雪や鉢たゝき名は甚之丞**」について「――入集いかゞ待らん」という去来に対して「先師曰く月雪《つきゆき》といへるあたり、一句働《はたらき》見えて、しかも風姿有り――されど（他に似た句があるのならば）遠慮有るべし」といって採ることを避けたというのです。

大御所が門人二人に任せっきりというのではなく、一つ一つの作品に目を通し細かい心くばりをしていたということでありました。

結果「猿蓑」は、翌年の七月三日六巻半紙本「乾」「坤」二冊に仕立てられて京の井筒屋庄兵衛によって発刊されています。

巻頭文（其角）
発句編巻一（冬）　発句―芭蕉
〃二（夏）　〃―其角
〃三（秋）　〃―素堂
〃四（春）　〃―内藤露沾
芭蕉一座の歌仙四巻　巻五

幻住庵記・几右日記　巻六
跋文（丈草）

という構成になっています。

「発句篇」三百八十二句のうち、芭蕉が四十句、凡兆は四十一句で集中トップ、次いで其角・去来の二十五句——いかに凡兆の「軽み」が評価されていたのかがわかります。

『猿蓑』（二）

凡兆を蕉門に参加させたのは其角であり、『猿蓑』づくりに推挙したのも其角でありました。凡兆が正式に入門したのが元禄初年（一六八九〜一六九〇）頃であり『猿蓑』づくりを始めたのが同三年の夏ということですから、彼は入門後一年余り、二年足らずのうちに大役を任されることになったのでした。

このことについては有能な人物の多い蕉門のこと、内部の不協和音の一つになったという意見もありますが果してどうであったのでしょうか。

いずれにせよ其角は、かねてから凡兆に強い関心を持っており自分の編著「いつを昔」や「花摘」に多くの作を入集させていました。

特に元禄元年十月二十日、去来・凡兆と三人で嵯峨野の野々宮神社を訪れて光源氏や六条御息所《みやすどころ》を偲んでの「嵯峨遊吟」では、ただならぬ力量に感心していたということでありました。

しかし、芭蕉は芭蕉で凡兆とのつながりはそれなりに持っていました。

「笈の小文」の旅の帰途、更科へ出向く前の四月二十三日から五月上旬までの間、四条加茂川四座のどこかで歌舞伎芝居を見たりして京都に滞在しているのですが、その間の幾日かは凡兆宅に泊っていたそうです。

その後も、京都に出ることがあると、小川椹木《さわらぎ》町上ルの野沢允昌《いんしょう》（医師・凡兆）宅を定宿にしたということですから、其角に言われなくとも凡兆の力についてはわかっていたのだろうと思います。

妻のとめ女も羽紅《うこう》と号して夫唱婦随でありました

し、丈草や曽良と並んで十二句もの作を『猿蓑』に入集させている程でしたから、編集作業の大半が凡兆宅であったのも、またむべなるかなと思われるところです。

北は奥羽の各地、南は去来の出身地長崎に至るまで、数多い蕉門俳人の中でも、凡兆の存在は特別なものでありました。

そこで今回はその作を中心に据えて『猿蓑』を読み直してみることにします。

A　時雨るゝや黒木つむ屋の窓あかり

B　禅寺の松の落葉や神無月

C　下京や雪つむ上の夜の雨

D　なが〳〵と川一筋や雪の原

E　髪剃《かみそり》や一夜に金錆《さび》て五月雨《さつきあめ》

F　灰捨て白梅うるむ垣根かな

まずは凡兆の作いくつかを『猿蓑』掲載順に挙げてみました。

いずれの作も見事なまでに徹底した情景描写、いわゆる「景気」の句、説明や理屈などの付け入る隙がないものばかりです。

Aは『猿蓑』冒頭の芭蕉句「初しぐれ猿も小蓑をほしげ也」の「しぐれ」を受けでもしたのでしょうか、凡兆作四十一句中の最初に載っているものです。

「外は時雨であるのだが、冬に備えた薪の束を積み重ねた家からは暖かそうな窓明かりが洩れている」というのです。

まるで文人画を見るような、写実そのものの作です。

Bは「神無月といえば、音をたてて落葉を踏み歩く季節であるのだが、この禅寺ではきれいに庭が掃き清められ、そここに松の落葉がこぼれているだけである」というのです。

松の落葉を置くことによって、さらに禅寺の清楚感が強調されています。

CとDは「巻之一（冬）」の七十二、七十三句めに並んで載っているものですが、この双方、ともに話題になっているものです。

Cについては最初に上五音を決めることが出来ず、「――雪つむ上の夜の雨」とだけ、積った雪の上に今夜は雨が降っているとだけを提出したのです。すると一同があれこれ案を出したあとで芭蕉が「下京や」とせよ、と言ったそうです。

このことについても「去来抄」は、一節をとって書いています。

(――此句、初めに冠なし。先師をはじめいろ〳〵と置侍りて、此冠に極《き》め玉ふ。凡兆「あ」とこたへていまだ落着かず。(「落着かず」は「納得せず」筆者注)先師曰く「兆、汝手柄に此冠を置くべし。若《もし》まさる物あらば、我二度《ふたたび》俳諧をいふべからず」と也。――)

「下京や」よりよいものを誰かが考えられたとするならば、俺は俳諧をやめようなどと感情あらわであったというのです。

芭蕉に関心を持つ人の中には、ここでのやりとりは予想以上に両者の溝を深くしたのではないか――少なくとも、のちに凡兆が蕉門を離脱することへの下地にはなっただろうという人が多くいます。

たしかに下京は三条以南の地、八百屋・鮮魚屋・茶屋・菓子屋・履物屋から飲み屋まで、いわゆる商ん人の多い地区、上京は御所を中心にした静かな地域で同じ町うちながらも気温さえ一・二度の差がある――積った雪の上へ雨が降ったというならば、「下京や」以外にないだろうということ、さすが芭蕉といえましょう。

結果として凡兆も不承不精そのようにはしたものの、今度は反対に同席の人に「あ」と言わせるような傑作Dを提出します。

この句は、以後の凡兆の名を一段と高からしめたものでありました。

一見、さりげない凡俗な句風にも見えますが、そのスケールの大きさといい、のびのびした修辞といい他の追随を許さないものとなっています。

ひろびろとした一面の雪の原を、大河がゆっくりと流れている――ただそれだけ、瑣末なものには一切触れずにただそれだけ――

ただそれだけであるが故に芭蕉は、技倆や力量の問題とは別に、凡兆の心の中にある強いもの、気概めいたものを感じとっていたに違いないと思うのです。

『猿蓑』(三)

凡兆の気概については、かの正岡子規も同じような受けとめ方でありました。

子規が二十八歳になったばかりの明治二十八(一八九五)年十月二十二日から同十二月三十一日まで、新聞「日本」に連載した「俳諧大要」という文章の中に次のような一節があります。

「――分け登る路はいづれなりとも、其極に至れば同じ雲井に一輪の大月を見る外はあらじ。

五六本よりてしだるゝ柳かな　去来
よろしくと擬子残る枯野かな　尚白
市中はものゝ匂ひや夏の月　凡兆
百舌鳥鳴くや入日さしこむ女松原　〃
ながしくと川一筋や雪の原　〃

以上の句は皆句調の巧を求めず、只ありのまゝの事物をありのまゝにつらねたる迄なれば、誠に平易にして誰にも分るなるべし。而して其句の価値を問へば是れ第一流の句にして俳句界中有数の佳作なり」とし、去来・尚白らをはじめとして十人の十九句を列挙しています。凡兆のものは、尚白の四句に続いて三句とりあげています。

これは二年前、同じ「日本」に連載した「芭蕉雑談」の中の「悪句」にある、

(芭蕉の俳句は過半悪句駄句を以て埋められ上乗と称すべき者は其何十分の一たる少数に過ぎず。否、僅かに可なる者を求むるも、寥々晨星の如しと)に比べると格段の違いとなっています。

さらに子規は凡兆を名人扱いし、次のような解釈まででしていました。

門前の小家もあそぶ冬至かな　凡兆

冬至とは日の短き極端にして一陽来復の日なり。然れどもここにては右の如き意味に用ゐたるに非ず。蓋し冬至は禅宗に於て供養の定日なるを以て、寺の門前

に住みたる小家もお寺の縁により皆は遊び暮すとなり。門前とは普通の家の門前ならずして寺の門前なることは一句の上にて明かなり。――中略――一句のしまりてたるみ無き処名人の作たるに相違なく、将た冬至の句としては上乗の部に入る可し。澹泊に何気なく言ひ出したる処、却て冬至の趣ありて味ひあり）

凡兆と芭蕉との評価の差が大き過ぎるのではないかという思いはありますが、この差は多分子規が持つ性格のラジカル性からくるものであったのではないでしょうか。

予備門当時、数学の不成績で落第したことや哲学科から国文科（俳句分類丙号）に転科せざるを得なくなり、やがて大学も退学せざるを得なくなったこと――そして何より自らを脳病（現在の神経衰弱）と称したり、カリエスになって喀血したりしたことにもよるのでありましょう。念願だった政界進出を断念したりもしていました。

そのほかにも、俳諧が「座の文芸」として己れ以外の人物を尊重すべきものであることへの認識の乏しさや人生経験の貧しさがあってのことかも知れません。

「竹の里人」の名によって書かれた「歌よみに与ふる書」などを読むと、その極端なものの言いぶりに驚ろかされてしまいます。

「再び歌よみに与ふる書」にはこうあります。

（貫之は下手な歌よみにて古今集はくだらぬ集にて有之候）

（先ず古今集といふ書を取りて第一枚を開くと直ちに「去年《こぞ》とやいはん今年《ことし》とやいはん」といふ歌が出てくる。実に呆れ返った無趣味の歌に有之候）

（――十年か二十年の事なら兎も角も二百年たっても三百年たっても其糟粕を嘗めて居る不見識に驚き入候）等々。

『猿蓑』を「俳諧の古今集」としていた蕉門の人々にとって、これはどういうことになるのでしょうか。貫之の歌はほんとうに「くだらぬ」「無趣味」なものなのか、その伝承はほんとうに「不見識」なのか、大いに意見の分れるところでありましょう。

彼の代表作「柿くへば鐘が鳴るなり法隆寺」が、漱石の句「鐘つけば銀杏散るなり建長寺」の剽窃であったということは、すでに公然たる事実とされています。

この事実については、両者の句が発表された経緯を調べてみればすぐにわかることです。

松山中学校で英語の教師をしていた漱石の下宿「愚陀仏庵」に仮寓していた子規は、地元の『海南新聞』(明治二十八年十一月八日付)にこの作を発表していました。ところが、その二か月前の同紙九月六日号には漱石の「鐘つけば――」が載っていたのでした。

自らを獺祭書屋主人などと称して、河東碧梧桐や内藤鳴雪・高浜虚子・柳原極堂・新海非風・八百木瓢亭らを率い、同年齢二十二歳の漱石と共に熱心に句会を開いていていた時期でありました。

昨年の暮、脚本が小幡欣治氏であるということならばひょっとしてと思い劇団民芸の芝居「根岸庵律女」を観に行ってきたのですが、ここでもそれに関するものはありませんでした。

それにしても興味深いのは、漱石の『三四郎』に「子規の柿好き」エピソードが二箇所も出てくることです。これを読めば剽窃に対する漱石の思いがそれなりにわかります。

「――次にその男がこんなことを言いだした。子規は果物がたいへん好きだった。かついくらでも食える男だった。ある時大きな樽柿を十六食ったことがある。――三四郎は笑って聞いていた」(一)

「――三四郎は風呂敷包みを解いて中にあるものを二人の間に広げた。「柿を買って来ました」広田先生は書斎へ行ってナイフを取って来る。三四郎は台所から包丁を――」(十)

三四郎は小宮豊隆、広田先生は旧制一高教授の岩元禎、もしくは旧制二高教授の粟野健次郎がモデルであったといわれています。

『猿蓑』(四)

「景気の句」については、以前この稿(平成六年六月号)でも、今泉準一氏の論評をもとにして取上げたことがありました。

筆者としては、嵐雪や一晶・其角・芭蕉の絵画的な作品を通して考察を述べたのでありますが、結局のところ写実に徹するか否かということが論点の中心になったように思っています。

やがて「写生」を金科玉条とした子規の考えにも「景気の句」は当然のこととして影響していたのでありましょう。

だからこそ、芭蕉を極端に誹謗したあと凡兆については「第一流」だとか「俳句界中有数」だとか「名人」だとかと、こちらも極端な褒めことばが続出してくることになったのではないでしょうか。

『猿蓑』全体に占める凡兆の存在については次回以降述べることとして今回は、一介の読者としてすなおに凡兆礼賛をしてみようと思います。

灰捨てて白梅うるむ垣根かな

垣根の根もとに灰を撒くと、舞い上った灰ごしに梅の花が朦朧として見えたという、ただそれだけ、いかにも単純で素朴な一句です。

この一句、実は筆者の凡兆好み第一のものであるのですが、おそらくこの時、作者は腰をかがめて、植えこみの根元近くへ灰を捨てたのだと思うのです。

よもや立ったまま灰を撒きちらしたりして舞いあがった灰ごしに枝々の梅を見たなどということでは、絶対になかった筈でありましょう。

「白梅うるむ」の「うるむ」がポイントであるのでしょうが、さりげないもの言い、呟きにも似た表現でありながら、作者の位置や上目づかいに梅を見るポーズさえもが見えてくるすばらしい句といえましょう。

灰汁桶の雫やみけりきりぎりす

秋の夜更け、静かな闇の中に聞こえていた灰汁桶《あくおけ》の雫の音、それもやがて間遠になり、ぴたりと止んだ。すると今度は、今でいうこおろぎの声が頻りに耳に立つようになった、というのです。灰汁桶は当時、洗濯や染物などに使う水を採るためにどこの家にもあったもの、『猿蓑』巻五芭蕉・野水・去来との四吟中の発句。

　前の句の「灰を捨てる捨て方を髣髴させるありさま」そしてここでの「静かな夜更けの中に入りきっている人物」など、飽く迄も事実をもとにした「景気」の句、まさに写実そのものであるといえましょう。

百舌鳥鳴くや入日さしこむ女松原
鶯や下駄の歯につく小田の土
鷲《わし》の巣の樟《くす》の枯枝《かれえ》に日は入りぬ
渡りかけて藻の花のぞく流《ながれ》かな

等々。

　どれをとっても「景気」「写実」であります。

『猿蓑』（五）

　今回は『猿蓑』巻之四の発句が、なぜ内藤露沾であったのかについて考えてみようと思います。

　巻頭句、巻之一「冬」が芭蕉であり、巻之二「夏」は蕉門トップの其角、巻之三「秋」は親友の素堂——ここまでは何の抵抗もなく、すんなりと理解できるのですが、掉尾を飾る巻之四「春」がなぜ露沾であったのか、これは一考に価することであると思うのです。

　このことをことさら取上げた例はついぞ見たことがありませんが、実はここにも凡兆と去来の強い意志が働いているのではないかと推測できるのです。

　結論からいえば、芭蕉と素堂にとっての大恩人前年九月に急死していた磐城平七万石の城主、俗に大名俳人といわれた内藤風虎の息子露沾を、あえてここに据えたのは、ほかならぬ凡兆・去来の二人であったということなのです。

　そしてそれについては芭蕉や素堂は勿論のこと、序文や跋文を書いた其角・丈草そして一門の誰もが納得していたのであろうと思うのです。

特に延宝三（一六七五）年五月、風虎が本所大徳院の礒画和尚に指示して大阪談林の大御所西山宗因を迎えて催した「百韻興行」に参加を許され過分な扱いを受けていたこと、これが芭蕉・素堂の命運を決めるきっかけになったのでありました。

芭蕉が執筆を命じられたりしていた先輩高野幽山の紹介があって実現したものでありました。

幽山が捌く連句の執筆（一巻の連句をまとめる捌手《さばきて》の補助をする書記役）をつとめていた芭蕉はかねてからその力を評価されていましたし、幽山は頻繁に風虎のもとへ出入りしていたことなどもあって実現したということでありました。

江戸出府以来、岸本調和や神田蝶々子・岡村不卜・田代松意・野口在色・小沢卜尺など数多くの人々や俗に「江戸五哲」などと呼ばれる人らとの知遇を得てはいたものの、これといった糸口のなかった二人にとってこのことはまたとないできごとであったわけです。

甲府随一の酒造家に育った素堂とは違った芭蕉の場合、親類縁者の支援などは殆んどありませんでした。

江戸へ出たばかりの頃には、日本橋本船町の名主であった卜尺を頼り、どうにかすまいを得、衣食の面倒までみてもらう有様であったといいます。

ところでそれまでの貞門の気風にかわって新しい談林の勢いが起りつつあった江戸にあって、宗因の出現がいかに大きなことであったかは「百韻」の発句や脇、第三以降を見ただけで十分に理解できます。

（延宝三卯五月東武にて
いと涼しき大徳也けり法の水　宗因
軒《のきば》を宗《むね》と因《ちな》む蓮池　礒画　）

招かれた客の宗因が、まずは発句で真言宗の法（仏法）の高さと院主である礒画への挨拶を贈れば、礒画は「宗と因む」と脇を詠み、談林への思いで応えます。

次に早速幽山の第三が続き芭蕉・素堂の順となります。

風虎の信を受けていた幽山は別としても、幽山に従っていた芭蕉と素堂の扱いは本人さえ驚ろいたであろう破格なものでありました。

（反橋《そりはし》のけしきに扇ひらき来て　幽山
石檀よりも夕日こぼるる　桃青
領境《りょうさかい》松に残して一時雨《ひとしぐれ》　信章）

等と、亭主の碇画は勿論、第三の幽山以下、桃青（芭蕉）・信章（素堂）も宗因への追従一辺倒でありました。

その後、風虎主催の「六百番俳諧発句合」にも入集し、信章との「江戸両吟集」で認められ、私生活の上でも庇護を受けたりしていたといいます。

直後、水道工事の仕事につくことができたのも、このあたりの事情と無関係でなかったのかも知れませんし、宗匠立机の万句興行に際しての応援などを考えれば、風虎無くして芭蕉の存在は無かったということもできるのではないでしょうか。

『猿蓑』の構成は、はじめに其角の宣言めいた序文があり、最後に丈草の静謐な跋文（漢文）があって、その間に巻之一から四までの三百八十二句、巻之五・六（幻住庵記・几右日記）が挟まっているという形になっています。

（　晋其角序
俳諧の集つくる事、古今にわたりて此道のおもて起《おこす》べき時なれや、幻術の第一として、その句を魂の入《いら》ざれば、ゆめにゆめみるに似たるべし。久しく世にとゞまり、長く人にうつりて、不変の変をしらしむ。（中略）是が序もその心をとり魂を合せて、去来凡兆のほしげなるにまかせて書　）

（――線・筆者）

初しぐれ猿も小蓑をほしげ也　芭蕉
（このあとに九十四句が続く）
有明の面おこすやほとゝぎす　其角
（このあとにも九十四句が続く。序文の中にも「此道のおもて起《おこす》べき時」とある）

穐風や蓮のちからに花一つ　**素堂**

（このあとに七十七句が続く）

梅咲て人の怒りの悔もあり　**露沾**

（このあとに百十七句が続く）

露沾は、父左京亮義概《よしむね》の死後、いったんその跡目を継ぎますが、すぐに後添えの母子にすべてを譲り赤坂の大名屋敷から麻布六本木の小庵に幽居していました。

跋文を書いた丈草も、何やら屈折のある露沾の句や、凡兆・去来の尽力に対する思いがいっぱいであったのでしょう、（猿蓑者芭蕉翁滑稽之首韻《きょう》也――偶会兆来ノ吟席――詞海ノ漁大云）（――線・筆者）などと書いています。

「詞海ノ漁人」とはここの場合「俳諧を学ぶ人間」のことを指すということでありました。

『猿蓑』（六）

晩年の芭蕉が、幻住庵で充実した日々を過ごし得たことは何よりのことでありました。

幻住庵は、例の「ひさご」の曲水に勧められて入った仮ずまいであったのですが、ここでも芭蕉は西行ばり「吉野山やがて出でじと思ふ身を花散りなばと人や待つらむ」を下敷にしたのでありましょう、（――いとかりそめにいりしやまの、やがていでじとさへおもひそみぬ）などと書いています。

曲水は勿論、改修現場の指示に当った弟（怒誰）や周囲の人々もさぞや安心したことでありましょう。

短かな期間、ほんの四か月足らずの日にちではありましたが、「冬の日」「春の日」「阿羅野」に続いて「ひさご」を出したり『猿蓑』の構想を練るなどして多くの人達と交流することもできました。

出庵する際にはすでに『幻住菴記』を脱稿していたといわれています。

四年後、自派の対立抗争収拾のために大阪へ行き、自殺ともいえ、他殺ともいえるような不慮（？）の死を遂げることなど、予測もできず、ひたすらに嬉しい日々でありました。

幻住庵について芭蕉は（勇士菅沼氏曲水の、何がしの伯父の僧の、世をいとひし跡とかや――）と書いていますが、実際には曲水の祖父、伊勢長島藩の城主菅沼定知《さだとも》が初代の庵主であった、とものの本には書いてあります。

ですから曲水の「伯父の僧」が仮住いしていたのだとすれば、その人は定知の子に当り芭蕉は三代めの庵主だったのかも知れません。

いずれにせよ曲水（菅沼外記定常《さだつね》）は膳所六万石本多家の家老であり、三十歳を出たばかりながら三千五百石もの高禄を拝領する重臣でありましたから、芭蕉もあえて「勇士菅沼氏――」などとしていたのでありましょう。

余談ながら曲水（当時「曲翠」）は、芭蕉没後二十三年の後、五十七歳にして藩の同僚であった奸臣を斬りすて自らも切腹自刃していたといいますから、若いうちから「勇士」らしい物腰を身につけていたのでありましょうか。

何はともあれ、鴨長明に対峙するような気負いで書いた「幻住菴記」を見てみましょう。

（石山の奥、岩間のうしろに山有、国分山と云ふ。そのかみ国分寺の名を伝ふなるべし。麓に細き流れを渡りて、翠微に登る事三曲二百歩にして、八幡宮たゝせたまふ。神体は弥陀の尊像とかや。唯一の家には甚忌《はなはだいむ》なる事を両部光《ひかり》を和げ利益の塵を同じうしたまふるも又貴し。日比《ひごろ》は人の詣《まうで》ざりければ、いとゞ神さび物しづかなる傍に、住捨し草の戸有。よもぎ・根笹軒をかこみ、屋ねもり壁落て狐狸ふしどを得たり、幻住菴と云。――）

書き出しからして芭蕉特有の敬虔な思いに溢れたものであり、神仏や自然に対する畏敬の念が滲み出たものとなっています。

ですから、荒れはてて雨漏りし、壁が崩れて狐や狸のふしどだったような建物を「軒端茨《ふき》あらため、垣ね結添《ゆひそへ》などして」二間続きの住まいにしてくれたことへの感謝のくだりも素直に読みとれる文章になっています。

庭の一劃には椎の大木もありました。

しかし、何といっても注目すべきは、琵琶湖を洞庭湖に模して書いているところ、そしてかの白楽天や杜甫に比して己れの覚悟を書いた箇所でありましょう。

——つゝじ咲残り、山藤松に懸《かゝり》て時鳥しば〳〵過る程、宿かし鳥の便《たより》さえ有を、木つゝきのつゝくともいとはじなど、そゞろに興じて、魂呉楚東南にはしり、身は瀟湘洞庭に立つ。（中略）日枝《ひえ》の山、比良の高根より、辛崎の松は霞こめて、城有、橋有、釣たる、舟有。笠とりにかよふ木樵の声、麓の小田に早苗とる歌、蛍飛かふ夕闇の空に、水鶏《くいな》の扣《たゝく》音、美景物としてたらずと云事なし。

——

としています。

「魂は呉楚東南」「身は瀟湘洞庭」と、岳陽楼に登った杜甫が呉と楚の間にある大湖を眺めたであろうときの気分、まさに「美景物としてたらずと云事なし」でありました。

二百年前、瀟湘八景から考えられた近江八景も、この時の芭蕉にとっては彼我の区別、時代の違いは無かったのでありましょう。

そしてもう一つ、今後の生き方を漠然とではありながら語っている部分を無視することはできません。

——ある時は仕官懸命の地をうらやみ、一たびは仏籬祖室の扉《とぼそ》に入らむとせしも、たどりなき風雲に身をせめ、花鳥に情《じやう》を労して、暫く生涯のはかり事とさへなれば、終に無能無才にして此一筋につながる。楽天は五臓の神をやぶり、老杜は痩《やせ》たり。賢愚文質のひとしからざるも、いづれか幻の栖ならずやと、おもひ捨《すて》てふしぬ。

先たのむ椎の木も有夏木立

この部分、三年前の『笈の小文』冒頭の「――つねに無能無芸にして、只此一筋に繋《つなが》る」とは随分と趣きを異にしています。

『笈の小文』の場合には、敗北感にさいなまされたところがあったのですがここにはそれがありません。どちらかといえばここでは「才能のあるなしの違いはあっても、結局のところ変わりはない」「いやむしろ今の自分には頼みにする椎の木さえある」という覚悟めいたものを見てとることができるのです。

各務支考の「和漢文藻」にも「祖翁に幻住庵の文は三通ありて、始の一通は落柿舎にあり、中の一通は此賦なり、終の一通は猿蓑集に出て世にしれる幻住庵ノ記なり」とあり、「米沢家所蔵のもの」や「芭蕉翁真蹟拾遺」などと呼ばれて現在も残っているのだそうです。

去来宛書簡にもある「所々ハ御加筆くるしからず――」として送っていた草稿も、この中のどれかの一つでもあったのでしょうか。

『猿蓑』（七）

芭蕉が「芭蕉」号を用いた十二年間のうち、最後の三年は文字通り波瀾のときでありました。

『猿蓑』の前後から、幻住庵や義仲寺での充実した気分でいた時期と、派内のもめごとを収拾するために大阪へ行かざるを得なくなった終盤とでは、当然のこととしてものの考え方が違い、句の作風までもが大きく変化していたのでした。

この平穏な毎日のように見えた前半を今回、「風雅三等之文」「栖去之弁」「芭蕉を移す詞」「閉関之説」等、厳しい論評を書きついで、しきりに自己主張をしていた後半を次回述べてみることにします。

『猿蓑』「几右日記」の十八番めに、

訪《とふ》に留守なり

椎の木をだかへて啼や蟬の声　膳所朴水

というものがあります。

「几右日記」は、芭蕉自らが、幻住庵を訪問してくれた人物を記した来訪者名簿みたいなものであり、曲水にはじまって曽良で終る三十五人の人物名と句が書かれてあるものです。

実際にはもっと多くの人が訪問していただろうということですが、芭蕉自身がその人のある句を採って書いたのか、訪問者が自分の句と氏名を書いたのかは、はっきりしていません。

「几右日記――以下幻住庵の日記にして自ら書きとめ給ふを出せし也。几右とはおはしまづきの右といふ事にして机の脇といふ義也」云々（逆志抄）という一文もあって芭蕉自らが筆をとって書いたものであることは事実のようです。

そうだとすると右の一句「膳所朴水」の作としているのですが「訪《とふ》」に「留主」であったのは誰なのか、芭蕉自身が楽しく出歩いて、しょっちゅう庵を留守にしていたというのでしょうか、折角飛んできた蟬も仕方なく椎の木に抱きついて鳴いているよというのです。

さきに「ひさご」を出して好評を得ていた井筒屋からの「猿蓑」出版の話も来ていましたから、芭蕉としても何かと落着かない日が続いていたのでしょうか。

京寺町二条上ルの井筒屋庄兵衛といえば、当代きっての板行本屋、河合乙州が芭蕉の「笈の小文」を出していた平野屋佐兵衛、森川許六が同じく芭蕉の「野ざらし紀行」を出していた文台屋七兵衛とかと並び称された店であり、江戸の同業者などの足許にも寄りつけぬ京一流の老舗でありました。

元禄四（一六九一）年七月三日、『猿蓑』発売。乾坤二冊、半紙本の蕉門挙げてのアンソロジイ、値段は一部が二匁五分――現在のお金にしてどのくらいになるのでしょうか。ともかくも、よく売れたということでした。

椎の木といえば、西行の『山家集』にも、

ならびゐて友を離れぬこがらめの
　ねぐらにたのむしひの下枝

という一首があります。

こがら何羽かが今夜のねぐらと恃む椎の木の下枝に止ってこっちを向いているというのでしょうか。

今度はこちら椎の木に小雀《こがら》、芭蕉も当然知っていたであろう素朴な歌、何の技巧もない子供にでも作れそうな単純なものです。

三十四歳にもなって、藤原顕輔の『詞花和歌集』にそれも「読み人知らず」としてやっと一首入集し、なんとか歌人扱いをされた西行でありました。

その後俊成に認められ『千載和歌集』には十八首を採用され、その子定家らの『新古今和歌集』（歌数一九八〇首）には何と九十四首もの多くが入集していました。

晩年には俊成に判を請い『御裳濯河歌合』を、定家に判を請い『宮河歌合』を出したりもしていました。

宮廷歌人ら、いわゆる六条藤家の人々からは、単純で俗語的な歌風であるが故、へたな歌人として扱われていたのでありますが、実は西行のそここそが芭蕉にとっては大きな魅力の一つであったのかも知れません。

『御裳濯河歌合』にこんな例があります。

七番の右に、

来む世には心のうちに顕はさむ
　あかでやみぬる月の光を

左には例の、

願はくは花のもとにて春死なむ
　その如月の望月の頃

親子揃って判詞の名人ともいわれた俊成はこれを「持《じ》」（引分け）としました。本来の「歌合」であれば勝・負・持は大変な違いであるのですが、この場合は三十六番全部が西行のものでしたから俊成も気分的に楽だったのでしょうか、忌憚なくこう書いています。

「左の花のもとにてといひ、右の来む世にはと言へる心は共に深きにとりて、右はうちまかせてよろしき歌の体なり。左はねがはくはとおきて、春死なむといへる麗はしき姿にはあらず（中略）姿相似ずと雖《いえど》も、なずらへて持とす」——つまり「ねがはくは」と「春死なむ」との相応が、俗に過ぎて「麗はし」くないというのです。

しかし芭蕉は建久元（一一九〇）年二月十六日、「如月の望月の頃」弘川寺で死んだ西行が、きっちり一年前この歌を同寺で作っていたのはただの偶然だとは思っていなかったと考えられるのです。

（侘《わび》と風雅とその生《つね》にあらぬは、西行の山家をたづねて、人の拾はぬ蝕栗《むしくい》なり）［当然『山家集』を念頭に］と『虚栗』跋文に書いていること、「踵《きびす》は破れて西行にひとしく——馬をかる時はいきましき聖の事、心にうかぶ」など、『撰集《じゅう》抄』から旅の各所での思い、中途半端なものではありませんでした。

（西行の和歌における、宗祇の連歌における、雪舟の絵における、利休が茶における、其貫道する物は一《いつ》なり。しかも風雅におけるもの、造化《ぞうか》にしたがひて四《し》時《じ》を友とす——）も忘れることのできないことばです。

『猿蓑』（八）

よの中定めがたくて、此むとせ七とせがほどは旅寝がちに侍れ共、多病くるしむにたえ、とし比《ごろ》ちなみ置ける旧友・門人の情わすれがたきまゝに、重《かさ》てむさし野にかへりし比《ごろ》、ひとゞ〱日々草扉を音づれ侍るに、こたへる一句、

兎もかくもならでや雪のかれお花　はせを

元禄四（一六九一）年の十月二十九日、久しぶりに江戸へ戻った芭蕉が、日本橋橘町の彦右衛門方の借家に入った際に書いた句文です。

「この六年から七年の間、野ざらし覚悟の旅に出て、いくつかの病いに耐えながらも「よの中定めがたく」

（一かしょに安住せず）歩き通すことができた。

雪の重みに枯れ伏す枯尾花ではあるのだが「どっこい参っちゃいなかったよ」というのでありましょうか。

明けて同五年二月十八日付曲水宛の書簡に「風雅三等之文」を書き、直後同じ二月中に俳文「栖去之弁」を書いています。

「風雅三等之文」に関しては、本章第一節の「長旅のあとで」で詳しく述べましたのでここでは省略しますが、「兎もかくも」の句文と「栖去之弁」は曲水宛書簡をまたいでつながっているものと考えられるのです。その「栖去之弁」にはこうあります。

> ここかしこうかれありきて、橘町といふところに冬ごもりして、睦月、きさらぎになりぬ。風雅もよしや是までにして、口をとぢむとすれば、風情胸中をさそひて、物のちらめくや風雅の魔心なるべし。なを放下《か》して栖《すみか》を去り、腰にたゞ百銭をたくはへて、柱杖一鉢《いっぱつ》に命を結ぶ。なし得たり、風情終《つい》に菰をかぶらんとは

「千里に旅立《だち》て、路粮《みちかて》をつゝまず」に江戸を出て「笈の小文」から「おくのほそ道」に至るまで、七年に渉った「うかれありき」であったが「放下して」（一切を捨て去って）「柱杖一鉢」（身と心の支え杖一本と、托鉢用の椀一個）に命を托してきたというのです。

「なし得たり、風情終に菰をかぶらん」何にもましてこの一句、ここが凄いと思うのです。かってある時は、仕方なしに選んだ俳諧の道であったのですが、今はもうそうではない。身は乞食の姿ではあっても、心は風雅の中にあるという強い自負につながっていたのでありましょう。

このあとにも「芭蕉を移す詞」（元禄五年二月）・「柴門の辞」（同六年四月）・「閉関之説」（同年七月）その他、「軽み」への激しい主張は続いていきます。

『おくのほそ道』の執筆をはじめたのもこの頃のことであろうといわれています。

志太野坡・池田利牛・小泉孤屋ら三井両替店の手代三人との「炭俵」刊行もこの年の六月二十八日のこと

でありました。

七部集のうち、最も「軽み」に徹し得ているのが「炭俵」である、とよくいわれます。

『猿蓑』のように、地域やメンバー・各地の古老・指導者等への気配りなどから「重くれたもの」も採らざるを得ない――そういう手桎・足枷が「炭俵」には一切ありません。

この撰集には「炭俵は俳なりけり」という小見出しがついていますが、これは手代三人を前にした際の芭蕉のつぶやきであったそうです。

「炭俵、もとをたゞせば野山のすゝき、月と遊んだこともある」という都々逸の「炭俵」、もとはお月さんと遊ぶいい仲だったが、今はひっそり侘び姿、だからそこには俳がある、というのです。

野坡二十六句・利牛十六句・芭蕉十五句・孤屋九句（ほかに其角十三句・嵐雪十句）となっており、ここでも筆頭格の野坡に対する芭蕉の思いいれがわかります。

野坡と二人での両吟歌仙、出だしの部分だけを見てみましょう。

むめがゝにのつと日の出る山路かな　芭蕉

早立ちの旅も多かった実際の体験だったのでしょうか。

「のつと」という擬声語か、擬態語か、何にせよ、この擬態表現が秀逸。

処〴〵に雉子の啼たつ　野坡

発句が「日の出」とにぎやかな原野、そこへ「啼たつ」とひびきのよい脇、

家普請《やぶしん》を春のてすきにとり付《つい》て　同

春と秋は三句つづくのが決りです。脇の山野から農村の実生活へ場面転換。

上《かみ》のたよりにあがる米の直《ね》　芭蕉

家普請をする景色よさ、そのうえ米の値上りで農民はひと安心――

野坡は七十八歳で没するまで各地に蕉風俳諧を広めたことで知られています。しかもその門人が一千人を越えたということで、蕉風の普及に尽力した功績は門弟中屈指であったといわれています。

さらに「芭蕉を移す詞」には、こんな一節があります。

> ――名月のよそほひにとて、先ヅ芭蕉を移す。其葉広ふして、琴をおほふにたれり。（中略）僧懐素はこれに筆をはしらしめ、張横渠《おうきよ》は新葉を見て修学の力とせしとなり。予其二ッをとらず、唯此陰《この》にあそびて、風雨に破れやすきを愛するのみ）

高名な書家でもあった唐の高僧懐素は紙を買う金が工面できないので、芭蕉の葉を紙の代りに手習いをした、「張子全書」の宋の横渠は次々に新しい葉をひろげる芭蕉にあやかって自分も新知識を得たいといった。しかし、芭蕉は「予其二ッをとらず、唯此陰にあそびて、風雨に破れやすきを愛するのみ」というのです。

懐素が何を言おうと、横渠が何をしようと、私は私の道を往くという独断です。

残念ながらこの独断は、やがて派内から離脱者を出すことになったり内部の対立抗争を生んだりする原因になってしまいました。

第三節　晩年

誤算（一）

四か月以上も滞在した第三次芭蕉庵から、大阪へ移住することになった浜田珍碩（酒堂）に対して芭蕉は、およそ「不易」や「軽み」に関係のない風変わりな餞別吟を与えています。

贈酒堂

湖水の磯を這出《いで》たる田螺一匹、
芦間の蟹のはさみを恐れよ。
牛にも馬にも踏《ふま》る丶事なかれ。

難波津や田螺の蓋も冬籠り　はせを

これだけでは何のことであるのか、さっぱり意味がわかりませんが、「田螺」は軽み推進の旗手として芭蕉が期待していた酒堂のこと、「芦間の蟹」は「浪花俳諧の長者」として地元俳壇の信を集めつつあった槐《えの》本《もと》之道《しどう》のことであるといわれてみると、それなりに書きての意図はわかります。

それにしてもこの餞別吟、次元の低い戯言《ざれごと》ふうでありながら、常に「高悟」の「帰俗」をいう芭蕉のこと、『古今集』仮名序（貫之）の「なにはづにさくやこの花冬ごもり――」の「さくやこの花」を「田螺の蓋も」に利用したつもりでもあったのでしょうか。

この餞別吟が、やがて自らを追いこむことになろうことは予想もしなかった芭蕉は「大阪に住むからには、之道に充分気をつけること、ほかにもどんな障害が待っているか知れやしない、くれぐれも油断しないように」と警告していたのでした。

世間知らずの若者、二十七歳の酒堂を琵琶湖周辺の田螺に喩え、芭蕉没後も蕉風に忠実であった之道を芦の間から睨みをきかせている蟹に喩えたのでありましょうか。「芦」の群れは浪花俳壇の面々のこと、中には牛や馬のように力ある者もいるぞ、というのでありましょう。

天和二（一六八二）年に談林の総師西山宗因が亡くなり、一昼夜に二万三千句を作ったりした大矢数俳諧の西鶴が浮世草子に移ってしまった大阪俳壇は指導者を失って混沌としていました。

そうした状況を江戸で不如意をかこっていた芭蕉が見逃す筈はなく、之道が勢力を伸ばす前に自らの分身である酒堂をして、事態収拾に当らせようとしたのでありましょう。

ところが酒堂は大阪へ着くなり、いきなり自著「市《いち》の庵《いおり》」を刊行し、その巻頭に「贈酒堂」を掲載したのでした。

「市の庵」がどんなものであり、「贈酒堂」の内容がどんなものか、よく知っている之道にとっては不意の挑戦を受ける形になってしまいました。この年、落柿舎で催された「柳小折《やなぎごり》」歌仙も「市の庵」に載っているのですが、そこには之道も参加していたのでした。

之道にしてみれば、何一つおかしなことをしたわけでもないのに「芦間の蟹」扱いをされ、その「はさみを恐れよ」とは何たることか、「牛にも馬にも踏るゝ事なかれ」とは何たることであるか、腹を立てないわけにはいかなかったでありましょう。

折から故郷に帰っていた芭蕉のもとへ行き抗議をしたということです。しかも之道が最も問題にしたのは「市の庵」そのものが、いわゆる「乱吟」といわれる形式のもので連句の作法や常識を無視し、年齢や身分・格式に関係なく、三十六句中に勝手に出しあうものであったことにあったともいわれています。

これにはさすがの芭蕉も逆らうこともできず、「門人槐之道《えのしどう》訪ひけるに遣《つかわさ》れし句」として「我に似《にる》な二ッにわれし真桑瓜」などという句を作って酒堂・之道の双方への言いわけにしていたそうです。

以後、伊賀から大阪へ向う際にも「行秋や手をひろげたる栗のいが」という句を作っているのですが、こちらは故郷のイガを栗のイガにかけたりして先行きを思案しているのでした。

どちらとも、何が不易なのか、何が軽みなのかというふうな、つまらないものでありました。

ひと口に「軽み」とはいっても、それ自体は美的な理念でも何でもなく、単に「重み」に対する反対概念、重さから解放されたものとして使われただけのものでありました。

「伝統や歴史（不易なるもの）を重んじて、それを土台としながらもいったんは離れ、そこから軽く表現する（流行）」というのが「軽み」の鉄則であった筈です。

しかしながら、

難波津や田螺の蓋も冬籠り

行秋や手をひろげたる栗のいが

我に似な二ツにわれし真桑瓜

には、そのどこにも「高悟」なるものがありませんから、それを「帰俗」させようにもさせることはできません。

もともと芭蕉の全作品を改めて見直してみると、大きく三つの時期に分けて見ることができるのではないでしょうか。

一つめは、寛文から延宝年間「宗房」を名乗って登上した頃のもの、そして「貝おほひ」をひっさげて江戸へ出、宗匠立机、「桃青」を名乗った頃のもの、さらに天和二（一六八二）年以降、「芭蕉」号を用いるようになっての十二年間――合計三十年の彼の俳諧人生は大まかに十年ずつの推移であったと思うのです。

文献に残る最初の句（春や来《こ》し年や行けん小晦日《こつごもり》）という立春の日の作にはじまって、三十番発句合「貝おほひ」、そして深川から幻住庵・義仲寺無名庵《むみょうあん》その他での多くの秀作へと続いていくわけです。

ところが最終的には、執拗過ぎる程の「軽み」追及で孤立を招き、自らを窮地に陥れるという誤算を冒すことになってしまいました。

この道や行く人なしに秋のくれ

死の二週間前、元禄七（一六九四）年九月二十六日の作、迷い・諦観・絶望に近いものを感じないわけにいきません。

誤算（二）

ひと月後、自らに死が訪れて来ようとは夢にも知らなかった芭蕉、まずは天王寺の酒堂方に之道を呼び出しての「三つ物」でありました。

九月八日に伊賀を出て、奈良で一泊、翌日の夕刻大阪に着いていたのでした。

次の日は案の定、発熱や頭痛に悩みながらも兄や杉風・去来らへの書簡を書いたり体調を整えたりして過ごしたそうです。

ですから、対立解消の手はじめは九月十二日のこの「三つ物」が最初の策となったのでありました。

「三つ物」というこの詩形は、発句・脇句・第三と、三人だけの付けあいであって、きちんとした歌仙のメンバーが揃わないときなどに用いられたもの、仲裁とか調停とかいう対立解消法とは違って比較的楽な気持ちでわだかまりを収め得るものであったのでしょう。

菊に出て奈良と難波は宵月夜　　芭蕉

「菊の中から伊賀を出て、奈良・難波とやってき、今宵はまたいい月に恵まれてのやりとり、何ともうれしいことであるよ」

弟子の二人が気恥ずかしくなるような世辞追従です。それに対して之道は、酒堂宅に呼び出されたことや「蟹」扱い、「牛・馬」呼ばわりされたことなど、腹に据えかねる思いをおさえ、

槭もよほす松風の鳴り　　諷竹《ふうちく》（之道）

「松（待つ）に吹く風（師の配慮）があでやかで、槭にもいい紅葉の準備を促すように見えることです」とすなおに応じます。

しかし、酒堂はそうでありません。菊も槭も松風もいっこうにおかまいなし、

初鮭《はつざけ》に肩衣《かたぎぬ》の角《かど》見渡して　　酒堂

「初鮭」は秋祭に神前へ供える魚のこと、「肩衣の角」とは、賤者が揃って着る袖無しの、安物陣羽織のような肩先のつんつんしたとんがりのことをいったので

しょう。

発句と脇句のやりとりが、いかにも馴れあいで気にいらないというふう、まるでぶち毀しの一句です。

それでも芭蕉は諦めず、その日の午後にもう一度、今度は酒堂に発句を分担させての「三つ物」です。

秋風に吹かれて赤し鳥の足　　酒堂

「近江から江戸、江戸から難波へと渡って来た渡り鳥の足は、秋風に晒されて痛々しいよ」と珍しく弱気を見せて妥協を望むふうにも見えます。

すると今度は之道が反発、はるばる来たのは鳥の勝手、今更何をと言わんばかりに、

臥《ふし》て白けし稲の穂の泥　　諷竹

「秋風に吹き倒された稲の穂も、泥にまみれてしらけているよ」というのです。鳥が酒堂ならこっちは稲だといわんばかり、おそらく足許が定まらないことをいう「泥を踏む」の「泥」を意図的に出したかったのでありましょう。「菊に出て――」の付けに示した大らかさなどはどこにもありません。

こうなると芭蕉も観念せざるを得ず、

駕籠かきも新酒の里を過兼て　　芭蕉

「足の赤い鳥と白けた稲穂の間を通り抜けてきた案内役の駕籠かきが、せっかくの新しい酒の香りに馴染みきれずに迷うばかりで困っているよ」という始末でありました。

芭蕉はこの辺りで「打込之会」以外に手は無いと思ったのでありましょうか、近江蕉門の重鎮水田正秀に宛てた書簡にこう書いています。

「――之道、酒堂両門の連衆打込之会相勤め候。是より外ニ拙者働きとても無二御座一候」

「打込之会」というのは、意見を異にするメンバーのほかに何人かの実力者を加えてゆきづまりを打解するもの、「三つ物」とはいささか趣きの違った歌仙形

式のことです。おそらく芭蕉は「三つ物」で埒が明かぬとみるや、かねてから親交のあった長谷川畦止《けいし》か医師の斯波渭川《いせん》のどちらかに連絡をとり、「打込み」を計画したのでありましょう。

翌十三日夜、後の月見（十三夜）を名目にして住吉神社内の畦止亭に七人が集結します。

畦止はかつて天満宮連歌所の宗匠として一世を風靡した談林の総師西山宗因にあやかって、こちらは官幣大社住吉神社の境内に居を構えていたのでした。

集結したのは芭蕉と酒堂・之道のほか畦止・惟然《いぜん》・青流《せいりゅう》・支考の七名でありました。

例の芭蕉の句、

升買《かふ》て分別かはる月見かな

が発句である『住吉物語』、俗に「升買て」と呼ばれている七吟歌仙はこの時のものです。

住吉の市に立てそのもどり長谷川畦止亭に
おの〳〵月を見侍るに、

升買て分別かはる月見かな　芭蕉
秋のあらしに魚荷つれだつ　畦止
家のある野は苅あとに花咲《さき》きて　惟然
いつもの癖にこのむ中服《ちゅうぶく》　酒堂
頃日《このごろ》となりて土用をくらしかね　支考
榎の木の枝をおろし過たり　之道
溝川につけをく筌《うけ》を引《ひい》てみる　青流
火のとぼつたる亭のつきあげ　芭蕉
蓋《ふた》とれば椀のうどんの冷返り　之道

（以下略・——線筆者）

発句については、この日この神社が売る桝を買えば以後食うに困らぬという、そこで「升買て」あとはゆっくり「月見」という解釈が一般的です。しかし、少なくとも「打込め」の発句、単に世帯じみた金銭感覚上のものだけではなく、表現する者の生き方の問題として「分別」が「かは」ったと考えてもよいのではないのでしょうか。

　畦止の「秋のあらし」「つれだつ」をはじめ、惟然の「苅あとに花咲て」以下之道の「蓋とれば」「冷返り」まで、芭蕉の思わくはずれ、誤算は間違いのないところです。

　以降、九月十九日に其柳《きりゅう》亭で、二十一日には車庸亭で、二十七日には園女《そのめ》（斯波渭川・一有《いちゆう》の妻）宅でその他、どの打込之歌仙でも結局は同じ結末でありました。

誤算（三）

　元禄七（一六九三）年十月十二日、芭蕉は難波南久太郎町御堂筋の花屋仁右衛門の貸座敷で亡くなりました。

　享年五十一歳、夕ぐれ近い午後四時過ぎ、申の刻であったそうです。

　大だなの商家とはいえ、その離れにあった貸座敷でというのも、定住しないことを旨とした芭蕉らしい死に場所であったのでしょうか。

　最後に残した作は、**旅に病《やん》で夢は枯野をかけ廻《めぐ》る**でありました。

　病床近くにいた支考に「これは辞世の句ではない、ただの病中吟である。妄執である」と言ったそうですが、あれ程に「軽み」に執着し、重くれた作風を拒否し続けた芭蕉にとってこの作は、ひときわ重くれたものとなってしまいました。

　あえて「妄執」などといったのも、あるいはそれに気づいてのことであったのでしょうか。

　詩人安東次男氏も「――『枯野』の句は、誇り高き俳諧師が最後に誇りを捨てたのではないかと思わせかねない異体の句である」といわれていますが、ひょっとするとこれは「異体」ではなく「常体」であったのかも知れません。

　大阪入りしてから二十一日めに西横堀の之道宅で激しい泄痢で倒れるその日まで、芭蕉は体調不良をおして連日のように動きまわっていました。九月十二日、前記の「三つ物」をはじめとして、十三・十四日両日の住吉大社の升市、畦止亭での打込め歌仙、そしてそれ以後もじっとしている日は殆どありませんでした。

十九日、(「**秋もはやばらつく雨に月の形《なり》**」の其《き》柳亭での打込め歌仙)。

二十一日、(「**秋の夜をうち崩したる咄《はなし》かな**」の車庸(塩江長兵衛)亭での打込め半歌仙)

二十三日、(「**おもしろき秋の朝寝や亭主ぶり**」泊まっている客(芭蕉)を起こさせまいとして自分も意図的に朝寝している車庸の気配りを詠んだもの)

二十四日、兄半左衛門や郷里の仲間猿雖・土芳らに書簡。

二十五日、正秀・曲翠ら宛に書簡。

二十六日(「**この道や行く人なしに秋のくれ**」新清水晴々亭での発句「所思」と題して)

二十七日、(「**白菊の目に立て丶見る塵もなし**」の斯波園女《そのめ》宅での打込め歌仙、園女の風雅をたたえた挨拶句)、ここで曰くつきの茸料理を食べる。

二十八日、(翌二十九日の芝柏亭での発句として「**秋深き隣は何をする人ぞ**」を作るが、下血に倒れ句会は欠席、以後起上がることなし)

それにしてもこの前後、周囲の人物達は芭蕉の体調についてどう考えていたのでしょうか。

下血・腹痛・頻繁な発熱など、明らかな異状を目前にしてどう対処していたのでしょうか。

いかに執拗な芭蕉の要請があったにせよ、このような強行日程を組むこと自体、常識では考えることはできません。

しかも芭蕉の周りにはいつも多くの医師がいて、長旅の途中でさえもそれなりの手当てを受けていたのでした。

山本荷兮をはじめ、松本空然・伊藤不玉・本間自準・野沢凡兆・水田正秀・望月木節等々、周囲にはいつも医師がいましたし、今現在も同居している酒堂、近くに住む斯波渭川(園女の夫)もれっきとした医師でありました。

芭蕉の持病は、発熱・悪寒・下痢・頭痛など、長雪《せっ》隠《ちん》などもあり「痔疾・胃腸病・胆石疝《せん》」などであっただろうといわれていますがおそらくは消化器系のどこかに癌があったのではないかともいわれています。『養生訓』の二十年以上前、『ターヘル・アナトミア』の八十年以上も前のことでありましたから芭蕉自身は下血即、痔のせいであると思いこんでいたようです。如行や牧童・智月らへの書簡にもそう書いたりしていました。

湖南地方へ出向いた際、しばしば宿泊していた河合乙州の実家でも何度か下血の憂きめをみてでもいたのでしょうか、息子と共に同じ芭門の高弟であった乙州の母智月宛に〈ぢのいたみもやハらぎ候まゝ、御きづかいなされまじく候」などと書いたりしていました。

芭蕉が亡くなる五日前、遅きに失した観もある十月八日には、之道提唱による平癒祈願の奉納句会が住吉大社で行われました。

之道のほか、木節・去来・惟然・正秀・伽香・支考・呑舟・丈草・乙州の十人でありましたが、この日、渭川・園女夫妻がやってきて「自分の家で出した茸料理が悪かったに違いない、申し訳ないことをした」と謝罪したそうです。

この二人が奉納句会に不参加であるのは仕方ないこととして、酒堂はいったいどうしたのか、彼はこの日以後、行方知らずとなって芭蕉の葬儀にも姿を見せなかったということです。

> 神のるす頼ミ力や松のかぜ　之道
> 落ちつきやから手水《てうづ》して神集め　木節
> 起さるゝ声も嬉しき湯婆《たんぽ》哉　支考
> 日にまして見ます顔也霜の菊　乙州

最晩年の芭蕉の句は、明らかに「軽み」を離れ、俗にいうところの境涯俳句になっています。

これは芭蕉にとっては大きな「誤算」であったのでしょうが、この誤算こそがむしろ芭蕉晩年の真の姿であったということもできるのではないかと思うのです。

そこにはもう、滑稽や機知・諧謔・挨拶や風雅そして軽みの入りこむ隙などはどこにもありません。

この道や行く人なしに秋のくれ

旅に病で夢は枯野をかけ廻る

その後、其角とともに最後まで芭蕉に反発していた嵐雪は、「初月忌追善」百韻のため江戸から義仲寺にやってきて、次の句を残しました。

蒲団着て寝たる姿や東山

補遺

『古池や――』についての学習指導（一）

　今からではもう、四十年以上前のことです。私が中学校で「俳句」の指導をした際に、珍しい経験をしたことがありましたので、それをご紹介しましょう。

　かねてから「教科書を教えるのでなく、教科書で教える」という先達の意向に沿うべく、かなり夢中で指導法の研究をし、努力していた頃のことです。

　それは、二年生の自分が担任しているクラスのことでした。

　教科書には、

> バスを待ち大路の春をうたがはず　石田　波
> 万緑の中や吾子の歯生え初むる　中村草田男
> 芋の露連山影を正しうす　飯田　蛇笏
> 咳の子のなぞなぞあそびきりもなや　中村　汀女
> 鮟鱇の骨まで凍ててぶちきらる　加藤　楸邨

> 入れものが無い両手で受ける　尾崎　放哉

など、いわゆる現代俳句といわれるものが、全部で十句載っていました。卒業するまでにもう俳句を学ぶ機会はありませんので、私は別の自作のプリント教材も作りました。（もちろん授業の最後には、図書室や図書館、家の蔵書などを使った発展的・自主的学習も意図しておりましたが、そうしたことが不可能な子は少なからずあります。ですから、そうした子にも役立ち、そうでない子にも比較の資料にでもなるようにと考えました。）プリントには他の俳人のもののほか、正岡子規や蕪村・芭蕉も加えてみました。

　ちょうどその頃私は、授業改造の一つとして、①内容に即した助けあいの学習形態（漢字学習時は二人一組で、内容の読解には五人のグループで等）と②選択課題（学校と家庭でのつなぎの学習として自分達が作った課題を自ら選んでやる――与えられたという意識をなるべくなくし、その日の学習をふりかえるという意味もこめて、どれかを選ぶ）などを試みていました。

特に②は、A・B・C・Dのうちどれを選ぶかということで、はやい話宿題なのですが、ただの宿題ではありません。特にDはいつも「やれない・できなかった」と決まっていて、やる場合はA・B・Cの中から選ぶわけです。

授業の最後に二人の「学習係」を中心にして今日はどんなことを家でやればよいか話合わせるのです。教師も適宜修正を加え三つに分類します。

この学習係は、係活動の一つとして希望で選んだものとはいえ、単なる「チョーク箱と教材」の運搬役でしかないことも多いのです。それでもそんなことはかまわないのです。教師の思惑通りに動ける子など、そうザラにないのは当り前です。彼らが、しどろもどろに意見を聞けば、助けあいの学習に慣れた仲間は必ず応援しあってまとめます。

予想どおりの課題が出ました。

A 「古池や蛙飛び込む水の音」を絵にしてみる。

B 「古池や――」を文章に書いてみる。

C A+B　D ――となりました。

『古池や――』についての学習指導（二）

教師がプリントを作りつつあることを、生徒達もうすうす知っていますから、それに義理立てするようなところも結構あるのです。案の定プリントの方から〈古池や――〉を取上げてくれたのです。

中学二年生というのは一年生や三年生とは随分と違います。一年生が小学七年生とでもいえるような時期は大分楽に接することもできますし、三年生も卒業間近になると女教師のヒステリーをなだめられる程に成長したりします。その分二年生時には教師や親を厳しく見ることが多くなります。同時に正義感が急に育つというのでしょうか、こっちがそれなりのことをすれば、きちんと返さなくてはというふうな、義理人情めいた反応も多くなるのです。背丈だって、入学時から卒業まで、別人のように成長します。入ってから出るまでの、この心と身体の発育は長い彼等の人生のうち最も大きい変化の時ではないでしょうか。思えば四十年近くすごい所を職場にしてきたものと、今更ながらゾッとします。

帰りの学級会の際、原稿用紙と画用紙を半分に切って全員に配りました。次の授業は三日後の月曜日でしたから何とかなると思っていました。

ところがとんでもない、欠席以外の子全員がやってきました。いよいよ発表です。

まず各グループ（五人構成、十グループ）ごとに①みんなに読んでほしい、見てほしいと思うもの一つを選び、前の黒板に貼る。②それを先生に見てもらい、順々に読んでもらいながら、絵も他のグループに見せ回ってもらう。③いくつかを授業のあと、うしろの掲示板に貼っておく、という手順でやることになりました。

つい最近「説明文の学習」で、「人権に関する作文とポスター」「防火・防犯の作文とポスター」などの作文の部で、やったばかりでしたから、話はとんとん拍子に進みました。そして実際にやってみました。

ところが約束の二〇分が過ぎても一つのグループは推せん作が決まりません。他のグループにはあと五分待ってもらうこととして、その間もう一度教科書かプリントを読んでいるよう指示しました。私は黒板に貼られた作品に目を通しました。しかし五分が過ぎても、そのグループは結論が出そうにありませんでしたので、いちばんうしろのその席へ行ってみました。私はアッ！　と思いました。

グループのリーダーA川君はクラスや学年のリーダーでもあり、男女間の統率など新米教師以上に上手な子でした。小学校以来のその力は、中学生になってさらに向上していると、同じ小学校から転任してきていた教師がいっていました。頭も体格もよく、すでに剣道の初段もとっていました。

そのA川君が「N部君が強情張ってるんでもめてでーす」といって二枚の作品を両手に掲げひらひらさせていました。一枚はA川君自身のもの、一枚はN部君のものです。

A川君のものは絵も丁寧に描かれており、下に貼った文章もきちんとまとまっています。

〈A川君の作品〉

絵
文章

絵……○木立の中に池の一部がある。
○柳が枝を垂れている。
○草が茂った岸辺には杭につながれた木の小舟が浮かんでいる。
○木漏れ陽のさした画面のまん中に、蛙が全身をピンと張って降下する姿が描かれている。（カラー版の図版にできないのが残念、色鉛筆を使って美しい絵になっている。）
文章……人のけはいのない古い池があります。そこを作者が散歩して行くと、びっくりした蛙が池にとびこんでいきました。ポチャンとしずかな音がしました。

〈N部君の作品〉

絵

（文章は無い）


絵……絵ともいえない程のもので、真ん中に小さく三本の円が鉛筆で書かれているだけ。

N部君は、小学校以来、知恵遅れということで学校から「特殊学級」へ入るようすすめられていた子です。からだつきも貧弱で、自分の考えをうまく伝えることができないため当然のように無口でした。しかし、とてもすなおな子で「いつも、静かに、笑っている」よい子でした。そのN部君が、いつになく「ダメ、ダメ」といって承知しないというのです。

私がアッ！　と思ったのはA川君はじめ、黒板に貼られたものの絵に、全部蛙が描かれているにも拘らず、N部君のものにはそれがありません。

そうです。「水の音」がしたのですから、そこに蛙はいない筈なのです。

言葉や文字づらを通した知識だけで「古い池」をと

らえ、「蛙」を考えるのは、概念であって真実ではありません。

結局は、水面の波紋だけを描いたN部君たったひとりが正しい解釈をした、ということだったわけです。私も前の授業で、腕をひろげダイビングする蛙の格好などをしてみせていたことを思い出し、恥ずかしさでいっぱいでした。浅薄で表面的な指導であったことを反省し、生徒に謝まりました。

もちろん、それに気づかせてくれたN部君にも、手ばたきをしながらお礼を言いました。N部君がてれていると、思いもかけずクラス全員の拍手が起こり、めでたく、感動的に、その授業は終わりました。

そして何よりも女生徒の何人かが涙をうかべていたのを今も忘れることができません。

〔後日譚〕

その後の授業で「蛙のからだ半分が水に入り、半分宙に出ている絵はセーフであるか」ということが提案されました。しかし、全員で検討した結果、やはり作者の心は「水の音」にあるのだから蛙は見えない方がよい、ということになりました（鹿沼東中・二年四組での実例）。

〔さらなる後日譚〕

二十五年後、これも偶然にN部君に再会しました。場所は秋田県角館の武家屋敷、平福美術館近くの駐車場でした。

筆者は家族旅行、N部君は職場の社員旅行――二台の「栃ナンバー」の車が並んで止りました。

一人の青年（N部君）がワゴン車から降りてくるなり目の前に現われて、小さな声で「アベ先生！ こんにちわ」と声をかけてくれたのです。N部君を思い出すのに少し時間はかかりましたが、名刺を渡される前に思い出すことができました。ちびっこだったN部君が筆者より背丈も大きくなっていました。

二人して、双方の人達に囲まれて手を握りあっていました。

これもまた涙が出る程のうれしさでした。

芭蕉略年譜

西暦	年号	年齢	事項（日付は旧暦）
一六四四	寛永21 正保元	1	父・松尾与左衛門、母・桃地氏女の二男として、伊賀国上野（一説に柘植）に生まれる（幼名は金作、長じて忠右衛門宗房）。兄・半左衛門ほか、姉・妹三人
一六五六	明暦2	13	二月十八日、父没
一六六二	寛文2	19	・このころ、藤堂新七郎良精（よしきよ）の嫡子主計（かずえ）良忠（俳号は蝉吟：せんぎん、当時21歳）に出仕か ・この年の〈春や来し年や行けん小晦日（こつごもり）〉が芭蕉最初の作といわれている ・「宗房」を名乗る
一六六五	寛文5	22	十一月十三日、蝉吟主催の貞徳翁十三回忌追善百韻に一座
一六六六	寛文6	23	・四月二十五日、主君の蝉吟没（享年二五歳）。芭蕉、致仕して実家へ帰る ・時折上京しては独自行動。伊賀上野在宗房として、「夜の錦」「続山井」「如意宝珠」その他に計四十六句発表
一六七二	寛文12	29	・一月、三十番発句合「貝おほひ」編纂 ・春頃、江戸へ下る（延宝3［一六七五］年説もある）。田代松意や野口在色、岸本調和その他新興俳人といった面々と交流する ・大名俳人・内藤風虎（義概・陸奥磐城平藩七万石）に近い高野幽山の執筆を務めたという
一六七四	延宝2	31	三月、師北村季吟から「俳諧埋木」（連歌・俳諧の秘伝書）を伝授される
一六七五	延宝3	32	五月、談林の大御所西山宗因歓迎の百韻興行に一座を許される。この時から「桃青」を名乗る
一六七六	延宝4	33	・春、山口信章（素堂）と天満宮奉納の二百韻「江戸両吟集」を出版 ・夏、帰省。七月二日江戸へ下る ・内藤風虎の配慮によって「六百番俳諧発句合」に入集

一六七七	延宝5	34	・この年から4年間、内藤風虎の配慮もあり、江戸神田上水の水役を任ぜられたともこの年（もしくは翌年）、宗匠として独立
一六七八	延宝6	35	・十月、岸本調和に頼まれて、彼らの「十八番発句合」に判詞を書いたのをきっかけに、多くの派から判者を依頼され、俳壇での地位が安定する ・伊藤信徳、山口信章と「江戸三吟」を出版
一六八〇	延宝8	37	・四月、「桃青門弟独吟二十歌仙」刊行 ・九月、芭蕉判の「俳諧合田舎」（其角自句合）、「俳諧合常盤屋」（杉風）刊行。ともに判詞が荘子風であるのが特徴 ・宝井其角（きかく）、服部嵐雪（らんせつ）、杉山杉風（さんぷう）など、「蕉門十哲」と呼ばれる弟子をもつ。 ・冬、居を日本橋から深川へ移す。これも「実利を廃して人の本性に従う」という荘子の影響といえよう ・深川大工町の臨川庵に根本寺二十一世の仏頂禅師を訪ねて参禅
一六八一	延宝9 天和元	38	春、門下の李下（りか）より芭蕉の株を贈られる（「芭蕉庵」の庵号はこれに基づく） ・七月、「俳諧次韻」刊行。
一六八二	天和2	39	・三月、望月千春撰「むさしぶり」（弥生上旬奥）で初めて「芭蕉」号が公に用いられる（その他には、「釣月軒、坐興庵、華桃園、栩々斎、風羅坊、土糞、杖銭、鳳尾、羊角、羽扇などの庵号や別号、印記をいくつも使っている） ・十二月、江戸大火で芭蕉庵類焼。甲州谷村の秋元藩家老高山伝右衛門（麋塒）を頼って避難し半年過ごす
一六八三	天和3	40	・五月、江戸へ戻る ・六月二十日、郷里の母没 ・冬、再建された新庵に入る

一六八四	天和4 貞享元	41	・八月中旬、門下の千里（ちり）を伴い「野ざらし紀行」の旅に出立（翌年四月末帰庵） ・九月八日、伊賀上野に。〈手にとらば消んなみだぞあつき秋の霜〉 ・冬、山本荷兮（かけい）撰『冬の日』刊行
一六八五	貞享2	42	・春、奈良から京・湖南・桑名・熱田・鳴海を経て俳席を重ねながら東下。名古屋から木曽・甲州を経て、四月末に江戸帰着。『野ざらし紀行』の草稿成る
一六八六	貞享3	43	・春、衆議判による蛙の句二十番句合わせ興行 ・荷兮撰『春の日』刊行
一六八七	貞享4	44	・八月、門下の曾良・宗波（そうは）と「鹿島詣」の旅に赴き、仏頂和尚を訪ねる ・十月二十五日、「笈の小文（おいのこぶみ）」の旅に出立 ・十二月下旬に帰郷し越年
一六八八	貞享5 元禄元	45	・三月、杜国を伴い、吉野・高野山・和歌浦・奈良・大坂・須磨・明石を巡回。五月上旬まで在京 ・八月十一日、門下の越人と岐阜から信州更科に行き、十五日の月を見、碓氷峠を経て同月下旬江戸帰着（「更科紀行」の旅）
一六八九	元禄2	46	・三月上旬、荷兮撰『阿羅野』刊行 ・三月二十七日、曾良とともに「おくのほそ道」の旅に出立。八月二十一日大垣着。九月六日、大垣を発ち、伊勢に下る
一六九〇	元禄3	47	・四月六日～七月二十三日まで幻住庵逗留（八月に『幻住庵記（げんじゅうあんのき）』刊行） ・八月十三日、新風（軽み）にこだわった『ひさご』刊行。服部土芳の『三冊子（さんぞうし）』に「師のいはく、花見の句のかゝりを少し得て、かるみをしたりとなり」とある ・九月末まで義仲寺無名庵で過ごす

一六九一	元禄4	48	・一月、伊賀に帰り、三月下旬まで滞在 ・四月十八日～五月四日まで門下の去来の別荘である京嵯峨落柿舎（らくししゃ）に滞在（この間の日記が『嵯峨日記』） ・五月五日以降、主として野沢凡兆宅『猿蓑』の立案、編纂 ・七月三日、『猿蓑』刊行 ・十月二十九日、江戸帰着。橘町の借家で越年
一六九二	元禄5	49	・二月十八日、菅沼曲水に宛てた「風雅三等之文」を書く。続いて、「栖去之弁」「芭蕉を移す詞」「芭蕉庵三日月日記」等を書く
一六九三	元禄6	50	・四月、「柴門の辞」（許六別離の詞） ・七月「閉関之説」を草し、約1ヶ月間門戸を閉じて人々との面会を絶つ
一六九四	元禄7	51	・四月、『おくのほそ道』素龍清書本成る ・五月十一日、同清書本を持って帰郷 ・六月、内縁の妻・寿貞（じゅてい）逝去の報に接する ・『すみだはら』（六月二十八日奥）刊行 ・九月八日、蕉門の内部分裂に対処するべく、体調不良をおして大坂へ。途中、奈良に一泊。〈ぴいと啼尻声悲し夜ルの鹿〉 ・九月二十九日夜、連日の強行日程に臥床 ・十月八日、病中吟〈旅に病（やん）で　夢は枯野を　かけ廻（めぐ）る〉成る ・十月十二日、大坂で没。十四日、遺言通り義仲寺に埋葬される
一六九八	元禄11		『野ざらし紀行』、『続猿蓑』刊行
一七〇二	元禄15		『おくのほそ道』刊行

解説

高橋昭行

I

本書は、阿部功氏が俳句誌『雁』に掲載した〈芭蕉のこころ〉を集大成したものです。

その連載期間は毎月刊行して十数年に及び、緻密な調べといい、検証といい、数多く刊行されている既存の〈芭蕉研究〉の書と較べても、より一層深入りして〈真相〉を探り「真説」を提示しているものです。正に全精力を傾けられた労作と申せましょう。

この人口に膾炙した松尾芭蕉を、更に新しい視点から書き下ろし、より鮮明で、現実的な芭蕉の姿を忠実に再現させています。無論それらは、作品を中心に、その表と裏にある作者の感情の起伏に至るまで書き加えられているのです。

三百余年前、風狂な旅人とも云われた芭蕉、その修行者風の見窄らしい男が、好奇心の赴くまま、途轍もない旅に出掛けます。そこからドラマは始まりますが、それとは別に今、遺された多くの《名句》に感動を与えられていると共に、自らを風羅坊《ふうらぼう》（風来坊）などと自分を卑下し、転々とした旅の中で作句を続けてゆく強靭なモチベーションに驚かされています。のちに俳聖とまで謳われた松尾芭蕉の求心力に、引き込まれてゆくのです。旅紀行として名高い『おくのほそ道』なども、振返ると大変な苦行難行が続いていた筈で、そこから秀逸な俳句が出来ているということ、その間もアバンチュールを繰返しています。それらは、まるで私小説をでも読むような愉しみを与えてくれるのです。

阿部氏はその一千句に及ぶ作品や、六冊の紀行文、小文などに隈無く眼を通しながら、これまでの記録の過ちや、見えなかった新事実を発見しては修正したりしながら、重要な作品を摘出し、考察し正論を述べています。

時に、腑に落ちぬような事があると、自分の足で遺跡のある現地を飛び回り、確認したこともありました。更にその背景にある実情まで調べ上げ、側に「芭蕉」が居るような、一挙手一頭足も逃さない周到な目配りをして書いているのです。その筆致は生き生きとしていて、まるで幽玄な境地に誘うような情景も繰り広げています。これは、阿部氏が長年〈芭蕉研究〉に傾倒し、心酔してきたからの証左だといえるでしょう。

Ⅱ

芭蕉とは一体どんな人だったのでしょうか。

「あるときは仕官懸命の地をうらやみ、一たびは仏籬祖室（仏のまがきと、祖師の室、仏門、禅門のこと、「幻住庵記」）の扉に入らむとせしも、たどりなき風雲に身をせめ花鳥に情を労して暫く生涯のはかり事とさへなれば、終に無能無才にして此の一筋に繋がる」といっています。

これは色々あったが俗世間の生活を犠牲にしても、俳句にすべてを賭け、殉じようとしている、という心意気を意味しているのではないでしょうか。

「放下して」（一切を棄てて）柱杖一鉢（身心を支える杖と托鉢）に命を托して短い人生を進んで行こうと、腹を決めていたのに違いありません。

こんな記録があります。『おくのほそ道』は、百五十日かけた長い旅でしたが、それも漸く帰途に向かい、敦賀の、「種の浜《いろ》」に着いた時です。元来芭蕉は、西行への思い入れが頻りで、彼がこの浜で小貝を拾ったことも知っていました。早速舟を出し、貝拾いに懸命だった、とあります。それは行く先の如行宅で待っている弟子達への土産にするためだったのです。なんと心根の優しい側面をもっていたのでしょうか。

「なし得たり、風情終に菰をかぶらん」とする芭蕉のアイデンテイテイが歴然と現れます。それはたくさんの弟子達に俳論を説き、俳諧を語る『宗匠』としての姿もさることながら、襤褸を纏って「寂び」と「滅び」をじっと見詰めている芭蕉の峻烈な姿勢の方が、いっそう凛々しく見えてこないでしょうか。

Ⅲ

「俳句」というと、一寸気軽に一捻《ひね》りで出来そうな気がします。入り口が広いようにも思われます。所がいざ入門してみると、奥はとても深く、趣味や安易な四季賛嘆の麗句などで収まるものではないことが判ってきます。それは、平易な言葉であっても、深遠な意味を内在させることもあるのです。僅か十七文字という極端に短い文字規定（定型）の中でも、鋭い「写実」や「直感」によって描き出されなければ良い作品にはなれません。

　その根底にある理性と情念の混沌とした思念を、素直に、しかも選ばれた言葉で表現しなければならないのです。これ以外にないという、凝縮されたコトバによって……。

　一方、俳句を読みとるという事は、作者が突き詰めていった一字一字のコトバに含まれている何か、対象化されたものから、そこに隠されている何かを引き出すことであり、出来れば其処に潜んでいる人間（作者）の情念を感知することなのです。換言すれば真に俳句を理解するためには、類推力を働かせて、当然ながら作者の意図するものを、汲取ることです。そしてそのためにも、芭蕉を知ることは必須ではないでしょうか。

Ⅳ

江戸中期の娯楽の一つとして生まれた「連句」や「発句」が、現代の俳句に変貌するまでには、幾つかの流れ（たとえば正岡子規などの）を経て、出来上がったわけですが、当時の俳句は、おどけとか、たわむれ、としての俳諧の世界でありました。単なる大衆・町民の中から発生した通俗的なものでした。芸術的価値のあるものではなかったのです。

　そうした俳諧を、日本文学でも高い一部門に引き上げた人こそ、近代俳句の始祖と云われる松尾芭蕉だったのです。然しかれの俳句に対する考え方には、多くの理解がある一方、一部に誤解があったようです。それについては、本文に説明がありますが、いずれにしてもそれらは俳句の方法論に就いてで、「軽み」という芭蕉の最終の俳論が拘わってきます。

その中で芭蕉は「高悟帰俗」(心を高く悟って俗に帰る)ということを教えている。

また「不易流行」(不易とは詩の基本である永遠性、流行はその時々の新風の体、共に「風雅の誠」から出るもので、根本は一つである)、と提唱しているのです。

V

阿部氏はこの評伝を刊行するに際して、自分の書くものが「類書」に接近していないか、と若干危惧されていたようですが、それは杞憂であって、本書は俳句の実作者という全く違う角度から見渡して書いていますから、ダイレクトに響いてくる筈です。

その史実や、赤裸々な人間像を求め、しかも適度の解説と、きびしい俳論も加えたエッセーを入れて血の通った評伝となっています。

前述の通り、多くの文献や古文書、資料頼みの学者や専門家などが、謂わば外界から隔離された「密室の語らい」で捏ち上げたものと違い、真実と、生きた鼓動を伝える評伝です、そのためにも誤謬を正し、隠された真実を発掘しようと阿部氏は研鑽を重ねました。

最後に「軽み」について。これは何を言うのだろう?と考えましたが、それ自体は美的理念でも何でもない。重みに対する反対概念で、重さからの解放であります。亦「軽さ」とは俗を取りつつ、高みに導き　詩語化すること、であるという。方法的には「俗談平語」を軽視せず、理《ことわり》や故事来歴の伝えをのり越えて、さらに「軽み」と説くが弟子たちにも完全な理解は得なかったようであります。しかし大意はわかるような気がします。

しかしこれが基で蕉門は四分五裂してしまうのです。優れた同門の俳人たちも離れてゆくという複雑な人間関係、そしてその非情さを痛感せざるをえません。

やはり人生は闘いだ、と言いますが、芸術とは、孤独との闘いでもあるのです。

著者紹介

阿部　功（あべ　いさお）

昭和5（1930）年、宇都宮市生まれ。
早稲田大学専門部中退。
俳誌『雁』所属、栃木県文芸家協会理事。
在学中から教職につき、42年間（主として中学校に）奉職。

真説・松尾芭蕉

2018年11月27日　第1刷発行

著　者● 阿部　功

発　行● 有限会社 随想舎
〒320-0033　栃木県宇都宮市本町10-3 TSビル
TEL　028-616-6605　FAX　028-616-6607
振替　00360－0－36984
URL　http://www.zuisousha.co.jp/

印　刷● モリモト印刷株式会社

装丁● 栄舞工房
定価はカバーに表示してあります／乱丁・落丁はお取りかえいたします
 ISBN978-4-88748-360-6